Patrick Maly

Höllenhammer

Geschichten aus der Hölle

In der Hölle hell leuchtend ein Feuer blendet,

der Höllenhammer die Toten entsendet.

Horror, Verderbnis und Qualen er bringt,

alles er knechtet und zu Tode zwingt.

Oh allmächtiger Höllenhammer erweise uns Gnade,

Vernichtung und Zerstörung ist deine Gabe.

Wer nur wagt seinen Namen zu nennen,

wird für alle Ewigkeiten im Feuer brennen.

Blut, Feuer, Tod bestialisches Gejammer,

die Macht der Ewigkeit, Höllenhammer.

Vorwort

Sehr geehrte Damen und Herren, ich möchte mich hiermit sehr herzlich bei Ihnen bedanken, dass sie sich für mein Buch entschieden haben. Fantasie, Horror und das Magische, versetzte mich schon immer ins Staunen. Es war mir ein Herzenswunsch ein Buch über meine Fantasiegeschichten, die ich über Jahre hinweg schrieb zu machen und nun endlich ist es so weit. Zwölf Geschichten konnte ich in dieses Buch bannen und ich hoffe Ihr habt viel Freude daran es zu lesen. Bedanken möchte ich mich bei meiner Frau, Juliane, die immer an meiner Seite stand und die ich sehr liebe, dann bei der Buchschmiede und bei Allen die mich unterstützt haben.

Danke

Nun wünsche ich Ihnen viel Spaß beim Lesen

Euer Patrick Maly

© 2023 Maly Patrick

Umschlaggestaltung: Buchschmiede

weitere Mitwirkende: Maly Juliane

Druck und Vertrieb im Auftrag des Autors: Buchschmiede von Dataform Media GmbH, Wien

www.buchschmiede.at - Folge deinem Buchgefühl!

Besuche uns online

ISBN:

978-3-99152-882-1 (Paperback)

978-3-99152-659-9 (Hardcover)

978-3-99152-857-9 (E-Book)

Das Werk, einschließlich seiner Teile, ist urheberrechtlich geschützt. Jede Verwertung ist ohne Zustimmung des Verlages und des Autors unzulässig. Dies gilt insbesondere für die elektronische oder sonstige Vervielfältigung, Übersetzung, Verbreitung und öffentliche Zugänglichmachung.

Inhalt

1. Maleiath - Stärker als Zorn…………………………………………7

2. Horrortanz der Dämonen……………………………………...28

3. Feist - Der Krieger des Schlangenkults………………………49

4. Platexor und Morgarath - Die Geschichte des Drachen………67

5. Meister der Gnade………………………………………….....92

6. Im Rausch des Wahnsinns – Die siebente Hölle…………….110

7. Die Teufelswölfe……………………………………………..125

8. Die Hölle des Bösen…………………………………………140

9. Xemestro - Der Kämpfer mit dem Feuerherz………………..161

10. Teufelsbaum der 1000 Toten………………………………187

11. Wolfsgott – Die Rache der Blutwölfe………………………205

12. Gingi - Die Kellerassel……………………………………..216

Für Maria meine Großmutter

MALEIATH

STÄRKER ALS ZORN

1. GOLBAROX DIE ECHSE

Die Geschichte begann vor langer, langer Zeit, als die Erde noch von Dämonen und Drachen unterjocht war, da lebte ein Mann mit unglaublicher Stärke, sein Name war Maleiath, immer wenn die Menschen in Not waren, flehten Sie um seine Hilfe, mit seiner Kraft und seinem eisernen Willen, war er unbezwingbar, er hatte schon Horden von Monstern besiegt und so suchte der stärkste Mann auf Erden immer neue Herausforderungen um seine Gier nach Ruhm zu besänftigen. Im Donnerwald, ein riesiger Wald, gab es das kleine Dorf Eichenfels, die Einwohner lebten in Frieden und Harmonie miteinander, aber stets mit der Furcht im Herzen, die Bestien des Waldes könnten wieder zu schlagen und so war es wieder einmal so weit. Gustav ein alter Mann, rannte erschöpft ins Dorf, dann brach der Greis am Dorfplatz, wo einige Leute standen zusammen, er hatte nach Beeren gesucht, als er plötzlich etwas Erschreckendes sah, es war eine Art Echsenwesen, das auf zwei Beinen ging, die Kreatur stand genau vor ihm und schnaufte, der Alte erschrak und bekam beinahe einen Herzanfall, wie gelähmt stand er da, die Bestie starrte ihn mit ihren grünlich, leuchtenden Augen an und spuckte dem Mann etwas ins Gesicht, dann packte er all seinen Mut zusammen und rannte was er nur konnte und hier war er nun im Dorf Eichenfels. Die Einwohner waren besorgt, sie hatten Angst, das Monster würde gleichkommen, und sie würden alle sterben. Der alte Greis der in der Menge lag, begann zu zittern sein Gesicht veränderte sich, es war die Spucke des Echsenwesens, seine Haut löste sich auf und wurde blutig, es schien eine Art Säure zu sein, dann fiel sein Fleisch vom Gesicht, man sah das Skelett, wild schrie er, »die Bestie wird kommen und uns alle töten«, dann verstarb der Alte. Die Dorfbewohner stürmten wie panisch in ihre Häuser und sperrten sich ein. Ruhe kehrte am Dorfplatz ein, auf einmal erklang ein wilder bestialischer Schrei und dann war wieder Stille, plötzlich hörte man ein Schnaufen und ein Stampfen, es war das Echsenwesen, es ging auf den Toten zu, gefährlich blickte es in alle Richtungen, dann hob es die Leiche mit ihren Klauen in die Höhe und öffnete ihr riesiges schlangenähnliches Maul und verschlang den Alten. Die Kreatur schleckte genüsslich ihre Lippen mit der Zunge ab und dann sprach es, »kommt raus ihr unwürdigen Menschen, ihr Feiglinge, ich Golbarox werde euch alle fressen, nun was ist los kommt raus, oder ich hole euch.« Die Menschen lauschten der Echse und versteckten sich umso mehr, würden sie jetzt Alle sterben? Weiter schrie die Bestie, »nun gut, ich gebe euch minderwertigen Kreaturen eine Chance, schickt mir eure Kinder heraus und ich werde nur diese fressen und somit verschone ich euer mickriges Leben, habt ihr gehört« und dann erhob Golbarox drohend seine Faust. Aus einem der Häuser wurde ein kleines Mädchen gestoßen das sich wie wild wehrte, aber es half nichts, die Echse lachte und sprach, »komm her du kleines Wesen« und so machte es die Kleine und ging mit gesenktem Haupt auf das Monster zu, bis sie ein paar Meter vor der Bestie stand. »Sieh mich an« sagte Golbarox zum Mädchen und so tat es diese und weinte sogleich beim Anblick der Kreatur. Die Echse sprach, »siehst du Kind, was für feige Wesen ihr seid, kein Einziger der den Mut hat mir gegenüber zu treten, aber ihr Menschen seit sowieso bald ausgerottet, es gibt nicht mehr Viele von euch«, dann schrie die

Bestie und hob die Kleine in die Höhe um sie mit Haut und Haaren zu verschlingen. »Hey kämpfst du immer nur gegen kleine Mädchen«, sprach eine ernste Stimme hinter dem Giganten, dieser drehte sich sofort um und da stand er, ein Mann, er war um die ein Meter achtzig groß, hatte abrasierte Haare, einen Bart und viele Muskeln. »Wer wagt es mich beim Fraß zu stören, wer seid ihr Menschlein«, fluchte die Echse. »Ich bin Maleiath und du bist Geschichte«, sagte der Mann und stürmte auf die Kreatur zu, diese wiederum schoss das Mädchen weit weg, zum Glück fiel Sie in einen Strohhaufen und dann rannte die Bestie ebenfalls auf den Hünen zu, beide schlugen stark mit dem Kopf zusammen, Golbarox flog weit durch die Luft und rappelte sich wieder benommen auf. »Das ist unmöglich kein sterblicher Mensch kann mich besiegen, ich werde dich zerfetzen«, schrie die Echse. »Na komm schon ich warte«, sprach der Held und abermals stürmten beide aufeinander zu, im letzten Moment, machte Maleiath eine geschickte Rolle durch die Beine der Kreatur und packte diese beim Schwanz und riss wie verrückt daran, das Wesen schrie vor Schmerz, aber unser Held hatte noch nicht genug, er drehte sich mit dem Schweif in der Hand, immer schneller im Kreis. Schneller und schneller wurde er, die Bestie wurde schon fast bewusstlos, plötzlich riss er ab und Golbarox, schoss einige hundert Meter durch die Luft in den tiefen Wald hinein, der Mann hatte gesiegt. Auf einmal kamen die Dorfbewohner wieder aus ihren Häusern und umjubelten den Helden, »Maleiath unser Erretter«, schrien sie. Das Mädchen was er gerettet hatte kam auf ihn zu und bedankte sich bei ihm, »mein Name ist Luna, danke das du mich befreit hast mein Held, ich werde dir jetzt immer dienen«, sprach sie. »Nein, ich brauche keine Diener, du sollst frei sein, hier ich schenke dir eine verzauberte Kette, sie macht dich schneller als jeder andere Mensch, ich habe sie von einer Zauberin«, sagte Maleiath und gab dem Kind die magische Kette, sie war überglücklich über dieses Geschenk, dann verschwand sie in der Menge. Während dessen erwachte Golbarox wieder aus seiner Bewusstlosigkeit und rannte im Donnerwald in seine Höhle, darin war ein Altar aufgebaut, die Echse kniete nieder und betete, »Gagababa, erhört mich, ich flehe euch an, im Menschendorf, war ein Mann von göttlicher Stärke, der hat mich besiegt, bitte Gagababa, hört mein flehen.« Ein helles, rotes Feuer erschien und eine dunkle, düstere Stimme erklang, »nun mein Diener, du schaffst es nicht einmal ein paar schwache Menschen zu besiegen, ich werde dir zwei meiner stärksten Bestien schicken, aber enttäusche mich nicht wieder«, dann erlosch die grelle Flamme und die Stimme verschwand, plötzlich erzitterte der Boden neben Golbarox und zwei abscheuliche Kreaturen stiegen aus der Erde heraus. Es waren die Bestien des Zorns, Holandur und Kroksalver, die Erste sah aus wie ein Waran und die Andere wie ein Krokodil, beide gingen auf zwei Beinen und waren an die drei Meter groß. »Wir erwarten eure Befehle«, sprachen sie zu Golbarox und dieser wiederum lachte vor Freude, denn jetzt konnte er das Dorf Eichenfels sicher vernichten.

2. DER BERG BLUT RIESE

Maleiath verbrachte Tage im Dorf, dann beschloss er weiter zu ziehen, der Held wusste das er wiederkehren würde, aber jetzt musste er sich auf den Weg machen, er war auf der Suche nach dem Herrn der Bestien, Gagababa war sein Name, denn würde er diesen vernichten, wäre dies auch das Ende der Monster, so hatte es ihm eine Seherin vorhergesagt und so war unser Held stets auf Reisen um den Meister der Kreaturen zu finden, man erzählte sich das dieser vom Berg Blut Riese seine Macht beziehe, aber es war eine lange Reise dorthin und so machte er sich nun auf den Weg. »Mach es gut Luna, wenn du in Not bist, lauf, schnell wie der Wind, das Amulett, welches ich dir geschenkt habe, leitet dir den Weg zu mir, es ist verzaubert, siehst du, ich trage auch Eines um den Hals, die Zwei Schmuckstücke gehören zusammen, sie suchen sich gegenseitig und so findest du mich jetzt immer«, sprach Maleiath, dann ging er los. Traurig blickte ihm das kleine Mädchen hinterher, bis er in dem riesigen Donnerwald verschwand. Sehr lange war der Hüne schon unterwegs, denn zum Berg Blut Riese war es ein weiter Weg, aber bald würde er ihn erreicht haben und da erhob er sich schon vor ihm, er war so gewaltig, das seine Spitze im Himmel verschwand, rot leuchtete ein Licht herab, man sagte das vor Jahrtausenden eine Schlacht der Riesen und Götter dort oben stattgefunden hatte, es war ein Massaker, der Berggipfel färbte sich rot von Blut, so entstand auch das rote Leuchten. Noch nie schaffte es ein Mensch, diesen Riesen zu erklimmen, denn man war da oben tödlichen Stürmen und Schneeschauern ausgesetzt. Am Fuße des Berges stand er nun, langsam kletterte Maleiath empor, plötzlich ein wildes Donnergrollen und etliche Felsen, stürzten vom Blut Riesen auf ihn herab und begruben ihn unter sich, nach einiger Zeit war der Staub verschwunden, man sah nur mehr Felsbrocken, aber da, einer von ihnen schien zu wackeln und auf einmal wackelten alle Steine wie verrückt und schossen explosionsartig in die Luft, Maleiath stand wieder da, er hatte die Brocken mit seiner übermenschlichen Kraft ins Universum katapultiert. Er lachte laut in den Himmel, haha so etwas kann mich nicht aufhalten, spottete er und kletterte weiter den Berg hinauf, es wurde immer kälter, die Bäume von unten wirkten wie Winzlinge, bald sah man sie gar nicht mehr, auf Maleiaths Haut bildete sich langsam Eis und ein Schneesturm kam, es wurde unerträglich für ihn, bald würde er erfrieren. Der Sturm wurde so stark das unser Held zugeschneit wurde, es gab nur eine Möglichkeit, er musste eine Schneehöhle graben und das Unwetter abwarten und so machte er es auch, tief grub er sich ein, aber was war da, eine Höhle , vom Schnee begraben, schnell kroch Maleiath hinein, drinnen erschien sie riesig zu sein, es lagen hier sogar ein paar Äste und so machte der Mann ein gemütliches Feuer, mit Feuersteinen die er fand, dann ruhte sich der Hüne aus, später erkundete er alles und ging tiefer hinein und da war auf einmal ein riesiges Tor vor ihm, wie konnte das sein, es war um die fünf Meter hoch, kräftig drückte er dagegen um es zu öffnen, es bewegte sich langsam, auf war es, dahinter war ein schöner Saal, mit Fackeln an den Wänden, ein riesiger Tisch in der Mitte und am Ende war ein Thron, auf den Sesseln beim Tisch saßen Tote, aber keine Menschen, es schienen Riesen zu sein, sie waren total verwest, sie schienen alle brutal erschlagen worden zu sein, man sah überall starke Verletzungen und fehlende Körperteile. Am Thron saß der König der Riesen mit einer gewaltigen Krone am Kopf. Maleiath ging langsam auf ihn zu, er hatte etwas in der Hand, es schien ein roter Rubin zu sein, er blinkte immer wieder, schnell nahm ihn unser Held und als er den Edelstein in Händen hielt, erhitzte sich dieser plötzlich und leuchtete wie verrückt, dann ließ er ihn fallen und der Rubin leuchtete immer heller und heller, auf einmal flammte er in einer roten Flamme auf und als diese erlosch, stand da ein Riese. »Wer seid ihr«, sprach Maleiath. Das Wesen erzählte, »ich bin Komor der König der Riesen, also bin ich tot, es scheint so als sei meine Seele in dem Rubin gefangen. Es war vor langer Zeit, wir lebten ewig am Berg Hoch Riese.« »Hey der heißt aber Blut Riese«, erwiderte Maleiath. »Aha, naja ist das nun so, lass mich weitererzählen« und so erzählte Komor, »wir lebten seit Ewigkeiten hier, dann erschienen die Götter, sie wollten das wir sie anbeten, weil sie länger existierten, aber wir weigerten uns, sie töteten meinen einzigen Sohn. Ich war außer mir vor Zorn und Hass, darum beschloss ich die Götter zu täuschen, wir schmiedeten Gotttöterwaffen, dann beteten wir zu ihnen, sie erschienen uns, mit gesengtem Haupt knieten wir vor den Mächtigen, aber das würde das Ende für die verräterischen Gottheiten bedeuten, blitzschnell griffen wir Riesen zu den Waffen und erschlugen sie. In meinem enormen Zorn tötete ich auch die Götter die um Gnade flehten, ich war von meinem Hass besessen, der Berggipfel färbte sich für alle Zeiten rot, wegen des vielen Blutes und so erweckten wir etwas. Als meine Riesen und ich König Komor, der Herrscher über alles gemütlich im Berg Hoch Riese feierten, sprang plötzlich das Tor auf, ein eisiger Wind wehte herein, alle Fackeln gingen aus, Ruhe kehrte ein, alle blickten wir zum Tor hinaus, es stampfte etwas Übernatürliches herein, ein Dämon, der Dämon des Zorns, der Herr der Bestien, Gagababa, er stürmte auf mich zu und erschlug mich mit nur einem Schlag mit seiner Faust, der Hieb war so heftig das sich meine Seele von meinem Körper trennte und in den Rubin in meiner Hand flüchtete.« »Wie ist das möglich, wo ist Gagababa, ich suche dieses Monster schon seit langem«, fragte Maleiath ungeduldig. »Nur langsam mein Freund, lass mich zu Ende erzählen, wir Riesen sind nicht vergleichbar mit Menschen, wenn wir an einem besonders gewaltsamen Tod sterben, kann sich die Seele vom Körper trennen und in ein Objekt flüchten, meine flüchtete in den Rubin, wie du ja weißt und wo Gagababa ist, weiß ich nicht, der kann überall sein«, sagte Komor. »Oh Gott sieh dir das Massaker an alle meine geliebten Riesenfreunde wurden brutal ermordet, von dem verdammten Dämon Gagababa.« »Ja und dieser Dämon hat auch unzählige Monster und Drachen erschaffen, die Menschheit, wird bald ausgerottet sein, was kann ich tun«, schrie Maleiath. »Du musst den Berg erklimmen, ganz oben am Gipfel, da ist die heilige Flamme, Xervum, sie brennt schon seit Anbeginn der Zeit, sie hat magische Stärke, mit ihrer Macht haben wir die Waffen so mächtig gemacht, das man damit sogar Götter töten kann, du musst nur eine Waffe hinein legen, damit müsste es möglich sein Gagababa zu töten, aber der Weg dort hinauf wird ein schwerer sein, ich weiß nicht welche Kreaturen da heut zu Tage leben und jetzt zerstör den Rubin und befreie mich das ich zu meinem Volk zurückkehren kann«, sprach Komor. »Gut mein Freund, danke für deine Hilfe«, antwortete Maleiath und zerschlug den Rubin, der Geist des Riesen flog in den Himmel und verschwand.

3. DIE DREI BESTIEN AUS DER HÖLLE

Während dessen unser Held auf dem Weg zum Gipfel war machten sich die Monster Golbarox, Kroksalver und Holandur auf den Weg nach Eichenfels. Der Anführer erzählte den anderen zwei Kreaturen von Maleiath im Dorf, dass es schwer sein wird ihn zu schlagen, sie waren vorsichtig und blickten langsam aus den Wäldern zu den Bewohnern, alles schien ruhig zu sein. Wo ist er, dachte das Echsenwesen. »Also ich sehe hier gar keinen Koloss, der es mit uns aufnehmen kann, was du uns erzählt hast«, spottete Kroksalver und so verweilten die drei Kreaturen noch eine Weile in den Büschen. Luna das kleine Mädchen spielte gerade mit einer Freundin mit einem ballähnlichen Objekt, sie warfen es immer hin und her, es war sehr lustig, doch dann schmiss die Freundin es zu weit und es landete, bei den Büschen wo die drei Bestien versteckt waren. Luna ging nichts ahnend das Spielzeug holen. »Schnell seid leise«, flüsterte Golbarox, »sie kommt.« Das Mädchen beugte sich zum Spielzeug runter und sah plötzlich einen reptilähnlichen Fuß mit spitzen Krallen daran, sie erschrak innerlich, ließ sich aber nichts anmerken, dann blickte die Kleine leicht nach oben und erblickte die Fratze von Golbarox, hinter den Sträuchern, danach ging sie zur Freundin zurück. Dann sagte Luna, »ich will nicht mehr spielen« und ging weg, sie rannte schnell zum Versammlungshaus und berichtete, dass sie ein Monster gesehen hatte, welches nur darauf warte um zu zuschlagen. Schnell versammelten sich einige Leute um zu besprechen wie sie vor gehen sollten, dann hatte Luna eine geniale Idee, »wir brauchen nur einen Mann der vorgibt Maleiath zu sein, dieser spaziert stolz im Dorf für alle ersichtlich herum, so würde die Kreatur vielleicht Angst bekommen und wir gewinnen Zeit bis der Echte wieder hier ist.« Die Wahl traf auf Krischof, er hatte auch eine kräftige Figur, schnell gaben die Leute ihm, ein ähnliches Gewand. Oh Gott das Gesicht würde es erkennen, schnell noch ein Helm und perfekt war er, Krischof konnte nun mit seiner Show beginnen. Die drei Monster hatten schon einige Zeit das Geschehen im Dorf beobachtet, aber keinen Maleiath gesehen, also nahmen sie an das er weg sei, ein perfekter Zeitpunkt um zu zuschlagen, dachte Golbarox. »Los stürmen wir das Dorf«, sprach er, doch plötzlich, ging da ein Mann am Dorfplatz herum, war das Maleiath, stolz spazierte er hin und her, dann ging er mit breitem Schritt und den Händen weit auseinander auf die Büsche in denen die Monster versteckt waren zu und blickte wild hin und her und sagte in lautem Ton, »hahaho, wo ist Golbarox, ich werde ihn zermalmen, hiha ich bin der Monstervernichter«, dann machte er verschiedene Posen um die Kreaturen zu erschrecken, dann ging der Mann wieder weg. »Der sieht aber gar nicht so stark aus«, sagte Kroksalver. »Doch glaub mir er ist megastark siehst du meinen Schwanz«, sprach Golbarox. »Nein du hast ja gar keinen«, lachte Holandur, denn die anderen zwei Monster hatten einen.

15

»Seht ihr, er hat ihn mir einfach so abgerissen«, weinte Golbarox, »dafür wird er sterben.« Weiter beobachteten sie den falschen Maleiath, der Holz zu hacken schien, aber nicht mit einer Hacke sondern mit seinen Händen, er schlug die Scheiten mit seinen bloßen Fingern auseinander, oh Gott der ist ja wirklich der stärkste Mann des Universums, dann blickte dieser noch wild in Richtung der drei Kreaturen, die sofort die Flucht ergriffen. Luna und Krischof hatten einen guten Plan gehabt, immer wenn er eine Holzscheite hinlegte und bevor er zu schlug, tauschte Luna das Holz mit zwei gespaltenen Stücken aus, sie hatte ja die magische Kette die ihr eine übernatürliche Geschwindigkeit gab. Super geschafft die Monster waren geflüchtet, aber vielleicht kommen sie bald wieder und wo ist Maleiath, würde er jemals zurückkehren. Die Dorfbewohner schickten Wachposten um das Dorf, um die Kreaturen rechtzeitig zu entdecken, falls sie wiederkehren würden. Golbarox, kniete abermals in seiner Höhle und betete zu Gagababa und er wurde erhört. »Du Narr du kannst nicht einmal den unechten vom echten Maleiath unterscheiden, der Echte ist beim Berg Blut Riese, aber du hast mich oft genug enttäuscht«, sprach Gagababa, plötzlich kamen zwei schwarze, höllische Hände aus dem Boden und zogen Golbarox in die Tiefe, er schrie und flehte um Gnade, aber zu spät, weg war er, die beiden anderen Monster blickten erschrocken drein, auf einmal öffnete sich der Boden abermals und ihr Freund das Echsenwesen, wurde wieder ausgespuckt, aber es schien verändert zu sein, die Kreatur hatte wieder einen Schwanz und viel mehr Muskeln, sie stand da und schrie bestialisch. »Kommt vernichten wir dieses verdammte Dorf«, sprach Golbarox zu seinen zwei Untertanen und sie marschierten los. In Eichenfels angekommen, spazierte da wieder die billige Kopie von Maleiath herum, die Wachposten hatten schon vor der Ankunft der drei Bestien Bescheid gesagt, aber diesmal gingen die Kreaturen ins Dorf hinein, direkt auf den Mann zu. »Ha, ich bin Maleiath der stärkste Mann des Universums, ihr werdet jetzt die Tracht Prügel eures Lebens bekommen«, sprach er zu den Dreien und berührte Golbarox, drohend mit dem Zeigefinger, dieser lachte und holte mit seiner Klaue aus, ein Kinnhaken und der stärkste Mann flog hundert Meter durch die Luft und blieb bewusstlos an einem Baum hängen. Die Kreaturen lachten und spotteten über den realen Maleiath, dass er feige sei und die Bewohner im Stich gelassen habe. Golbarox sprach mit lauter Stimme, »ich übernehme das Dorf, wer sich mir widersetzt, wird sterben, jede Woche verlange ich ein Kind zum Fressen, habt ihr gehört, ihr blöden Menschlein, ich bin euer Herrscher.« Die Dorfbewohner ergaben sich und knieten vor den drei Monstern nieder, nur ein Mann nicht, Josef schlich sich leise von hinten an Golbarox heran, mit einer Sichel bewaffnet, er wollte ihm die Kehle aufschlitzen, nur noch ein kleiner Schritt und er hätte es geschafft, der Mann holte aus, doch plötzlich drehte das Echsenwesen den Kopf um hundertachzig Grad herum und packte den Mann mit den Klauen und hielt ihn fest. »Nun werdet ihr sehen was dem passiert, der es wagt sich mir zu wiedersetzten.« Golbarox öffnete sein Maul, Josef wehrte sich mit allen Mitteln, aber er hatte keine Chance. Aus dem riesigen Rachen sprühte eine ätzende Flüssigkeit auf den Hilflosen. »Was geschieht hier«, schrie Josef, während sich langsam sein Gewand und seine Haut auflösten, nun fiel auch noch das Fleisch von seinen Knochen, das Geschrei des armen Mannes wurde immer wilder, bis es verstummte, er war nur noch ein geschmolzener Fleischklumpen, dann fraß ihn Golbarox und schleckte sich mit der Zunge die Lippen ab. Die Dorfbewohner

17

waren in Panik, aber sie fügten sich der Kreatur und dienten ihr, nun begann die Herrschaft der drei Bestien.

4. XERVUM DIE HEILIGE FLAMME

Maleiath verließ die Höhle wieder, der Sturm war zum Glück weiter gezogen, nun ging es auf zum Gipfel, was würde er da oben finden, fragte er sich immer wieder, der Berg wurde immer steiler, es war schwer sich an den Klippen festzuhalten und so vergingen Tage und Nächte, nach dem langen Aufstieg erreichte er plötzlich eine grüne Ebene, die voll Wiese und Pflanzen war, wie konnte das möglich sein unten Schnee und oben Wärme, es war sehr angenehm hier, vielleicht war es das Feuer der heiligen Flamme, die hier alles so erwärmte. Maleiath ruhte seine Knochen aus und schlief sofort ein, aufeinmal wurde er von einem lauten Flügelschlag in der Luft geweckt und da folgte nun auch ein Geschrei am Himmel, vorsichtig öffnete er die Augen, oh verdammt nein, ein roter Feuerdrache flog über ihm hinweg und drehte Runden in der Luft. Hat das Scheusal mich gesehen, dachte unser Held, der regungslos in der hohen Wiese liegen blieb, aufeinmal landete der Drache, genau auf ihm, das Flügelwesen hatte Maleiath nur um haaresbreite verfehlt, er lag genau unter dem Drachen, würde sich dieser nun hinlegen, wäre dies das Ende. Die Kreatur war um die dreißig Meter lang, sie blickte suchend umher und schnüffelte herum, vielleicht konnte sie den Mann riechen. Nur bloß nicht bewegen, dachte er, aber zu spät, furchteinflößend blickte ihn die Kreatur schon an, es gab nur einen Ausweg, renne um dein Leben und dies tat Maleiath auch und sprintete wie besessen los, aber wohin, so stürmte er in Richtung Abgrund, der Drache schrie furchteinflößend auf und verfolgte ihn, gewaltig konnte man seine Flügelschläge hören, gleich würde das Scheusal ihn fressen, die Bestie kam immer näher und näher, unser

Held hatte nur eine Möglichkeit, er musste springen und dies tat der Hüne, mit einem gewaltigen Sprung, sprang er den Berg hinunter, das Monster, schnappte knapp vorbei und stürzte sich auch in die Tiefe, weiter unten erschien abermals der starke Nebel, Maleiath konnte nichts sehen, er hörte nur den Flügelschlag und das Schreien der Kreatur, plötzlich verstummte es. Der Mann flog immer weiter abwärts, durch den Nebel, doch dann lichtete er sich auf einen Schlag, aber es war zu spät, der Drache war schon unter dem Helden und öffnete wild sein Maul, als Maleiath dies sah, hatte er nur eine Chance, er rollte sich zu einer Kugel zusammen und stürzte in den Rachen der Bestie, die ihn sofort verschlang, sie würgte den Mann hinunter, bis er im Magen ankam, darin lagen überall Knochen und Überreste, unten befand sich eine Flüssigkeit, es war Säure, sie löste alles auf was darin war. Oh Gott wie bin ich hier nur hineingeraten, dachte der Held, dann nahm er all seine Kraft zusammen und schlug stark gegen die Magenwand, der Drache schrie, es schmerzte ihn und so flog er weit in die Lüfte hinauf, immer höher und höher, abermals prügelte er auf das Organ ein, bis dieses einriss, dann kletterte Maleiath hindurch und war im Inneren, er zerriss das Zwerchfell und nun konnte der Hüne gut das Herz sehen, er ging darauf zu, dann schlug er mit aller Kraft darauf ein, die Bestie flog panisch umher, bis sie bewusstlos wurde und steil im Sturzflug abstürzte, sie schlug genau am Gipfel des Berges ein. Maleiath kletterte in den Magen zurück und zwang sich durch den Rachen durch, wieder beim Maul hinaus und da erblickte er ein grelles, rotes Licht, es schien Xervum, die heilige Flamme zu sein, überall lagen Skelette von Riesen und Göttern herum, hier musste die große Schlacht stattgefunden haben, der Boden war rot gefärbt, wahrscheinlich das Blut, würde es für alle Ewigkeit den Berg zieren? Als Maleiath zur Flamme ging bemerkte er das sie

19

eigentlich, weiß leuchtete, nur durch das viele Blut erschien sie rot, jetzt schnell eine Waffe die zu unzähligen am Boden lagen und ab ins Feuer mit ihr, um sie allmächtig zu machen, um Gagababa zu bezwingen, so machte er es auch, mit einer beidseitigen Kriegsaxt. Der Mann legte sie in die Flamme, es schien fast wie unmöglich, das Feuer hatte so etwas wie eine Schutzbarriere, die schwer zu durchdringen war, mit aller Kraft war es zu schaffen, es hatte so eine Hitze das es Maleiath fast zu Boden riss, dann flammte es auf, als die Waffe drinnen war. Nur mit aller Gewalt konnte der Hüne, die Streitaxt der Flamme wieder entreißen, erschöpft lag er am Boden, aber jetzt konnte er den Herrn der Bestien besiegen. »Danke dir Xervum«, sprach der Mann und stand auf, plötzlich erwachte der Drache wieder und erhob seinen Kopf und schrie. Maleiath setzte zu einem gewaltigen Sprung an, mit der Axt in beiden Händen und holte zu einem mächtigen Hieb aus und schlug zu, den Drachen riss es den ganzen Kopf weg, der Schädel flog schreiend durch die Luft und besiegt war sie die Bestie, doch auf einmal kam ein starker Wind auf, aus dem Boden schoss ein Dämon heraus, es war, GAGABABA.

5. GAGABABA, DER MEISTER DES ZORNS

»Endlich ist es so weit, wir stehen uns gegenüber, so lange habe ich auf diesen Augenblick gewartet«, schrie Maleiath. »Ja, erinnerst du dich, deine Frau und dein Kind, sie haben mir so eine Freude bereitet«, sprach Gagababa mit böser Stimme. Maleiath hatte früher eine Frau und ein Kind gehabt, er lebte mit ihnen in einer kleinen Holzhütte im Donnerwald, als er auf die Jagd ging kam ein alter Mann zu Besuch. Die Frau war immer sehr hilfsbereit und bot dem Fremden ein Essen an, er hatte einen schwarzen Umhang und sein Gesicht war bedeckt, er sprach wirres Zeug, dann wurde er aufdringlich und die Frau bat ihm das Haus zu verlassen, aber der Alte ging nicht, er stand auf und streckte den Arm mit ausgestrecktem Zeigefinger zu ihr und sagte, »du wirst eine meiner Kreaturen werden«, ein dunkler Rauch kam aus seinem Finger und umnebelte die Frau mit ihrem Kind, sie veränderten sich, sie wurden zu Monstern, halb Mensch halb Hyäne, sie waren Mutanten, bestialisch lachte der Greis. »Fehlt nur mehr der Zorn«, sprach er und aus seinem Mund kam schwarzer Rauch, er machte die Zwei aggressiv und so stürmten sie wild, bei der Tür hinaus, als Maleiath heim kam saß da der alte Mann im Zimmer mit dem Rücken zu ihm. »Wo ist meine Frau und mein Kind du alter Scheißkerl, sag es mir«, schrie er. »Ich habe sie zu reineren Wesen veredelt, so wie ich dich nun auch verwandeln werde«, sprach der Alte, dann stand er auf und ging auf Maleiath zu, aber dieser wusste nichts von seiner göttlichen Stärke und so schlug er den alten Mann wie besessen mit seinen Fäusten nieder, bis dieser zerfiel und verschwand, es blieb nur das Gewand und der Umhang liegen, plötzlich schoss etwas aus dem Boden, es war Gagababa, er war anscheinend der Greis gewesen, bedrohlich streckte er dem Helden den Zeigefinger entgegen und Rauch kam daraus, auf einmal sprang wie aus dem Nichts eine Mutantenhyäne, die einst seine Frau war auf Gagababa zu und zerfleischte ihn, in wahnsinniger Wut, dieser wehrte sich heftig, er stach immer wieder mit seinen scharfen Fingern in das Tier, beide stürzten zu Boden, der Dämon verschwand, nur seine Frau blieb liegen, sie verwandelte sich zurück, schnell rannte er zu ihr hin, sie lag in einer Blutlache. Die letzten Worte von ihr waren, »finde unser Kind«, dann starb sie und Maleiath schwor ewige Rache. Seinen Nachwuchs fand er nie wieder, er war verschwunden, wahrscheinlich lebte er im Wald, denn er war ja jetzt ein Hyänenmenschenwesen, vielleicht hatte sein Kind keine Erinnerung mehr an sein altes Leben, aber niemals würde sein Vater die Suche nach ihm aufgeben. »Ja war das schön früher, aber ich war damals noch schwach«, sprach Gagababa »und jetzt ist es so weit, jetzt bist du dran.« »Nein, heute nicht«, erwiderte, Maleiath und ging mit der Doppelkriegsaxt auf den Dämon zu. Immer wieder schlug er mit seiner Gotttöterwaffe her, aber das Monster wich immer aus, dann spie Gagababa, schwarzen Rauch aus seinem Mund auf den Helden und dieser wurde wahnsinnig, es war der Rauch des Zorns. Wie wild schlug er in alle Richtungen, der Hüne konnte sich nicht mehr konzentrieren, dann schloss der Mann seine Augen und seine Frau erschien ihm. »Entspann dich Maleiath fühle die Kraft in dir, konzentriere dich« und er öffnete sie wieder und schlug zu, er zerschlug Gagababa in zwei Teile, dieser schrie bestialisch und versank in der Erde. »Es ist vorbei«, sagte der Held leise und fiel auf seine Knie, doch plötzlich packte ihm etwas an der Schulter und schoss ihn weg, es war Gagababa, er stürzte sich auf den Helden und schlug bestialisch mit dämonischer Macht auf ihn ein, bis dieser erschöpft und dem Tode nahe zusammenbrach. »Denkst du so eine Waffe kann mich besiegen den Meister des Zorns, den Herr der Bestien, ich bin fast so alt wie Xervum die Flamme, aber du wirst jetzt sterben«, spottete der Dämon. Er hob Maleiath mit einer Hand in die Höhe und schlug mit der anderen übermenschlich auf ihn ein. Der Held spuckte ihn noch mit letzter Kraft ins Gesicht und schrie, »geh zum Teufel«, dann schoss ihn Gagababa weit weg, er landete neben Xervum und wurde bewusstlos. Der Dämon ging auf den geschwächten Mann zu, er sagte, »du bist es nicht wert von mir in eine Bestie verwandelt zu werden, du verdienst nur den tot«, dann formte das Monster einen gewaltigen Feuerball in den Händen und schoss ihn auf den Helden, alles ging in Flammen auf und als diese erloschen, war nur mehr Rauch zu sehen. Gagababa verschwand nach seinem Sieg wieder. War Maleiath nun tot, war dies das Ende? Der Dämon war zu stark, er schien stärker als ein Gott zu sein, war das das Ende der gesamten Menschheit?

6. NUR DER STARKE ÜBERLEBT

Als sich der Rauch gelegt hatte, war da noch immer Maleiath und die heilige Flamme, sie hatte den Helden mit Ihrem Kraftfeld geschützt, als er wieder zu sich kam dachte er nach, wie kann ich diesen Teufelsdämon besiegen, wenn nicht mal eine Gottvernichterwaffe es schafft, es gibt nur eine einzige Möglichkeit, ich muss mich in Xervum, die heilige Flamme stellen, auch wenn dies meinen Tod bedeuten würde und so tat er es mit letzter Kraft rollte er sich ins Feuer, bestialische Schmerzen durchdrangen seinen Körper, er schrie, immer wilder und wilder, bis es in einer gewaltigen Explosion endete. Maleiath kniete am Boden, die heilige Flamme war erloschen, vielleicht brannte sie nun in seinem Herzen, er streckte die Arme aus und brüllte laut, »GAGABABA.« Sein lautes Geschrei hatte einen roten Feuerdrachen angelockt, dieser stürzte sofort in einem Sturzflug auf den Helden zu, aber der holte mit seiner Hand aus und schlug dem Drachen als dieser nah genug war von unten auf den Kopf, der sofort abriss und in den Himmel geschossen wurde. Jetzt ist es Zeit, Rache zu nehmen und so stieg er den Berg hinab und machte sich auf den Weg nach Eichenfels. In dem Dorf war es zurzeit sehr dramatisch, die Menschen mussten Skulpturen für die drei Monster bauen und sie mit Kindern füttern, bald würde es sowieso keine Menschen mehr im Dorf geben, da nur mehr einige lebten. Golbarox, ließ sich von den Menschen auf einem Thron tragen, die Bestie ging nicht einmal mehr selbst. Krischof wurde zum Hofnarr erklärt, die Kreatur hatte ihm schon sechs Finger abgerissen, für jedes Mal, wenn er nicht lustig genug war, dann kommen die Zehen dran, sind auch diese weg, werde es seinen Kopf abreißen. Luna musste immer Wasser für die Monster zum Trinken holen, war sie nicht schnell genug wurde sie von den Kreaturen verprügelt, es war schon Wochen her, seit Maleiath das Dorf verlassen hatte, die überlebenden Menschen beteten um seine Rückkehr. »Hol mir Wasser du unwürdiges Wesen«, schimpfte Golbarox, das Mädchen, Luna, die sogleich losrannte. »Das mundet mir nicht«, das Echsenwesen spuckte es aus, »ich trinke lieber dein Blut das schmeckt mir besser«, das Monster nahm das Kind und hob es in die Höhe, dann spreizte es die Krallen und hielt sie zum Hals von Luna. »Nein bitte nicht«, flehte sie, aber die Bestie hatte kein Erbarmen. Krischof pfiff und Golbarox blickte interessiert zu ihm, dieser machte einen blöden Tanz, sodass die sie zu lachen anfing und die Kleine weg schoss, sie landete auf der Erde und betete, »allmächtiger Herr wo ist Maleiath«, dann weinte sie, auf einmal sah sie zwei kräftige Beine vor sich und eine Stimme sagte, »hey Kleine, warum weinst du.« Sie blickte nach oben und da stand er, ihr Held, gleich fiel sie ihm in die Arme. Dann sagte er zum Mädchen, »bleib hier ich habe was zu erledigen, schau dir die Show von hier aus an«, dann ging er zum Echsenkönig. »Hey, es ist Zeit zu sterben«, schrie er Golbarox an. Dieser schluckte geschockt, »ah du, ja für dich« und dann flog das Monster von seinem Thron in die Lüfte auf den Helden zu, dieser sprang auch der Kreatur entgegen, mit seiner geballten Faust schlug er ihr ins Gesicht, alle Zähne flogen Golbarox heraus und es riss ihn fast der Kopf ab, halb bewusstlos lag das Echsenwesen am Boden, dann nahm der Held den Schwanz und riss ihn mit einem Zug ab, wild schrie die Bestie, plötzlich sprangen Kroksalver und Holandur auf den Helden zu, dieser lachte und packte beide am

Hals und warf sie weg. Sie umkreisten den Mann, »du wirst sterben«, waren sie siegessicher. Kroksalver stürmte schnell auf Maleiath zu. »Genug jetzt«, sagte dieser, er holte zum Schlag aus und riss dem Krokodilwesen, das Herz beim vorbeilaufen heraus, das Wesen starrte ihn nur komisch an, dann zerdrückte er den schlagenden Muskel und das Monster starb, waren es nur noch Zwei. Holandur rannte flüchtend davon und Maleiath hinterher, aber er war viel schneller, er sprang dem Waranwesen auf den Rücken und packte den Kopf und riss ihn ab, dann war es nur noch einer. Golbarox richtete sich auf und sagte, »der Meister wird dich vernichten.« »Ha, nicht wenn ich ihn zuerst vernichte«, erwiderte der Held und stürmte auf das Echsenwesen zu, das sich kampfbereit hinstellte, im letzten Moment machte der Hüne einen gewaltigen Sprung über das Monster und packte auch dessen Kopf und riss ihn ab. Jetzt waren sie alle tot, doch auf einmal, stand Kroksalver wieder auf und packte Luna. »Ich habe zwei Herzen du Idiot und jetzt ist die Kleine tot«, sprach die Bestie und öffnete ihr Maul um das Kind zu verschlingen, doch da stachen Dorfbewohner mit Heugabeln auf das Wesen ein, sodass diese das Mädchen fallen ließ, das nutzte Maleiath und rannte auf das Krokodilwesen zu und umschlang den Kopf der Bestie mit seinen kräftigen Armen und riss auch diesen ab. Jetzt waren die Dorfbewohner frei, sie feierten den Helden, doch die Freude dauerte nur kurz, denn ein kalter Wind brauste auf und ein alter Mann kam ins Dorf, er hatte ein Tier bei sich, oh nein, es war der verlorene Sohn von Maleiath, er war noch immer ein Hyänenwesen.

7. STÄRKER ALS ZORN

Der Alte war Gagababa er hatte den Sohn des Maleiath an einer Leine und zog ihn hinter sich her. »Ich kenne dich alter Mann«, sagte der Held, »verwandle dich in deine wahre Gestalt« und dies tat der Greis, schwarzer Rauch umgab ihn und er wurde größer und mächtiger. Sofort rannte der Held zu seinem Sohn, aber dieser erkannte seinen Vater nicht mehr, schnell riss er die Leine ab, »los lauf in den Wald«, schrie Maleiath und das Hyänenwesen lief davon. Gagababa war nun zu seiner wahren Gestalt geworden und sprach, »wie konntest du meinen Feuerball überleben, das ist unmöglich.« »Ich werde dir zeigen was sonst noch alles möglich ist«, brüllte Maleiath. Beide stürmten aufeinander zu, der Held schwang seine Fäuste und drosch wie besessen auf den Dämon ein und schlug Stücke aus ihm heraus, dieser sprach geschockt, »wie ist das möglich, deine Schläge können mir Schaden.« »Ich bin Eins, mit Xervum der heiligen Flamme geworden«, antwortete der Held und packte Gagababa. Das Monster schrie panisch und sprühte den schwarzen, bösen Rauch auf Maleiath, der sogleich zu Boden ging. »Diesmal kannst du dem Zorn nicht entkommen, ich habe dir die gesamte Macht des Hasses gegeben, nicht einmal Götter können das aushalten«, lachte Gagababa. Der Held schrie wie verrückt und schlug wild vor Zorn um sich, er hatte sich nicht mehr unter Kontrolle, da hörte er wieder die Stimme seiner Frau, abermals schloss der Mann seine Augen, sie erschien ihm und sagte, »entspann dich, konzentriere dich, hole zum finalen Schlag aus«, dann öffnete er sie wieder, Maleiath ballte die Fäuste, Blitze bildeten sich um ihn, dann sprang er in einem gewaltigen Sprung durch Gagababa hindurch, dieser explodierte in einer gigantischen Explosion und war für immer verschwunden. Der Held blieb bewusstlos am Boden liegen, Luna stürmte zu ihm hin und weinte, »nein bitte nicht tot sein flehte sie«, aber Maleiath rührte sich nicht, plötzlich kam ein junger Mann und ging zum Helden, »Vater wach auf, ich bin es, dein Sohn«, sagte er, langsam öffnete er seine

Augen und sprach, »Jahre lang war ich auf der Suche nach dir und nun hast du mich gefunden.« Der Tod von Gagababa hatte den Sohn zurück verwandelt, eines Tages verliebten sich das Kind von Maleiath und Luna und heirateten, so lebten sie alle glücklich im Dorf Eichenfels im Donnerwald.

HORRORTANZ DER DÄMONEN

1. Der Wald des Grauens

Es war Freitag der Dreizehnte und Patt Mördok wanderte wieder einmal durch den Wald, er liebte es zu wandern, schon seit seiner Kindheit mochte er es. Die Wälder kannte er sehr gut, aber diesmal sollte es ganz anders werden, immer tiefer stürzte er sich ins Dickicht und plötzlich kam er an eine Stelle, wo er dachte, da war ich noch nie und er marschierte weiter ins Unbekannte. Riesig erhoben sich die gewaltigen Bäume vor ihm und er erspähte in der Ferne ein Schloss. Die ganzen Wälder konnte er ja auch nicht kennen, sie waren viel zu groß. Das Schloss hatte eine gewaltige Mauer, zwei Türme und einen mittleren Hauptturm, es brannte ein Licht, es war schon Dämmerungszeit, leider war die Festung noch weit entfernt und Patt würde es heute nicht mehr bis dort hinschaffen, aber er konnte sich auf den Weg machen. Komisch es war auf keiner seiner Karten eingezeichnet, vielleicht hatte er ein Neues entdeckt, aber nein, es brannte ja Licht, also musste dort jemand sein. Je näher er kam, desto dichter wurde der Wald, unheimlicher Nebel breitete sich aus, es war fast wie in einem Horrorfilm, fehlten nur mehr die Zombies, dachte er und da kam schon eine vermoderte Hand im Nebel zum Vorschein. Patt ribbelte sich die Augen, habe ich mir das nur eingebildet, aber nein, sie war klar und deutlich zwei Meter vor ihm zu sehen, jetzt bloß keinen Mucks machen, dachte er und versteckte sich leise in den Stauden und lauerte. Die Hand verschwand wieder im Nebel, aber diesmal kam gleich der ganze Körper zum Vorschein, er wankelte wild hin und her, es war ein Zombieweib, sicher schon lange tot, denn die Haut war schon sehr verfault, ah richtig knusprig und so ging sie wankend hin und her. Verdammte Scheiße, was mach ich jetzt, dachte Mördok, ah zum Glück habe ich meine Notfallaxt, weil wie sagt die alte Regel, hast du mal im Wald verkaxt hilft dir nur die Notfallaxt und dann stürmte er auf die Zombieleiche los, mit einem Schlag war der Kopf sofort ab, Blut spritzte noch aus ihrem Körper und dieser ging noch immer hin und her. Patt stieß ihn um und da lag er, er bewegte sich noch immer und der Kopf blickte ihn an und begann zu schreien. »Halts Maul du blöde alte Schachtel«, schimpfte er, aber da war es schon zu spät, zehn Zombies hatte der Schrei angelockt und so wankelten zehn verfaulte Kadaver auf den Mann zu. Zum Glück können Untote nicht schnell laufen, dachte er und sprintete davon, nur hatte er den Sumpf übersehen, der ihn sofort verschlang, bis zur Brust steckte er drin und dann noch die Untoten die auf ihn zu kamen. Patt konzentrierte sich, was sagte noch sein alter Vater, aja »bist du mal in einem Sumpf gefangen tauche bis zum Grund und stoße dich ab und spring in die Luft, bis du das Land erreichst« und das tat er. Mördok ließ sich bis auf den Grund sinken, er hielt die Luft an, nur leider da war kein Grund, er drohte zu ersticken, wo war der verdammte Boden, war dies das Ende, doch jetzt spürte er ihn, aber der fühlte sich komisch an, der hat ja Zähne dachte der Mann und es war ein riesiger Sumpfwurm, der ihn als ganzer verschlang. Mördok blieb ihm, im Hals stecken, da er sich breit machte und Arme und Beine ausstreckte, plötzlich ein Geistesblitz, wo ist das scharfe Chiligewürz von meiner Mutter, sie gab es ihm immer auf seinen Reisen mit, obwohl er es nicht wollte, weil es ihm zu feurig war. Ah da ist es, er öffnete das Gewürz und streute dem Horrorwurm, gleich die ganze Ladung in den Hals, sofort reagierte dieser und würgte Mördok mit einem gewaltigen Schuss heraus, so schoss er durch den Sumpf hoch in die Luft und blieb an einem Baum oben hängen, unter ihm warteten schon die hungrigen Zombies, würde es denn schon bald ein Essen für sie geben? Mit aller Kraft zog sich Patt höher auf den Baum und auf diesen verweilte er bis am nächsten Morgen, er döste dort ein bisschen, als er seine Augen wieder öffnete, war es Tag und die hungrigen Untoten waren verschwunden. Er setzte sein cooles Kapperl auf, plötzlich kam eine fliegende Fledermausratte und schnappte es ihn weg und flog davon. Was für ein scheiß Horrorwald, dachte er und schimpfte in den Himmel. Die Sonne ging langsam auf und es schien ein herrlicher Tag zu werden.

2. Dem Schloss so nah

Als er vom Baum hinunterkam, konnte er den Sumpf genau sehen und ihn so ausweichen, knapp ging der Mann daran vorbei, der blöde Sumpfwurm schnappte schon wieder nach ihm, aber Patt wich schnell aus und trat mit dem Fuß nach dem seltsamen Wesen. »Du vertrottelter Regenwurm ich zertrete dich«, schimpfte er, dann ging er weiter. Wo waren wohl all diese Zombies hin verschwunden, auf einmal packte ihn so eine verfluchte Hand an seinem Hosenbein, er riss sich sofort los. Ah sie gruben sich unter Tags im Boden ein, immer wieder kam eine Zombiehand zum Vorschein um ihn zu packen, aber der Mann riss sich jedes Mal wieder los. Das Schloss war schon sehr nah, aber es war sehr schwer näher zu kommen mit dem Sumpf und den Zombies und jetzt auch noch das, vor ihm lag so ein fetter Sumpfwurm quer am Boden und ließ sich sonnen. »Verdammt wie komme ich da vorbei, dachte die leben nur unterirdisch, diese nervigen Würmer«, fluchte er, aber Patt hatte Glück das Wesen zog sich in den Sumpf zurück, das Vieh war auch sehr langsam an Land und konnte ihn so auch nicht erwischen. Endlich war er am Sumpf vorbeigekommen, aber da lauerte schon das nächste Übel, abermals viel Wald und es wurde schon wieder Nacht, wenigstens das Schloss war schon sehr nah, man konnte schon das riesige Schlosstor sehen. Die Zombies gruben sich schon wieder aus dem Boden aus und wankelten auf Mördok zu, aber auf einmal, bemerkte er ein Licht hinter den Bäumen, dann ging Patt darauf zu, es war ein kleiner Seiteneingang zum Schloss und da stand ein Mann, er hielt eine Öllampe in der Hand, er blickte stumm auf Patt und verzog keine Miene. »Hey sie, helfen sie mir, da sind überall Untote, hören sie Mister«, sprach Patt. Der Mann öffnete sein Maul, Mund konnte man nicht sagen, er hatte überall Falten und ganz schwarze, kaputte Zähne. »Kommt her junger Mann, hier seid ihr in Sicherheit«, waren die Laute des unheimlichen Mannes, er hatte außerdem einen riesigen Buckel und war total entstellt. Der verunstaltete Mann deutete Patt an, dass er herkommen sollte und so folgte er dem Buckeligen in einen Gang zum Schloss. Der unheimliche Fremde, verschloss sofort eine fette Tür hinter sich, dass die Untoten nicht folgen konnten. »Hey Sir wie heißen sie, wohnen sie hier«, fragte Patt. »Sir, ich bin Igor, der Diener von Graf Zendor, wilkommen in unserem wunderschönen Schloss«, antwortete der Buckelige. »Ah, Igor ist dein Name«, jetzt wusste Mördok Bescheid. Er brachte ihn auf ein Zimmer, es hatte eine starke Holztür und Patt ging hinein, überall waren Spinnweben und Käfer, die Bettdecke war komplett von Ungeziefer zerfressen, es stand ein ausgestopfter Bär da, der unheimlich die Zähne fletschte, Ratten rannten überall herum, eine biss ihn in den Fuß er schrie auf. »Oh ein sehr schönes Zimmer, ich liebe es«, log Patt den Buckeligen an und sprang gleich ins Bett, wo es gleich sehr viel Staub aufwirbelte. Igor verschwand in den Gängen und Patt dachte, wo er da wohl hineingeraten sei, na wenigstens, war er hier von den Untoten sicher. Das Zimmer hatte auch ein altes modriges Fenster mit dreckigen Scheiben, er öffnete es und plötzlich stürmte irgendein unheimliches Wesen schräg an der Mauer bei seinem Fenster vorbei und schrie bestialisch. Er blickte der Kreatur nach, sie hatte einen roten Mantel an und kroch auf das Dach, dann sah der Mann sie nicht mehr, er lehnte sich so weit hinaus, das ihn seine Axt hinunterfiel und im Sumpf landete, »verdammt«, fluchte Mördok und das Wesen, ah, wahrscheinlich ein Waschbär der sich in einem Mantel verfangen hatte, dachte er. Das Zimmer hatte sogar eine Waschmuschel, also gab es hier, doch moderne Sachen, er drehte den Wasserhahn auf und da spritzte rote Flüssigkeit heraus, nun wurde sie gelb, grün, dann blau und nun endlich kam richtiges Wasser heraus. Sollte Patt einen Schluck wagen, durstig war er allemal, dann spitzte er seine Lippen und streckte sie dem klaren, sauberen Wasser entgegen, ah, würde das jetzt gut schmecken, dachte er und berührte das kühle Nass mit seinen Lippen, das sich plötzlich wieder in eine grüne schleimige Flüssigkeit verwandelte. Schnell spuckte er es aus, war das grauslich es schmeckte wie Speibe, wütend riss er gleich den Wasserhahn aus. Plötzlich stand Igor da und blickte ihn verstört an. »Ah, ich repariere ihn nur, ich bin gelernter Installateur«, sagte Mördok, dann drehte er noch ein bisschen an den Leitungen herum, die auf einmal explodierten, nun war er voll mit dem grünen Schleim. Igor deutete auf einen Vorhang im Zimmer, was war da bloß, schnell zur Seite gezogen, oh eine Dusche, er drehte am Wasserhahn und dieser ging, glasklares Wasser kam daraus, sein Herz klopfte vor Freude.

3. Der unheimliche Graf

»Ich komme gleich Igor«, sagte Patt, er wusch sich schnell und auch sein Gewand, dann ging er auf den Gang, wo der Buckelige ungeduldig wartete und so folgte er ihm, durch die düsteren Gänge des Schlosses, überall hingen Tierköpfe herum und so uralte Kerzenhalter mit brennenden Kerzen, ein Bild fiel ihm besonders auf, es zeigte eine brennende Frau die panisch um ihr Leben schrie, kurz verweilte er bei dem Bild, bis Igor ihm ungeduldig stupste. »Ein wunderschönes Portrait«, log er Igor an, »hast du das selbst gemacht und wie perfekt, der verzweifelte Ausdruck der Verbrennenden, einfach genial«, dann gingen sie weiter und kamen in einen großen Raum. Der war mit einem riesigen Teppich ausgelegt, ein offener Kamin, wo ein Feuer loderte war auch da und ein paar gemütliche Sessel und Wandgemälde, also ein richtig gemütlicher Raum, auf einem Sessel saß ein Mann mit einem roten Mantel, er hielt ein Glas mit anscheinend rotem Wein in der Hand, dann stand dieser auf, er war sicher 190 Zentimeter groß, aber Patt brauchte sich mit seine 180 Zentimeter auch nicht zu verstecken. Der Mann ging auf Mördok zu, er hatte seltsames weißes Haar, war schön glatt rassiert, blutunterlaufene Augen, quollen aus seinem Gesicht hervor und außerdem, war seine Haut unheimlich weiß, nun kam er mit ausgestreckter Hand auf Patt zu. »Mein Name ist Graf Zendor, ich bin der Herr des Schlosses«, sprach er. Der geheimnisvolle Mann gab ihm die Hand, die sich eisig kalt anfühlte. Beide blickten sich eine Zeit lang an, dann sagte Mördok, »ich bin Petz, ah ich meine Prett, ah nein verdammt, Patt ist mein Name«, endlich hatte er seinen Namen richtig ausgesprochen. »Was machen sie hier in meinem friedlichen Wald und in meinem Schloss«, fragte der Graf, plötzlich schrie draußen eine Zombiefrau ganz schirch und unheimlich, beide starrten sich an und der Graf sagte, »sind sie nicht schön die Kinder der Nacht, was für schöne Musik sie machen.« »Ja, wunderschön, ich hätte auch gern so ein Kind der Nacht bei mir im Garten, dass mir dann angenehme Schreimusik zum Einschlafen macht«, log Patt dem Grafen vor, jetzt

33

wusste er das hier nicht alles normal sei. »Also zu ihrer Frage von vorher, ich bin nur auf der Durchreise und da entdeckte ich diesen schönen Wald mit den freundlichen Zombies und den lieben Würmern, einer wollte mir sogar den Fuß abbeißen, herrlich hier«, lachte Patt, »dann empfing mich der liebevolle Igor und hier bin ich.« Mördok musste lügen was das Zeug hielt, denn wie es aussah war der Graf ein Vampir, er hatte nämlich auch spitze Zähne und in seinem Glas, das war bestimmt Blut und die Untoten draußen, sicher Opfer von ihm, die er aussaugte und zu Zombies machte. Der beste Trick wäre bis zum Tag zu überleben, denn dann müsste Zendor ja schlafen. »Wollen sie ein Glas von meinem roten Energiedrink«, fragte der Graf und ging zu einem großen, goldenen Topf und nahm den Deckel runter, oh Gott ein Kopf schwamm darin, komplett in Blut. Patt schrie sofort wild auf, denn das war ihm zu viel. Zendor blickte ihn komisch an und fragte, »was haben sie, stimmt etwas nicht.« »Nein nichts es sieht nur so lecker aus, ja bitte ich will sehr viel davon haben«, sagte Patt und der Graf füllte ihm ein Gläschen ein. Dann stießen die Zwei mit den Gläsern zusammen und tranken es auf Ex aus, Mördok schluckte und würgte es hinunter, war das grauslich. »Ah lecker«, log er, die rote dickflüssige Brühe, die auch kleine Fleischstücke enthielt, blieb ihm im Hals stecken, auf einmal überkam ihn eine Übelkeit und er spieb den Grafen ins Gesicht, der nun komplett rot von Blut war. »Oh Gott nein, das war ein Versehen«, entschuldigte sich Patt und versuchte mit einem weißen Tuch, Zendor zu säubern, der nur so stehen blieb, plötzlich kam Igor, der sehr wütend war, er scheuchte Patt weg und säuberte den Meister. »So ich bin jetzt aber müde ich werde schlafen gehen«, verabschiedete sich Mördok und verzog sich aufs Zimmer. Patt schloss sofort die Tür in seinem Raum, dann scheuchte er noch die Ratten und Käfer weg.

4. Die Nacht des Todes

Er legte sich in sein käferzerfressenes, staubiges Bett, das Rattenpipsen und der Zombiegesang waren unerträglich, plötzlich hörte er einen Schrei neben seiner Zimmertüre, sofort sprang der Mann auf um nach zu sehen, er öffnete die Tür einen Spalt, aber da war nichts, nur Dunkelheit, auf einmal huschte eine am Hals stark blutende Frau vorbei, sie schrie. Mördok stürmte ihr sofort nach, nach einer Weile hatte er sie eingeholt, der Held verband sofort ihre Wunden so gut er konnte. »Wer bist du«, sprach Patt, »du bist wunderschön.« »Ich bin Mirabella und ich bin von dem Grafen entführt worden, er hat mich gebissen«, weinte sie. »Komm wir flüchten von hier«, sagte Patt und dann machten sie sich auf den Weg. »Wo ist der Graf«, fragte er. »Er war knapp hinter mir«, sprach sie und da stand er, er hatte rote Blutaugen und Blut um den Mund und ein weit aufgerissenes Maul und so ging der Vampir auf die Zwei zu. »Ich werde euch leer trinken, es wird mir eine Freude sein euch zu meinen Kindern zu machen«, sagte der Graf. Mördok dachte schnell nach und aja ein Kreuz schützt vor Vampiren, aber wo sollte Eines sein und so formte er, mit beiden Händen übereinandergelegt, ein Kreuz. »Weiche du Kreatur der Nacht«, schrie der Mann den Dämon an und der wich in der Tat, es funktionierte. Zendor warf schützend seine Hände vors Gesicht und der Held ging ganz selbstbewusst auf den Grafen zu, plötzlich packte dieser seinen rechten Arm und riss ihn ab, das Blut spritzte aus der Wunde und Mördok schrie wie am Spieß, »mein Arm, mein wunderschöner Arm«. »Dachtest du so ein blöd geformtes Handkreuz kann mich aufhalten«, sprach der Vampir, der sein abgerissenes Körperteil hielt, wo noch viel Blut herausrannte, er hob den Arm zu seinem Vampirmaul und saugte das ganze Blut aus diesem, das dieser komplett verkümmerte. Patt hielt sich die Wunde, die kräftig blutete zu und stürmte den Gang entlang, man konnte den Grafen noch immer schreien hören, über die Köstlichkeit seines Armes. Der Mann stolperte und blieb liegen, Mirabella, kniete sich zu ihm hin, »komm wir schaffen es«, sagte sie. »Nein, geh alleine, flüchte du blöde Kuh«, schrie er sie an. Beleidigt ließ sie ihn liegen und flüchtete, das Schloss schien keinen Ausgang zu haben und so ging sie in einen der Türme, dort sah sie einen Mann mit dem Rücken zu ihr stehen, der drehte sich schnell um, es war der Graf, er packte sie am Hals und biss gewaltig zu und saugte ihr das ganze Blut aus, bis sie nur mehr eine leblose Hülle war, dann riss er ihr noch den Kopf ab. Mördok kam wieder zu sich, denn er war bewusstlos gewesen, wegen dem hohen Blutverlust, ah, da lag auch sein ausgesaugter, verschrumpelter Arm, den er so gleich mitnahm. Ein seltsamer Schatten kam immer näher, es schien Mirabella zu sein, man konnte ihre langen Haare im dunklen erkennen und sie kam immer näher. »Ich wusste du würdest nicht ohne mich gehen, komm zu mir meine Schöne«, sagte Patt, aber kein Wort von ihr. »Nah gut ich hätte nicht blöde Kuh sagen sollen«, wieder kein Wort, »ok es tut mir leid, nun komm schon was ist los«, fragte der Kerl. »Du hast mich beleidigt«, sprach sie in seltsamer Stimme, »na gut ich vergebe dir gib mir einen Kuss, aber schließ deine Augen.« Patt gehorchte und spitzte seine Lippen und sie kam immer näher und er küsste sie, aber sie war so kalt, Moment mal, er öffnete die Augen und ein totes Gesicht blickte ihn an, der Graf hatte ihren Kopf in der Hand, er hatte den benutzt um Patt einen Streich zu spielen, er stellte auch ihre Stimme nach. Jetzt lachte der dunkle Fürst und hörte nicht mehr auf, es war einfach zu lustig für ihn. Mördok wurde wütend und schlug mit seinem abgeschlagenen, verschrumpelten Arm wild auf den Grafen ein, aber dieser hörte nicht auf zu lachen, dann nahm er die Seite des Arms, wo ein spitzer Knochen heraus ragte und stach ihn Zendor ins Herz, jetzt lachte dieser nicht mehr, er schrie jetzt, wie am Spieß und explodierte, mehrere Knochenstücke blieben in Patt stecken und so drohte auch er zu verbluten, das Blut floss nur so aus ihm heraus und er wurde wieder bewusstlos. Langsam öffnete der Mann die Augen, er lag in einem Krankenhaus, er hatte überlebt, ein Doktor stand auch da. »Hey Doc wie lange war ich weg«, fragte Mördok, aber der antwortete nicht. »Hey, sie haben meine Frage nicht beantwortet, wie lange war ich weg«, noch immer keine Antwort, »hey, hey, sie Arschloch, wie lange war ich weg«, jetzt antwortete er, »Dreißig Jahre.« Patt stand auf und sah sich in den Spiegel, er war ein uralter Mann geworden, er schrie wild. Der Arzt sprach ruhig, »wir konnten sogar ihren Arm retten« und da erblickte er seinen verschrumpelten Arm und schrie noch wilder, dann drehte sich der Doktor um und es war Graf Zendor, Patt fing ihn sofort mit seiner dünnen, verkümmerten Hand zu würgen an, der Vampir lachte und die Polizei kam und schlug auf Mördok ein, dann wachte er auf und lag im Schloss im Bett, eine Ratte nagte an seinem Fuß und er schrie, alles war nur ein böser Traum gewesen. Er scheuchte das Vieh weg.

5. Das Monster im Keller

Patt ging zum Fenster und öffnete es, er erblickte den anderen Turm, dort sah er eine Frauengestalt am Fenster stehen, war es vielleicht Mirabella, sie war doch nur ein Traum gewesen. Er musste es herausfinden und machte sich auf den Weg, aber das Schloss war riesig, es würde nicht so leicht sein zum anderen Turm zu kommen, es gab hunderte Gänge. Patt packte eine Öllampe die da irgendwo stand und zündete sie mit einer der tausenden Kerzen an und so machte er sich auf den Weg, dabei ging er nur nach Gefühl, das führte ihn aber immer tiefer hinunter, vor ihm war ein riesiger langer Gang und dort sah er die Frau wieder am anderen Ende. »Mirabella bist du es«, schrie er sie an. Die Frau verharrte in Ruhe und blickte zu ihm hin. »Woher kennst du meinen Namen«, fragte sie und kam näher, sie blieb so ungefähr zehn Meter vor ihm stehen. Sie war so schön wie in seinem Traum, die Schöne hatte lange blonde Haare, blaue Augen und eine sportliche Figur. Langsam ging er auf sie zu, um dann immer schneller zu werden, »wir werden hier gemeinsam entkommen«, sprach er, auf einmal fiel der Held in einen tiefen Abgrund, den er anscheinend übersehen hatte, aber welcher Gang hat denn bitte ein Loch wo man hineinfallen kann. »MIRABELLA«, schrie er noch, als er in die Tiefe fiel. Wie weit würde es wohl nach unten gehen, denn er fiel jetzt schon ziemlich lange. Es gingen ihn allerhand Fragen durch den Kopf, würde der Aufschlag schmerzen, werde ich zerplatzen oder überlebe ich schwer verletzt, esse ich lieber Schokolade oder Vanillepudding und platsch er fiel in ein Wasser. »Ich lebe, haha ich lebe«, schrie er, plötzlich tauchte ein riesiges Monster neben ihm auf. »Nein ich bin tot, ich bin tot«, brüllte er verzweifelt. Die Bestie sah aus wie ein riesen Frosch mit einem Zombie gekreuzt, vielleicht war es, einer von Zendors Untoten mit denen er Experimente machte, langsam kam die Kreatur immer näher, er musste jetzt schnell schwimmen, aber wohin, es war ein riesiger, unterirdischer Teich, es gab an die zwanzig Gänge über dem Wasser, die sich in alle Richtungen verstreuten und so schwamm er auf den nähesten zu, alle waren auch mit Kerzen beleuchtet. Schnell sprang er aus dem Wasser, der Froschzombie schnappte schon mit seiner Zunge her und verfehlte sein Bein nur um Millimeter. Die verfluchte Kreatur sprang ebenfalls in einen Gang, es war ein richtiger

Irrgarten, so würde er in der Falle sitzen, denn das Monster hatte den großen Vorteil das es das Gelände kannte. Patt ging den Gang entlang, es waren eher Höhlen, sie waren mit Steinen und Schlamm gemauert und vermoost. Man konnte den Zombiefrosch im dunklen hören, dieser machte so komische quakende Geräusche mit menschlichen Tönen. Die Bestie hatte auch menschliche Zombiehaut, riesige blaue, blutunterlaufene Augen, je mehr er über sie nachdachte desto schlechter wurde ihn. Es ergaben sich hunderte Gänge und unser Held stürmte einfach in irgendwelche hinein, gefolgt von dem Horrorgeschrei des Zombiefrosches. Auf einmal erreichte er eine Wand, verdammt, keine Seitengänge mehr und das Geschrei der Bestie kam auch immer näher. Der Mann tastete an der Wand entlang und merkte das sie hauptsächlich aus Schlamm und Lehm bestand, er konnte sie vielleicht durchbrechen und so grub er sich mit aller Kraft durch, er schaffte es, nur war die Kreatur auch schon da und packte ihn mit der Zunge am Bein. »NEIN«, schrie er und griff durch die Mauer auf die andere Seite, er spürte den Sumpf und griff wild darin herum, plötzlich ergriff er etwas Hartes, war es etwa seine Axt die ihm aus dem Fenster fiel, sie war es. Es umgab ihn plötzlich neuer Lebensmut und er umgriff seine Hacke mit beiden Händen, er spürte wie die Energie, die Kraft wild durch ihn schoss, der Held fing wahnsinnig zu wackeln an, um anschließend zu explodieren und so schlug er wie in einem Blutrausch auf die Zunge des Zombiefrosches ein, bis diese ab war, dann stürzte er durch die Mauer ins Freie und landete im Sumpf, den durchquerte Patt, plötzlich stand Igor da und ließ ihn nicht vorbei, wusch ein kräftiger Schlag mit der Axt und tot war er. »Ich konnte dich noch nie leiden«, sagte er und spuckte auf ihn. Zombies kamen wieder zum Vorschein, sie fraßen den Buckeligen auf. Die anderen kamen auf Patt zu, denn sie wollten ihn fressen, dann schleppte er sich zu einem Baum und kletterte mit letzter Kraft hinauf, sofort schlief er ein.

6. Der Kuss des Vampires

Die Nacht war eisig kalt, kühler Wind wehte durch die Bäume, es regnete auch leicht, die Zombies stöhnten unheimlich, der Mann war so erschöpft, dass er dies alles gar nicht bemerkte und wie ein Toter schlief. Am nächsten Morgen als die Untoten sich schon wieder eingegraben hatten, wurde Patt munter, er fühlte sich sogar ziemlich fit, Mördok kroch zurück in das Loch, denn er konnte Mirabella nicht dort sterben lassen. Jetzt hatte der Held einen Weg nach draußen, er markierte sich diesen, in dem er mit seiner Axt tiefe Kerben in die Wand schlug. Der Zombiefrosch war schon weit weg, man konnte dieses blöde Menschengequake zumindest nicht mehr hören und so schlich er die Gänge entlang und Mördok schaffte es bis nach oben zu dem Turm, wo er die Schöne sah, er stürmte die Turmstufen hinauf und da saß sie in einer dunklen Kammer. »Du bist zu mir zurückgekehrt mein Prinz«, sprach sie, »komm zu mir.« »Wie lange bist du schon seine Gefangene«, fragte Patt. Mirabella erzählte, »Ich bin schon Jahre hier, als kleines Kind hat er mich entführt, er sagte ich würde seiner verstorbenen Tochter Lissa ähnlich sehen, früher hatte ich ein normales Leben, ich hatte 2 Schwestern Susi und Sissi, wir lebten in einem Haus am Land, mein Vater Hans war Jäger und meine Mutter Andrea eine sehr gute Köchin, glücklich waren wir alle, aber auf einmal veränderten sich meine Eltern, zuerst der Vater er wurde immer zorniger und böser und sein Gesicht immer weißer, er sprach immer von einem neuen Freund den er im Wald begegnet sei, er hatte dann auch immer so eine hohe Halskrause, wahrscheinlich versuchte er da schon etwas zu verstecken. Nach einiger Zeit wurde auch Mutter immer seltsamer, sie fing an uns zu schlagen und sie bekam auch immer ein weißeres Gesicht, sie fing dann auch auf einmal an von dem Freund im Wald zu schwärmen. Eines Tages fingen sie meine zwei Schwestern ein und erschlugen und kochten sie, ich versteckte mich unter dem Bett, ich hörte wie sie sich auf das Essen freuten, das waren nicht mehr meine Eltern, sie waren besessen, plötzlich entdeckten sie mich unter dem Bett und schnappten mich, ich hatte panische Angst, sie fesselten mich, ich sah meine toten Geschwister zerstückelt am Esstisch liegen. Sie machten Witze über mich, wie sie mich fressen würden und dann geschah es, die Tür öffnete sich wie von Geisterhand und da stand Graf Zendor. Er sprach, was habe ich euch gesagt, die Kinder gehören mir, ihr habt euch dem Meister wiedersetzt. Nein Meister, vergib uns, wir hatten solch einen Hunger, wir bitten dich um Gnade, flehten sie. Da erhob der Meister seine Hand, an der spitze Fingernägel waren und hackte meiner Mutter damit den Kopf ab, das Blut spritzte wie eine Fontäne, mein Vater küsste des Grafens Hände und bettelte um Gnade, aber Zendor hob ihn nur lachend in die Höhe und riss ihn das Herz heraus, ich erschrak, er packte mich und erblickte mein Gesicht, sein böser, wilder Blick veränderte sich, er bekam einen freundlichen, liebenswerten Gesichtsausdruck. Mädchen was machst du hier, komm mit, sprach er und hob mich liebenswert in die Höhe und verdeckte mein Gesicht, damit ich das Übel alles nicht sah und seit dem bin ich bei ihm. Komm und jetzt küss mich Patt, jetzt kennst du die ganze Geschichte«, sagte sie. Mördok stürzte sofort auf sie und sie küssten sich leidenschaftlich. »Komm jetzt verschwinden wir hier«, es wurde schon wieder Nacht, man konnte Zendor nach ihr rufen hören, denn Vampire hatten magische Fähigkeiten und konnten alles fühlen. Richtig unheimlich waren seine Rufe, »MIRABELLA«, rief es erschaudernd

41

durch alle Schlossgänge, endlich hatten sie es geschafft, sie waren in dem Gang wo Patt hinab ins Wasser fiel, jetzt mussten sie nur mehr springen, denn dort war der Ausgang. Auf der anderen Seite des Loches erschien Graf Zendor mit bösem Blick. »Wie kannst du es wagen mir mein Mädchen zu stehlen«, sprach er, »sie ist mein.« »Nein sie ist nur deine Gefangene«, schrie Patt zurück. »Mirabella komm zu mir ich bin dein Erlöser, ich habe dich gerettet vor all diesem Tot, wie kannst du mich verlassen«, flehte Zendor. »Komm schnell, springen wir«, sprach Mördok bestimmend, aber das Mädchen stieß ihn weg. »Ich kann nicht, ich gehöre zu ihm«, sagte sie mit trauriger Stimme. »NEIN«, schrie Patt. Zendor lachte und machte einen Vampirzauber, in der Schlucht sammelten sich hunderte Zombies, man konnte sie unten schon sehen und schreien hören, sie warteten nur so auf ein Opfer. »Mirabella, ich liebe dich«, schrie Mördok und fiel ihr um den Hals, »vom ersten Augenblick an habe ich dich geliebt.« Sie weinte, »ja auch ich habe dich vom ersten Augenblick an, geliebt«, sagte sie. Plötzlich spürte er starke Schmerzen an seinem Hals, er blutete und blickte nach oben, Mirabella hatte ihn gebissen, sie hatte spitze Zähne, sie war ein Vampir. »Ich habe dein Blut geliebt«, sagte sie und lachte, Zendor lachte ebenfalls. Patt hielt sich die Wunde am Hals zu und blickte sie verwirrt und enttäuscht an, ihm war sein Herz gebrochen und so stürzte er rückwärts in die Grube und verschwand unter den Zombies im Wasser. »Komm her sprach der Graf« zu Mirabella, sie blickte ihn verführerisch an und sagte, »warum sollte ich.« »Ich sagte, komm her«, wiederholte sich Zendor und sie flog über die Schlucht in seine Arme und sie küssten sich leidenschaftlich. Patt flog mit gebrochenem Herzen in den Abgrund, vorbei an den Zombies und so versank er im Wasser, am Grunde des Bodens blieb er bewegungslos liegen um zu sterben.

7. Die wahre Geschichte

Die Untoten sahen ihn nicht da er sich nicht bewegte und wie ein Stück Holz wirkte. Man hörte sie oben durchs Wasser schreien, aber das lockte auch den Zombiefrosch an und dieser kam nun und kämpfte mit den lebenden Leichen, dann tauchte er unter, packte Patt mit dem Maul, verschlang ihn und schwamm in eine unterirdische Höhle, dann tauchte das Wesen wieder auf und spuckte den Kerl aus. Mördok blieb bewusstlos liegen, als er erwachte, sah er ein Feuer und der Zombiefrosch saß da, dieser spuckte Fische aus, die waren wohl zum Essen für ihn gedacht, sogar seine Wunde am Hals war mit einem Heilkraut behandelt worden. »Wer bist du«, fragte Patt den Horrorfrosch. »Mein, mein, mein Name ist Hans«, sprach der Frosch, ja der konnte tatsächlich reden, obwohl ihn ein Stück Zunge fehlte und er ein verdammter Zombiefrosch war. »Ich wollte dich nicht angreifen, nur mit dir reden, aber mein scheußliches Aussehen, schreckt alle ab, ich lebe hier schon Jahre lang, meine eigene Tochter hat mich hier verbannt«, erzählte das Froschwesen. »Na gut ich will alles hören, erzähl mir die ganze Geschichte«, sagte Patt fragend. »Ich lebte vor Jahren als Jäger im Wald, mit meiner Frau Andrea, meinen Töchtern Susi, Sissi und Mirabella. Wir waren alle immer glücklich und zufrieden, aber nur mit Mirabella stimmte etwas nicht, sie war so böse, sie war immer im Wald und machte allerlei Hexenzauber und Teufelszeug, alle hatten Angst vor ihr. Eines Tages beobachtete ich sie, als sie nackt im Wald um ein Feuer tanzte, mit lauter Hexen und Teufelssymbolen am Boden, plötzlich kam starker Wind auf, das Feuer schoss es in die Höhe, es wurde bläulich. In den Flammen, erschien ein Mann, er war des Teufels, er kam aus dem Feuer und ging auf mein Mädchen zu, er hatte spitze Zähne, er verbiss sich in ihrem Hals und trank ihr Blut, es war ein Vampir, dann schlitzte der Dämon sich mit seinen scharfen Fingernägeln, die Adern auf seiner Hand auf und gab ihr sein Blut zu trinken, das war die Bluttaufe, so wurde man zu einem Vampir, mit Verstand und nicht nur ein Zombie, auf einmal drehte sich Mirabella zu mir her und erblickte mich, ich rannte sofort panisch heim und warnte die anderen, da schlug jemand plötzlich die Tür ein, es war der Vampir, Graf Zendor, oder wie er sich nennt, er ist das Urböse, er saugte meine Frau und Kinder aus, sie flehten um Gnade, aber es half nichts, ich sah auch Mirabella, sie stand nur da und schaute zu und lachte, ich nahm sie kniend an der Hand und flehte um Gnade, ich bin dein Vater habe ich gesagt, sie lachte mich nur aus und öffnete mir den Mund mit einer Hand, sie war übermenschlich stark, mit der Anderen gab sie mir so ein Teufelszeug, ich musste es runterschlucken, sogleich fiel der Graf über mich her und saugte mein ganzes Blut aus, dann starb ich und erwachte wieder, als eine Art Zombie, aber ich war bei klarem Verstand, das ungewöhnlich war, denn die meisten Zombies sind dumme Wesen, vielleicht war es das Teufelszeug das mir meine Tochter in den Rachen steckte. Mirabella stand noch immer da, sie sagte irgendwelche Zaubersprüche und ich verwandelte mich in einen Frosch, sie hatte mich verflucht, ewig als Missgestalt zu wandeln, mit dem Wissen, das meine Familie tot ist, plötzlich stand auch meine Frau als Untote auf und meine anderen zwei Töchter, sie waren normale Untote, ohne Gewissen und Verstand. Mirabella, nahm meine Holzaxt und zerstückelte sie alle, um mir noch mehr Schmerzen zu bereiten, der Graf lachte nur und bewunderte sie, dann flüchtete ich und seit dem suchte ich immer einen Weg, sie zu vernichten, eines Tages schaffte ich es über die Mauern, denn als Frosch konnte ich gut klettern, ich erwischte Mirabella im Gang und stellte sie zur Rede, ich weinte, warum hast du mir das angetan, du bist mein Kind, sie lachte nur, sie ist das absolut Böse, dann wollte ich das Mädchen verschlingen, plötzlich kam Zendor und riss ein Loch in den Boden, ich fiel tief und seit dem bin ich hier und warte auf meine Rache und auf einmal sah ich dich und wusste ich muss dir helfen.«

8. Der letzte Kampf

Jetzt kannte er die ganze Geschichte Mirabella war ein wahres Miststück sie hatte Patt nur benutzt, aber er werde sich rächen, der Mann wartete bis auf den nächsten Tag, dann würde er zuschlagen. Der neue Morgen war angebrochen und Mördok machte sich auf den Weg in den Turm, zu der Kammer, wo sie normalerweise zu finden war, fest umklammerte er seine Axt, als er vor der Tür stand, packte er all seinen Mut zusammen, dann öffnete er sie. Mirabella saß auf einem Stuhl mit dem Rücken zu ihm und kämmte sich die Haare, sie schien zu weinen. »Du weißt nicht wie das ist, Graf Zendor hat mich verwandelt, er hat mich als junges Mädchen entführt und meine Familie umgebracht, ich war noch so jung«, sagte sie. »Du Lügnerin, ich kenne die wahre Geschichte, du bist eine Hure des Satans, was ist mit Hans«, fragte Patt. »Der hat mich als Kind immer geschlagen und meine Mutter und meine Schwestern auch, sie wollten das ich in die Kirche gehe, um zu beten, aber das konnte ich nicht, wenn ich ein Kreuz sah wurde mir immer schlecht und ich musste mich übergeben, dann fand ich im Wald ein seltsames Buch, es war ein Teufelsbuch und ich führte die Rituale durch und so erweckte ich den Grafen, Zendor und dunkle Mächte durchdrangen mich«, weinte sie. »Ja, aber es ist zu spät, Kleine, deine Zeit ist vorbei«, Patt holte mit seiner Axt hinter ihr aus und wollte der Frau den Kopf abschlagen, aber er konnte es nicht, seine Liebe zu ihr war doch noch zu groß, vielleicht gab es noch

Hoffnung. Patt überlegte eine Zeit lang, anscheinend war sie wegen des Buches so böse geworden, »also wo ist dieses scheiß Buch«, schimpfte Mördok. »Du meinst dieses hier in meiner Hand«, sprach sie, »niemals werde ich es dir geben«, schrie sie und sprang auf, Mirabella kratzte ihn mit ihren scharfen Nägeln, ins Gesicht. Patt stellte sich ihr zum Kampf, er holte mit seiner Axt aus und schlug ihr auf den Kopf, die Hacke blieb tief darin stecken, sie schrie noch wie wild, dann fiel sie in Ohnmacht. Der Mann fesselte sie mit allerhand Laken die er im Raum fand, die Axt zog er wieder heraus, sie war ja ein Vampir, also war dies nicht tödlich, es sei denn der Kopf würde vom Körper abgetrennt werden. Patt nahm das Buch, zum Glück hatte er immer ein Feuerzeug dabei, er zerschlug ein paar kleine Holzsessel und schmiss sie in einen offenen Kamin, der in der Kammer war und entfachte ein Feuer, jetzt schaute er sich das Buch mal genauer an, es hatte mörderische Zähne mit zwei Augen als Cover. Der Mann öffnete es und sofort traten böse Geister daraus und wollten Besitz von ihm ergreifen, sie drangen durch seine Augen in ihn ein, er schrie bestialisch ,schnell schmiss er es ins Feuer, das Buch schien zu leben, es schrie höllisch und verbrannte , die Geister verschwanden, es explodierte, Feuer breitete sich in der Kammer aus, schnell löschte es der Mann, der wieder normal wurde, mit seinen Füßen aus. Plötzlich trat der Graf die Tür ein, er hatte einen totbringenden Blick, er brannte überall, wahrscheinlich stand er mit dem Buch in Verbindung, aber wieso lebte er noch, musste er nicht auch explodieren. Der Graf stellte sich gerade hin, das Feuer umschloss ihn, der Vampir machte die Augen zu und das Feuer ging aus und er heilte sich, er stand wieder komplett unverwundet da, dann öffnete er die Augen und blickte zu Mirabella. »Was hast du Ihr angetan«, schrie er Patt an und ging zu ihr hin, er schnitt sich mit seinen langen Fingernägeln, die Adern auf seiner Hand auf und führte die Wunde zu Mirabellas Mund, sie trank und ihre Verletzung heilte sich, sie öffnete die Augen und schrie, »töte ihn Meister, er hat mir das angetan.« Der Graf lachte und sagte zu dem Mann, »denkst du das Buch kann mich vernichten, ich selbst habe es geschrieben, mit meinem Blut, ja es hat mich geschwächt, weil du es verbrannt hast, aber ich bin immer noch stark genug um dich zu töten.« Patt ging mit der Axt auf den Grafen los, aber der wehrte jeden Schlag ab, der Vampir entriss ihm die Waffe und schleuderte sie weg, dann erhob er seine Hand, mit den scharfen Fingernägeln und schlug immer wieder auf Mördok ein, der blutete schon überall. Der Mann versuchte wankend zu flüchten und stürmte die Gänge entlang, er kam abermals zu dem Loch, wo Hans unten hauste, mit letzter Kraft sprang er hinüber. »Das wird dir auch nicht mehr helfen du bist toter als tot«, lachte der Graf, plötzlich stieß ihn jemand unerwartet von hinten in die Schlucht hinunter, es war Mirabella, sie hatte sich befreit, anscheinend, war sie doch nicht so ganz böse. Der Graf fiel einige Meter in die Tiefe, er musste erst selbst verstehen was passiert war, im Fall nach unten sah er, Mirabella, er wurde böse und schrie gewaltig, die Erde bebte, er blieb in der Luft stehen und drohte nach oben zurück zu fliegen. »Ich bring dich um du verdammte Hure«, schrie er, das Schloss bebte, Blitze schossen aus seinen Augen, auf einmal sprang Hans, der Zombiefrosch von unten einige Meter in die Luft und verschlang den schreienden Meister, als das Monster zurück ins Wasser fiel machte es einen gewaltigen Platscher und weg waren sie. Patt blickte zu Mirabella und sagte, »wir haben es geschafft.« Das Gesicht der Frau wirkte erleichtert, ihre blasse Hautfarbe änderte sich und die spitzen Zähne verschwanden, das bedeutete der Meister, Graf Zendor war auf jeden Fall tot. Die Zwei fielen sich in die Arme und küssten sich, dann zogen sie in das alte Haus ihrer Eltern, richteten es her und lebten glücklich bis an ihr Lebensende.

Feist

Der Krieger des Schlangenkults

1. Verdammnis in Zyonth

Rote Rauchschwaden stiegen in die Höhe, die ganze Stadt zerstört Feist der unerschrockene Krieger und auch König der Zyon, kam von seinen Eroberungsfeldzügen in seine Heimat zurück und ihm ergab sich ein Bild des Grauens. Vor zwei Jahren war er mit seinen besten Männern aufgebrochen um das unerforschte Land zu durchkämmen und sich jeden Fremden zum Untertan zu machen, an seiner Seite immer sein zweiter Mann Ratgard der Oberbefehlshaber der Truppen und sein getreues Weib Ramada. Das Volk der Zyon lebte seit hunderten von Jahren oben im Norden an den Bergen, des Gottes Rahd. Rahd der Gott der Berge war stets gut zum Volk von Zyon, aber etwas musste passiert sein, die Stadt komplett niedergebrannt, mehrere Feuer loderten, überall der Gestank von verbranntem Fleisch, düsterer Nebel lag wie ein Schleier um die Stadt namens Zyonth. Leichen wo man nur hinblickte, Feist starrte auf einen der Toten, er hielt nämlich die Axt seines Vaters in der Hand, war er es, Ulruth sein alter Herr. Er umfasste die Axt von Zyon, dann entriss er sie dem toten Körper und schrie, »ich räche dich Ulruth im Namen von Rahd«, dann schmiss Feist den Toten ins Feuer. »Verbrennt sie, verbrennt sie alle«, schrie der König, was seine Gefolgsleute auch machten, die Flammen schossen in die Höhe so wie das Feuer aus der Hölle. Ratgard kniete vor seinem toten Kind und seinem toten Weib, den zweiten Sohn fand er nirgend wo, vielleicht lebte dieser noch, die Leichen wirkten als wären sie verdaut und wieder ausgespuckt worden, überall waren sie von Schleim umgeben, die Haut und Teile des Fleisches wirkten, wie von Säure zersetzt, er bemerkte, dass etwas in seiner Frau im Rücken steckte. Er zog es heraus, es war ein zwanzig Zentimeter langer Zahn, von welcher Kreatur aus der Hölle könnte der nur stammen. Der Kämpfer zeigte diesem Feist, plötzlich ertönte eine Stimme, »Vater, Vater« sagte sie mehrmals, es war sein Sohn, er lebte, man sah die Umrisse seines Körpers im Nebel, »mein Kind du bist am Leben, ich danke dir Rahd«, sagte Ratgard. Er ging in Richtung seines Kindes, Feist sah sie beide in dem Nebel, seine Männer waren in der Zwischenzeit beschäftigt, die Leichen zu verbrennen, plötzlich sprang der Kleine seinen Vater an und riss ihn nieder, ein Blutstrahl, war klar im Nebel zu sehen, Ratgard lag am Boden, sein Sohn, hatte rot, gelbe Augen, er war ein Untoter und brüllte grässlich. Das Kind ging auf Feist zu, dieser hielt seine Axt stark in Händen und schrie, »komm her du Bestie«, der Bub rannte her. Der junge brüllte, »stirb du Ungläubiger«, der Mann holte aus und spaltete seinen Körper in zwei Teile, das Blut spritzte, durch den Hieb schoss es den Buben weg. Feist setzte zu einem gewaltigen Sprung an, der Junge schrie wie wahnsinnig, er schlug ihm den Kopf ab. Der König befahl seinen Männern, »hackt allen Toten die Köpfe ab, dann verbrennt sie.« Plötzlich stand ein Mann im Nebel, Ratgard, aber dieser war doch tot, der König rannte auf ihn zu, um ihn zu enthaupten, dann holte er aus und schlug zu, doch was war da los, abgewehrt, von Ratgard mit seinem mächtigen Kriegsschwert. »Halt, ich lebe noch«, sagte er. »Du wildes Schwein dich macht niemand so schnell fertig, nur ein Weib«, sagte Feist, beide lachten, das Volk der Zyon nahm das Leben nie ernst und hatte keine Angst vorm Tod. »Mein Freund schlage deinem Sohn und deiner Frau den Kopf ab«, sagte der König, bei Einem hatte er dies schon erledigt. Ratgard nahm sein zweites Kind in den Arm, »nein nicht«, sagte sein Freund, aber er hörte nicht. »Mein Sohn bald bist du bei Rahd und speist mit ihm«, daran glaubte das Volk, der Bub öffnete die Augen, seine Haut und seine Augen hatten rot gelbe Verfärbungen, und er war von Schleim umhüllt, der Junge sagte, »Vater hilf mir«, das dämonische in ihm ließ ihn schon auf seinen alten Herrn herschlagen, es würde nicht mehr lange dauern bis er ein Untoter werden würde. Ratgard sagte, »grüß deinen Bruder von mir in der Hölle«, dann drückte er mit seinen mächtigen Armen zu, er zermalmte den Jungen, sein Sohn spuckte ihm Blut ins Gesicht, Ratgard schrie wie wild, der Kopf des Buben riss auf und das Blut spritzte wie eine Fontäne. Nun nahm er sein Kind und schmiss es in Richtung Feuer, Feists Axt von Zyon kreuzte den Weg des Buben in der Luft und enthauptete ihn noch. Als er im Feuer ankam gab es eine Stichflamme. Ratgard musste schnell handeln, bevor sein Weib auch noch erwachen würde, er nahm sein Kriegsschwert und stach ihr ein paar mal ins Herz, sie wimmerte nur, dann riss er die Frau an den Haaren und zerrte sie weg, sie hielt sich an einem Ast fest um dem Feuer zu entfliehen, Feist konnte das nicht dulden und schlug ihr die Hand ab. Mit einem Schwung ging es ab in die Flammen, sie brannte. Der König sagte, »bei Rahd, wir werden uns rächen«, dann streckte er seine Hände in die Höhe und schrie, in der rechten Hand hielt er natürlich seines Vaters Axt, die dämonisch, durch das ganze Blut glänzte. Die Männer versammelten sich um die Zwei und sagten, »fertig, alle verbrannt.« Ramada die sich ganze Zeit versteckt hatte ging auf ihren Mann zu und fragte, »was machen wir jetzt, alles ist zerstört, jeder ist tot?« »Wir werden Zyonth wiederaufbauen«, erwiderte Feist. »Woher bekommen wir jetzt Weiber, es sind ja alle tot«, wollten ein paar Männer wissen. »Lasst das meine Sorge sein« erwiderte, der König, »zuerst bauen wir eine neue Festung.« Im abgebrannten Hauptgebäude, wo Feists Vater Ulruth lebte, war im Keller ein geheimer Gang mit dem Schatz von Zyonth, den nahmen sie, um Bauern, Arbeiter und Frauen anzuheuern. »Wir müssen in die große Stadt Ragtnahar, dort werden wir alles bekommen was wir wollen«, sagte Feist. Es erklang ein Aufschrei der Männer, »Ragtnahar!!!!!!!!«

51

2. Ragtnahar, die Stadt der Städte

»Ratgard du bleibst hier bei den Männern in der Stadt und baust eine Festung, Ramada und ich machen uns, mit dem Schatz und ein paar Männern auf den Weg nach Ragtnahar und kehren mit einer Gefolgschaft wieder zurück«, sagte der König. Die Zwei umfassten sich gegenseitig am Unterarm, so machte man es beim Volk der Zyon, »gute Reise«, sagte Ratgard »und du zerschmettere alle Feinde«, erwiderte Feist, dann ging er mit Ramada und einigen ausgewählten Männern hinunter zum Meer, wo das Schiff stand. Die Bucht war so versteckt, hoffentlich wurde sie nicht gefunden und das Schiff mit dem Namen, Höllenblut zerstört, dachte Feist und so war es dann auch, »auf nach Ragtnahar«, schrie er, »Segel setzen und los gehts.« Zyonth wurde immer kleiner, je mehr sie sich entfernten, die See war rau und schmetterte das Schiff wie wild hin und her. Ramada stand vorne am Bug und blickte verträumt in das offene Meer. »Werden wir es schaffen mein Gemahl«, sprach sie. »Natürlich, ich bin ein Sohn der Zyon, wir wurden so oft schon angegriffen und beinahe vernichtet und schlugen uns mit allen Kreaturen aus der Hölle, wir werden auch jetzt nicht unter gehen, bei Rahd«, sagte Feist und küsste sein Weib. Die Stadt Ragtnahar, lag weit im Osten auf einer Halbinsel, sie wurde von Argamon dem Gott der Macht regiert, sie war die größte und mächtigste, im Land bekannte Stadt, so wurde sie auch die Stadt der Städte genannt, weil diese so riesig war und schon ewig existierte. Einer von Feists Mannen kam verstört zu ihm zu und sagte, »ich höre unten am Deck Frauenstimmen, sie haben so einen unheimlichen dämonischen Klang, sie kommen vom Wasser.« Dem Helden stockte der Atem, »was sagen die Stimmen«, fragte er. »Sie rufen nach euch«, der Mann bekam einen Schüttelfrost verdrehte die Augen und spuckte Blut, Feist schlug ihm kräftig ins Gesicht, bis der Mann bewusstlos war. »Los Ramada kümmere dich um ihn«, sagte er, dann band sich der

Mann ein Seil um den Bauch, nahm seine Axt und sprang in die Tiefe, seine Männer waren fassungslos, was war da gerade geschehen, wie würden sie weiter kommen ohne Führer. Das Wasser drückte Feist tief hinunter, das Schiff fuhr weiter, so zog es ihn etliche Meter in die Tiefe, man hatte der Mut. Seine Sicht wurde grün, durch die Wassertrübung, Algen und Gräser verfingen sich in dem Helden. Die Männer stoppten das Schiff und warfen den Anker aus, wo war er bloß der König, er war in einer unglaublichen Tiefe. Feist hörte die Stimmen, sie kamen näher, es waren Meerjungfrauen. Ist das ein Traum, dachte der Kämpfer, »nein ist es nicht«, antwortete eine Stimme, sie konnten also Gedanken lesen, er schloss seine Augen und lauschte. »Du bist ein Mann, mit edler Abstammung, königliches Blut fließt in dir, komm zu uns«, flüsterte sie, »öffne die Augen«, das tat er auch. Was war da, eine Meerjungfrau, hielt sich an ihm fest, sie streifte mit ihrem Körper an seinem, noch nie hatte er solch eine Schönheit erblickt, sie sprachen in Telepathie miteinander. »Ich bin Unja die Königin der Meerjungfrauen, ich brauche dich, komm mit mir in mein Königreich im Meer«, sagte sie. »Ich kann nicht, lass mich gehen«, sagte der König, »das ist deine Bestimmung«, erwiderte Unja, »bleib hier bei uns«, dann küsste sie ihn, es war wie ein Bann. Der Sauerstoff wurde langsam knapp, die Meerjungfrau hauchte ihm Luft in die Lungen. »Ich kann nicht, bei dir bleiben, auf wiedersehen, Unja«, Feist, war entschlossen auf zu tauchen und riss am Seil, sein Weib Ramada bemerkte es, »los zieht, Männer«, befahl sie und sie zogen. Unja konnte es nicht ertragen und umklammerte den Helden am Körper und zog ihn in die Tiefe, »du gehörst zu uns«, sagte sie, dann öffnete sie ihren Mund, schwarze hässliche Zähne kamen zum Vorschein und sie biss sich in Feists Körper fest, überall schwirrten jetzt Meereskreaturen herum, unser Held musste schnell handeln. Der König schlug wie wild um sich, dann holte er mit der Axt aus, Unja schrie, sie schwamm noch reflexartig weg, aber zu spät der Schlag, trennte ihre

Schwanzflosse ab, schwarzes Blut kam zum Vorschein und färbte das Wasser, sie versank schreiend in der Tiefe. Die Männer zogen mit all ihrer Kraft am Seil, bald hatten sie es geschafft. In der Tiefe hörte Feist immer mehr Stimmen, das Wasser brodelte so viele Kreaturen schwammen jetzt umher, plötzlich wurde er von einer Meerjungfrau von hinten gepackt, sie wollte ihn in den Hals beißen, der Krieger drehte durch, er schlug mit dem Kopf nach hinten, alle Zähne von ihr waren heraus geschlagen, schnell drehte er sich um und schlug ihr den Arm ab, sie verschwand in der Dunkelheit des Meeres. Wieder zwei Meerweiber vor ihm, bald würde er das Bewusstsein verlieren, ein kräftiger Fußtritt und ein Axtschlag und weg waren sie. Aus und vorbei, jetzt wurde Feist bewusstlos. Ramada sagte, »da ist er«, ihr Mann war schon zu sehen, eine Meerjungfrau hing an ihm und verbiss sich in seinem Körper, »los, schnell ein Speer«, Ramada schoss ihr ins Auge, die Kreatur tauchte mit furchtbarem Geschrei im Meer ab. Der Mann öffnete die Augen und sagte, »nur ein Ale und meine geile Frau, können mir wieder zu Kräften verhelfen.« Ramada und die Männer lachten. »Der Wind ist günstig, los Segel setzen«, so vergingen einige Tage und Nächte. »Land in Sicht«, schrie einer der Leute und da war sie die Stadt der Städte Ragtnahar, sie ragte wie ein Monument der Ewigkeit vor ihnen empor, das ist wahrhaft ein Traum, die Truppe legte am Hafen an. »Ramada und ich erkunden die Stadt um Gefolgsleute zu finden, lasst das Schiff nicht aus den Augen«, sagte der König zu seinen Mannen und machte sich auf den Weg.

3. Ein Monument der Macht

Die Stadt erschien in solch einem Glanz das sie nur von Göttern erbaut sein konnte, überall tummelten sich Menschen herum, die Zwei kamen zur Stadtmauer, wo ein riesiges, bewachtes Tor war. »Halt wer seid ihr«, ertönte eine Stimme, sie kam von einem der Wachen, welche die Stadt bewachten um Unerwünschte fern zu halten. »Ich bin König Feist von Zyonth und das ist mein Weib Königin Ramada, gewährt uns Einlass.« Die Wachen lachten nur, »Zyonth, das armselige Loch, ist das nicht so ein Dorf, im Norden, wo nicht einmal Ratten mehr Leben wollen«, sagte die Wache. Feist schäumte vor Wut, er hob die Axt und schlug dem Mann, das hässliche Haupt ab. »Alarm, Angriff«, schrien die anderen, etlichen Wachen, die dies sahen. Sie umzingelten die beiden, »gebt auf, ihr kommt in den Kerker«, sagte einer der Wachmänner, »ein Angriff auf eine Wache von Ragtnahar, bedeutet tot.« Feist sagte, »ein Krieger der Zyon gibt niemals auf«, plötzlich wurde alles schwarz, er hatte einen Schlag von hinten auf den Kopf bekommen. Die Wachleute brachten die beiden in den Kerker, der Gott Argamon würde später über ihr Schicksal entscheiden. Feist öffnete seine Augen, er erblickte seine wunderschöne Frau die sich schon Sorgen um ihn machte. Der Mann sah sich um, überall nur Steinwände, wie in einer Höhle und eine Eisentür. »Verdammt hier kommen wir nie raus«, sagte er »und wo ist meine Axt.« »Die haben sie dir abgenommen, weil du ja gleich immer, jeden enthaupten musst«, antwortete Ramada. Der Kämpfer schlug wie wild gegen die Tür, »lasst mich raus, ihr Wahnsinnigen«, schrie er und tatsächlich sie öffnete sich. Vier Wachleute, traten ein und legten Feist Ketten an und brachten ihn hinaus. Ramada musste alleine im Kerker bleiben. »Keine Angst wir schaffen es hier schon raus«, beruhigte der Krieger sie noch, dann schleppten ihn die Männer hinaus. Sie gingen eine Ewigkeit nach oben, der Kerker musste im tiefsten Loch von Ragtnahar gewesen sein. Da endlich eine große Halle, ganz hinten, ein Thron, war das Argamon, der Gott der Macht der da oben saß, der war ja bestimmt drei Meter groß und sein Blick, so wild wie das Feuer der Hölle, ja das war er, ohne Zweifel. »Wie könnt ihr es wagen in meine Stadt einzudringen und meine Wache anzugreifen, Sterblicher«, sagte Argamon in einem tiefen wilden Ton. »Vergebt mir, er hat mein Volk beleidigt«, erwiderte Feist ehrfürchtig. »Ah ein Mann mit Ehre, das trifft man heute selten, ich

55

werde euch Gnade erweisen, nur ihr müsst euch in einem Kampf mit Polymäus dem Wolfsghul beweisen und ihr seid frei«, sagte Argamon. »Ich nehme die Herausvorderung an«, antwortete der Kämpfer. Sie öffneten seine Ketten, der Gott der Macht betätigte einen Hebel und der Boden in der Halle tat sich auf, unten war ein riesiges Areal und eine Höhle, in der Mitte war ein Fels, wo die Axt von Zyon steckte, Feist sprang gleich in die Tiefe, natürlich mit einer eleganten Vorwärtsrolle. Man hörte, wildes heulen aus der Höhle und ein Schatten kam zum Vorschein, jetzt sah er das Wesen, es war um die 2 Meter groß, die Bestie ging auf zwei Beinen, sie hatte einen Wolfskopf, man war die hässlich. Feist griff zur Axt, aber sie bewegte sich nicht, seine Muskeln spannten sich an, er hörte sein Herz wild schlagen, der Schweiß rann ihn hinunter. Der Wolfsghul war nur mehr einige Meter entfernt, er fletschte die Zähne und bewegte seine Klauen wild hin und her, bald würde es mit dem Helden vorbei sein. »Rahd gib mir Kraft«, sprach der Kämpfer, die Axt begann zu schimmern, Feists Augen färbten sich rot, seine Muskeln drohten vor Anspannung zu explodieren, er riss heftig an der Waffe. Polymäus, holte mit seinen Pranken aus, im selben Moment, riss Feist die Axt aus dem Felsen und schleuderte sie mit einem Schwung in die Höhe, genau in die entgegenkommende Klaue von Polymäus, die es sofort abhackte und bis nach oben zu Argamon schleuderte. Grünes Blut spritzte aus der Bestie, sie schrie und biss zu, der Krieger streckte noch schnell seine Axt entgegen, in der sich die Kreatur verbiss, wild ringten sie umher. Argamon jubelte, er liebte solche Kämpfe. Der Wolfsghul riss stark in die Höhe, Feist schoss es zehn Meter durch die Luft, er landete am Rücken und blickte nach oben, dort sah er Argamon, doch wer stand neben ihm in Ketten, Ramada, sie blickte zu ihrem Mann und formte mit den Lippen die Worte, »ich liebe dich.« Feist blickte mutig auf, der Wolfsghul war schon im Anlauf zu ihm, er machte einen Vorwärtssalto über die Bestie und schlug mit der Axt zurück und traf Polymäus genau in den Rücken

56

und durchschlug diesen, bis zum Brustkorb, das Vieh schrie und kippte zu Boden. Der Held zog die Axt heraus und stellte sich mit einem Bein auf den Wolfsghul und sagte, »war das schon alles.« Argamon applaudierte. Feist kletterte zu seiner geliebten Frau und küsste sie. »Noch nie habe ich solch einen stolzen Krieger gesehen«, sagte Argamon, »ich erfülle euch jeden Wunsch«, das musste er nicht zweimal sagen. »Ich will Arbeiter, Bauern und Weiber um die Stadt wieder aufbauen zu können«, sprach der starke Mann. »So sei es«, befahl der Mächtige. Sie bekamen vom gütigen Gott, ein paar Arbeiter, einige Bauern und viele Frauen, Feist und Ramada verbeugten sich noch vor dem Herrscher und dann machten sie sich auf den Weg. Es gab nur ein Problem, das Schiff war nicht für so viel Leute gebaut und so, musste dem Kämpfer etwas einfallen. »Wir haben ja noch den Schatz von Zyonth, da kaufen wir die Materialien und bauen ein Schiff für die restlichen Leute«, und los ging es mit den arbeiten.

4. Ratgard und die Skeletthorde

Drei Monate waren vergangen in der Feist, Ratgard und seine Männer mit dem Schiff verlassen hatte. In Zyonth war die Festung schon fertig und der stolze Krieger und seine Männer warteten ungeduldig auf dessen Rückkehr. Die Toten die sie verbrannt hatten, waren schon begraben, sie ruhten in Frieden. Die Burg war noch schöner geworden als die Alte, um die fünfzig Männer hatten Platz darin, der Krieger saß gerade beim Feuer und aß ein Wildschwein, mit seinen Leuten, als er plötzlich wildes donnern und Blitze bemerkte, zum Glück hatte die Festung ein tolles Dach, sonst würde es jetzt rein regnen, es hatte nämlich zu schütten begonnen. Auf einmal erklang ein lautes pochen an dem Tor. »Was kann denn das sein, es ist späte Nacht und alle Männer sind hier, öffnet das Tor«, sprach der Held und so geschah es. Was war das, ein Skelettmann taumelte herein, er war ganz dreckig und ein paar Fleischfetzen hingen noch an ihm. Das Skelett humpelte auf

Ratgard zu und ergriff das Wildschwein, welches er vorher gegessen hatte und nagte daran. Der Untote schien gar nicht zu registrieren das Menschen um ihn standen. Der Krieger sagte, »was willst du hier, hau ab«, keine Reaktion, dann nochmals, »Hey, Skelettmännchen, was suchst du hier, verschwinde«, abermals rührte der Untote sich nicht, dann schlug Ratgard auf den Tisch und das Skelett drehte sich reflexartig zu ihm und sprang ihn an, dann drückte es ihn zu Boden. »Ihr werdet sterben, ihr die am Land der Toten lebt, ihr die dem der über die Ewigkeit herrscht trotzt, Set wird euch richten«, sprach das Skelett und drückte dem Krieger die Kehle zu, der keine Luft mehr bekam und blau an lief. »Helft mir, ihr Idioten«, sagte der Held in schwachem Ton und die Männer stürzten sich auf den Skelettmann und zerlegten ihn in seine Einzelteile. Die Knochen sahen aus wie die von Ulruth, Feists Vater, weil dieser hatte einen goldenen Zahn, wie nun auch das Skelett, plötzlich ertönten, wilde, laute Pochgeräusche an dem Tor. Ratgard, kletterte auf den Aussichtsturm und blickte in die Gegend, oh mein Gott, einige Untote, gingen draußen umher, waren es die Toten von der Stadt, warum hatten sie ihre Köpfe wieder, was für ein dunkler Zauber aus der Hölle konnte das nur sein. Die Untoten stöhnten unheimlich, sie schienen, etwas zu suchen, na zum Glück, war das Tor der Burg zu massiv, dass sie eindringen könnten. Ratgard beobachtete die Skelette genau, doch wer ging da vorbei, mit diesem Kleid, das ist meine Frau, das habe ich ihr als ich sie begrub angezogen, dachte der Krieger. Die Untote drehte ihren Kopf um neunzig Grad in die Höhe und blickte zu ihrem Mann. »Warum hast du mir das angetan, warum hast du mich verlassen«, sagte sie in einer unheimlichen Stimme. Der Krieger zuckte zusammen und sagte immer wieder, »es ist nicht meine Schuld.« Eine riesige, grüne Schlange schlängelte sich bei den Untoten vorbei, sie zischte und verschwand im Dunkeln. Am nächsten Morgen nahm der stolze Krieger seine Männer und sammelte die Skelette auf, die am Tag in eine Art Starre gefallen waren. »Los zum Mühlstein«, sagte Ratgard und sie zermahlten die Knochen der Toten zu Staub, so das wars, der Spuk hat jetzt ein Ende, dachten sie, aber da ertönte ein ohrenbetäubender, grässlicher Kreisch Ton. Vom Wald kam ein rotes Leuchten zum Vorschein und eine riesige grüne Schlange, mit rot leuchtenden Augen windete sich, in Richtung der Männer, sie blickte Ratgard direkt in die Augen, sie war so hässlich das sich einige Männer vor Angst zu Boden stürzten und wegdrehten, sie verflüchtigte sich wieder so schnell wie sie gekommen war. »Ich bin blind«, sagte Ratgard und seine Augen hatten sich weiß gefärbt, »Feist wo bleibst du«, schrie er.

5. Feuerauge und Höllenblut

Ein halbes Jahr war nun vergangen, das zweite Schiff war fertig, stolz erhob es sich in der rauen See. »Du darfst dir den Namen für das Schiff aussuchen«, sagte Feist zu Ramada. »Ich nenne es Feuerauge«, sagte sie. »Sehr gut«, erwiderte Feist »Feuerauge und Höllenblut, passt gut zusammen.« Und so machten sie sich auf den Weg. Alle stürmten auf die Schiffe, Ramada war die Befehlshaberin von Feuerauge und Feist von Höllenblut. »Segel setzen«, schrien die Zwei und eine Brise trieb sie in die stürmische See hinaus. »Auf nach Zyonth«, brüllte der König. Je mehr sie ins weite Meer fuhren, desto stärker wurde der Wind, er peitschte gewaltig aufs Wasser, aber nichts und niemand konnte sie aufhalten nach Zyonth zu gelangen. So vergingen Tage und Nächte, es schien überhaupt kein Ende zu nehmen, doch plötzlich schrie einer der Männer, »Land in Sicht« und es war Zyonth. Endlich in der geliebten Heimat, dachten alle. Man sah schon die Männer, auf dem Festland winken, mit dabei Ratgard, der treue Freund. So legten die beiden Schiffe im Hafen von Zyonth an, wo sie herzlichst empfangen wurden. »Heil Ratgard«, schrie Feist und »Heil Feist«, erwiderte Ratgard in wildem Geschrei. Ratgard erzählte ihm die ganze Geschichte, von den Skeletten bis hin zu seinem verlorenen Augenlicht. Ein Fest wurde in der Festung gefeiert, die Männer freuten sich über die Frauen und nun konnte der Wiederaufbau von Zyonth beginnen. Am nächsten Tag wurden die Arbeiter eingeteilt, sie sollten die zerstörten Gebäude, wieder aufbauen und die Frauen verliebten sich und gebaren viele Kinder, es begann eine Zeit des Glücks in Zyonth, so vergingen Jahre und nochmals Jahre, die Stadt wurde größer und größer, mit einer riesigen Burg, Wohnhäusern, Tavernen und so weiter, Zyonth blühte förmlich auf. Eine kilometerlange Mauer umgab die Stadt. Der Angriff und die Zerstörung von Zyonth, von damals erschien jedem als wäre es nur ein Traum gewesen, denn nie wieder war eine Riesenschlange gesehen worden, also lebte dies nur in Märchen weiter, die Großeltern ihren Kindern erzählten. Feist war nun, vierzig Jahre alt, er hatte zwei Kinder mit Ramada, Onth und Zyo. Er war ein gütiger König, sein Freund Ratgard hatte auch das Glück wiedergefunden, eine Frau mit der er fünf Kinder bekam. Überall im Land, war das Königreich, Zyonth als Monument der Macht angesehen, es wurde verehrt und vergöttert.

6. Die Rückkehr der Schlange

Onth der jüngere Sohn Feists spielte oft mit Zyo im eigenen Garten, des Königs, der von hohen Mauern umgeben war, ein riesiger Brunnen zierte in der Mitte, dieser war schon ewig hier gewesen. Ramada passte immer gut auf die Kinder auf, Onth hörte Stimmen die aus dem Brunnen kamen. Er ging darauf zu und blickte hinein, etwa zwanzig Meter in der Tiefe, war eine riesige Schlange, sie blickte Onth an und sagte, »komm zu mir mein Junge und du wirst ewig Leben.« Sie hatte rot leuchtende Augen, die fast hypnotisch wirkten. Onth stürzte in die Tiefe, Ramada erblickte ihn noch beim Fall und holte sofort Hilfe. Der Junge öffnete die Augen er war eine Zeit lang bewusstlos gewesen, er blickte umher, es schien so als wäre hier ein unterirdischer Tempel, dann schaute er nach oben und sah seine Mutter die laut in den Brunnen rief. »Alles in Ordnung«, schrie das Kind zurück, plötzlich ertönte ein wildes Kreischen, hinter ihm war die Schlange, sofort drehte Onth sich um, sie türmte sich in ein paar Metern Höhe vor ihm auf, öffnete weit ihr Maul und stieß einen ohrenbetäubenden Schrei aus. Der Junge brach zusammen. Feist war in der Zwischenzeit mit einem Seil den Brunnen nach unten geklettert, die letzten zwei Meter sprang er in einem Salto hinunter, dann blickte er sich um, es wirkte wie eine Jahrtausende alte Kirche. »Oh, bei Gott Rahd«, also stimmte die Legende vom versunkenen Tempel des Schlangenkults. »Onth wo bist du«, schrie Feist, aber nichts war zu hören. Der Held ging die Gänge entlang, am Ende kam ein riesiger Spiegel, er war wie ein Portal, er schlug wild dagegen, aber nichts tat sich, plötzlich begann der Spiegel zu flackern und die Riesenschlange erschien, wie aus dem nichts darin. Sie türmte sich auf fünf Meter Höhe auf und blickte den König mit den feuerroten Augen an. »Feist ich fordere den Tribut deines Vaters Ulruth ein«, sagte sie in zischender Stimme. »Welchen Tribut, gib mir meinen Sohn wieder du Scheusal«, sagte Feist. »Mein Name ist Set«, zischte die Schlange, »hör mir zu, dein Vater, versprach mir, seinen Erstgeborenen, dafür das ich Zyonth, ewig von Angriffen fern halte und beschütze, schon so oft war die Stadt beinahe komplett zerstört worden, ich gab Ulruth die Stärke der Ewigkeit, darum konnte er alle Feinde vernichten, aber als du geboren wurdest, stellte er sich gegen mich, er verbündete sich mit dem alten Gott Rahd, dieser verbannte meinen Tempel tief unter die Erde, ich benötigte Jahre um mich zu befreien, dann habe ich mich gerächt, alle habe ich umgebracht, auch einige verspeist, nun schlief ich etliche Jahre um zu verdauen und jetzt vordere ich dich ein.« »Gib mir meinen Sohn und du bekommst dafür mich«, sagte der Krieger. Das Schlangenwesen öffnete sein Maul und spie Onth aus, er flutschte vom Spiegel auf die andere Seite zu seinem Vater. »Los verschwinde«, sprach Feist zu seinem Sohn, dann sprang er in das Spiegelportal und zerschlug es beim Sprung hindurch mit der Axt. Der König verschwand bei

61

der Schlange und das Portal war zerschellt, Set und unser Held waren verschwunden. Onth kehrte an die Oberfläche zurück und berichtete den Menschen, von dem Geschehen.

7. Set, der Herrscher der Ewigkeit

Feist befand sich in einer Zwischendimension, er blickte sich um, überall rotes Gestein und Lava, und die Riesenschlange, Set, in der Mitte, sie starrte besessen auf unseren Helden. »Wo bin ich hier«, fragte Feist. »Du bist in einer Dimension, wo Raum und Zeit nicht existieren«, antwortete Set. »Was willst du von mir«, fragte der Mann. »Ich will das die Welt wieder so ist, wie sie vor Jahrmillionen war, sie war voll Schlangen, Menschen existierten damals noch nicht, die Erde war ein Paradies, dann sind die Menschen entstanden und haben uns Schlangen fast ausgerottet, bis auf ein paar wenige, wir mussten uns vor euch, in der Dunkelheit, in Höhlen verstecken, aber die Weissagung erzählt, das ein Mann im Zeichen der Schlange geboren wird, der die alte Ordnung wieder herstellt«, erzählte Set. »Und wer verdammt soll das sein«, fragte der Mann. »du bist es, Feist«, lachte die Schlange. »Denk doch mal nach, deine unbändige Kraft, die roten Augen, wenn du wütend wirst, wo denkst du hast du dies her, ich sage dir noch etwas, ich bin dein Vater.« »Nein, das ist nicht wahr, NEIN«, schrie Feist. »Was ist mit Ulruth, meinem Vater, denkst du ich glaube dir.« »Ulruth war ein Schwächling, er bat mich die Stadt zu beschützen, da er es selbst nicht schaffte, dieser Versager musste mir seinen ersten Sohn versprechen und ich gab ihn darauf hin die Kraft der Ewigkeit, als er wieder einmal auf Schlachten war, täuschte ich deine Mutter und wandte einen Zauber an, sie fiel in einen tiefen Schlaf, ich verging mich an ihr, sie war sofort schwanger, Ulruth war zu dumm um die Wahrheit zu erkennen, er musste einfach sterben, als er mir sein Versprechen nicht einlöste, mein Sohn du wirst die Ordnung wiederherstellen, die Menschheit vernichten, so wie sie es mit den Schlangen getan hatten und unter dem Zeichen der Schlange wirst du kämpfen.« Feist akzeptierte nach einiger Zeit die Wahrheit, aber wie würde er zurückkommen, das Spiegelportal hatte er doch zerstört.

8. Das Zeichen der Schlange

Jahre vergingen in Zyonth, Onth und Zyo ernannten sich selbst zum König, da ihr Vater, verschwunden war. Das Volk war unzufrieden, da es in den letzten Jahren immer wieder Kämpfe und Schlachten, mit anderen Völkern gegeben hatte und weil durch mehrere verregnete Sommer, die Ernte zerstört wurde, dann gab es noch Bürgerkriege. Die zwei Brüder waren sich des Öfteren uneinig, während Onth stets in die Schlachten zog, war Zyo immer in der Stadt geblieben, zwanzig Jahre waren seit dem Verschwinden von ihrem Vater vergangen. Onth kam gerade von einer Schlacht, gegen das Volk der Sonne zurück und stürmte auf den Thron zu, wo Zyo saß. »Na Onth, wie war der Kampf«, sagte Zyo. »Er war besser als bei dir hier, nur faul herumzusitzen«, antwortete Onth. »Ein wahrer König verlässt den Thron nie«, schrie Zyo und spuckte auf seinen Bruder. Dieser sprang wütend auf ihn, und würgte ihn. Die Zwei waren zu Feinden geworden und so rauften sie auf dem Boden wild herum, plötzlich ertönte ein lautes, »was ist hier los, in meiner Stadt.« Es war Feist, er war zurückgekehrt und keinen Tag gealtert, er stellte sich zwischen den Zweien und drängte sie auseinander, seine Söhne baten um Vergebung. »Wo ist Ratgard«, fragte der Kämpfer, ein sechzig Jahre alter Mann bewegte sich auf ihn zu. »Oh mein treuer Freund«, sagte Feist, er war ein alter Mann geworden. Die beiden Söhne stritten noch immer um den Thron, wer ihn bekommen würde. Der Vater schrie, »niemand von euch wird ihn je kriegen, als ich euch verlassen habe wart ihr meine lieben Söhne und was seid ihr heute zwei Ratten die sich um ein Stück Fleisch streiten, geht mir aus den Augen.« Die Zwei verschwanden ehrfürchtig. »Als du verschwunden bist ist ein dunkles Zeitalter angebrochen«, sagte Ratgard. »Wie konntest du zurückkommen das Spiegelportal, war doch zerstört«, fragte sein bester Freund. »Jemand hat in den zwanzig Jahren die ich gefangen war den Spiegel, wieder zusammengesetzt und wo ist mein Weib Ramada«, fragte Feist. »Sie konnte dein Verschwinden nicht ertragen und ist in den Tempel der ewigen Jugend gegangen«, erzählte Ratgard. Dieser war am hohen Berg von Stramgard, über den Wolken und wurde von den Walküren bewohnt, das sind die Schönsten der Schönen, Götterfrauen, wo Männer nicht leben können, nur ihre Seelen. Feist sprach zu seinem Volk, »wir werden ein neues Zeitalter beschreiten, die Welt gehört uns, nie wieder soll mein Volk von Zyon Hunger erleiden, wir erobern die Welt«, dann zeigte er seinen Untergebenen das Zeichen der Schlange, dies sollte das neue Symbol, Zyonths sein, das Volk jubelte. Set blieb im Tempel der Ewigkeit, unten im Brunnen und hatte eine geistige Verbindung zu Feist, mit der sie jederzeit kommunizieren konnten. »Zuerst aber, werde ich meine Frau zu mir zurückholen«, versprach der Krieger.

9. Feist und die Walküren

Der stolze Krieger befahl, dass seine Söhne ihn begleiten sollen, Ratgard würde inzwischen das Königreich regieren und so machten sie sich auf den Weg. Es sollte eine todbringende Reise werden. Zyo und Onth stritten die ganze Zeit. »Was ist aus euch bloß geworden«, sagte Feist, »einst war ich so stolz auf euch.« Die Drei marschierten Tage und Nächte, es war ein schönes Stück, bis zum Berg, Stramgard. Nach Wochen des ärgsten Marsches, kamen sie total erschöpft, am Fuße des Berges an. Mächtig erhob er sich vor ihnen in den Himmel empor. »Meine Söhne ihr wartet hier, während ich in die Höhe steige und eure Mutter zurückhole, seid friedlich«, sagte der Mann, dann kletterte er auf den mächtigen Berg und warf noch einen ernsten Blick, auf seine Kinder. Zyo machte am Fuße des Berges, ein Feuer und Onth ging auf die Jagd. »Hol sie uns zurück«, schrie Zyo noch seinem Vater nach. Der

Krieger kletterte, die steilen Felswände empor, wild knirschten seine alten Knochen, der Wind brauste wie ein kalter Todeshauch in sein Gesicht und so vergingen abermals Tage. Einige Kilometer am Berg oben, machte unser Kämpfer, auf einem eisigen Felsvorsprung Rast, die Sicht war zu schlecht geworden um es noch weiter hinauf zu probieren, vielleicht würde der nächste Tag eine Wetterbesserung bringen und da saß er geschwächt, der Bewusstlosigkeit nahe und starrte in den eisigen Nebel. Es erschien ihm seine Angebetete. »Ramada«, stöhnte er leise. »Mein König du bist zu mir zurückgekehrt«, sagte sie. »Ja, ich vermisse dich so sehr, meine Königin«, er erzählte ihr die ganze Geschichte und von dem Schock was aus den Kindern geworden war. Sie küssten sich leidenschaftlich, dann verschwand sie wie ein Geist. Feist hatte es sich nur eingebildet, er war schon totgefroren. Mit seinem letzten Atemzug hauchte er noch, »RAMADA«, bevor seine Lebensflamme erlosch, das war das Ende eines mächtigen Kriegers und Königs. Seine Seele flog aus seinem Körper und stieg hoch in den Himmel, in den Tempel der ewigen Jugend, wo die Walküren sie abfingen und er lebte dort für alle Zeit mit seiner Frau Ramada zusammen. Set, die Schlange, die geistigen Kontakt mit ihm hatte tobte vor Zorn, sie schrie, »die Welt gehört uns Schlangen, ich werde mich rächen und alle vernichten« und dann schlug sie wild um sich, bis ihre Höhle einstürzte, sie hatte den Tod schon in einer Vision gesehen, aber nicht, glauben können, nun war sie auch ewig unter Zyonth gefangen.

10. Der Fall von Zyo und Onth

Tage waren vergangen und die zwei Brüder hatten wieder einmal Streit, Onth beschuldigte Zyo, dass es seine Schuld sei, dass ihr Vater so schlecht von ihnen dachte und nicht zurückkehrte. Zyo pöbelte zurück, »ich hasse dich, du hättest, nie geboren werden dürfen, dann wäre ich der einzige König, ich bin auch, der bessere Krieger als du« und so zog er sein Schwert und schnitt Onth in die Hand, dieser zog ebenfalls, sogleich seine Waffe und stellte sich seinem Bruder entgegen. »Du warst schon immer neidisch auf mich, weil ich die Armeen führe und du nur wie eine Attrappe auf dem Thron sitzt, du Bastard.« Es begann ein erbitterter Kampf, beide kämpften wie wild und verletzten sich gegenseitig schwer. Onth schlug Zyo das Schwert mit einem mächtigen Hieb aus der Hand, was er nicht bemerkte er hatte seinem Bruder dabei, die Hand abgeschlagen, der sich nun sofort auf den Boden hinkauerte. Onth war im Blutrausch, aber als Zyo vor Schmerzen schrie, hielt er inne. »Oh mein Gott was habe ich getan, es tut mir leid«, dann beugte er sich zu seinem verletzten Bruder, der im verborgenem einen Dolch zog und sich blitzartig umdrehte und diesen, Onth ins Herz rammte. Dieser holte auch mit seinem Schwert aus und schlug Zyo den Kopf ab. Mit letzter Kraft schleppte sich der Verletzte zum Feuer, dort verblutete er. Abermals vergingen Jahre und in Zyonth war nun, Ratgards Sohn der König, das Königreich kämpfte immer im Zeichen der Schlange und war stets siegreich. Feist war zu einer Legende geworden, diese erzählte vom stolzen Krieger in Zyonth der das Königreich erschuf, gegen Monster und Dämonen kämpfte, das Land in ein glorreiches Imperium verwandelte und den Untergang in seinen zwei Söhnen fand und sich nun im Tempel der Ewigkeit mit seiner Frau für alle Zeiten befinde.

Platexor und Morgarath

Die Geschichte des Drachen

Des Drachens Welt, wo die ganze Menschheit fällt.

Aus der Hölle kam er her, die alte Erde gibt es nicht mehr,

so fiel nun auch das letzte Heer, nur noch Tod und Flammenmeer,

doch der Drache will noch mehr.

Morgarath des Teufels Sohn,

herrscht mit Hass auf seinem Thron.

Die Feuerbestie mit ihrem Todesflug, alle Menschen, Magier
und Lebewesen erschlug.

Der Tod hinterließ in uns tiefe Kerben,

oh Gott, wir werden alle sterben.

1. Drache, Zauberer und Barbaren

Es war vor langer, langer Zeit, als die Erde noch jung war, da lebten
die zwei Barbarenbrüder Sturmbringer und Eisenfaust, sie waren
durch eine übermenschliche Stärke gesegnet, zusammen waren sie

unbesiegbar, die Zwei lebten im Dorf, Ostwind, es bestand ungefähr aus 100 Einwohnern, es gab einen Schmied, ein Gasthaus und sogar eine kleine Festung in der Mitte, aber das Beste war die Kampfarena, wo die zwei Barbaren, täglich trainierten. Die Prophezeiung die besagt, das der Drache Morgarath einmal wiederkehren würde, kannte jeder im Dorf, sie war hunderte Jahre alt, der Zaubermeister Platexor, hatte sie verfasst, er war damals in der großen Schlacht gegen den Drachen angetreten, er hatte ihn durch eine List besiegt, man erzählte sich, das der Zauberer ein Hologramm von sich selbst um einen magischen Stein erschuf, den Weltenstein um genau zu sein, mit diesem konnte man Portale in alle Universen und Höllen öffnen, aber man musste ihn berühren, oder im Körper haben. Als der Drache, Platexor am Berg Hoch Kolloss sah, wie er mit ausgebreiteten Armen da stand und den Drachen anschrie, konnte die Bestie nicht anders, die halbe Menschheit hatte die Kreatur schon vernichtet, nun würde sie sobald für alle Zeiten verbannt werden. Das Ungeheuer verschlang den Zauberer und flog feuerspeiend in die Lüfte empor. Der reale Magier hatte sich unsichtbar gemacht und erschien sogleich, der Drache sah ihn und stürzte in einem Sturzflug auf den Mann zu. Der Zaubermeister, streckte seinen Zauberstab namens, Funkenblitz, der Bestie entgegen und schrie eine Zauberformel, ein Portal öffnete sich und verschlang den Drachen. »Morgarath, seist du verbannt für alle Zeiten«, schrie Platexor, aber nur mit einem konnte er nicht rechnen, aus dem Portal, schoss der Schwanz der Bestie und umklammerte den Zauberer und riss ihn mit, beide verschwanden und das Portal löste sich auf, nur der Zauberstab, Funkenblitz, war zurück geblieben, aber niemand konnte seine Macht nutzen, er befand sich seit dem in der Festung, gut bewacht, zusammen mit der Prophezeiung, aber jeder der wollte konnte ihn sich anschauen. Die Vorhersagung war Jahre später erst erschienen, eines Tages, als die Wachen der Festung den Zauberstab bewachten, fing dieser plötzlich zu leuchten an und alles rund um ihn herum begann zu brennen, als die Flammen wie von Teufelshand, auf einmal aus waren, lag da die Prophezeiung, sie war mit einer Schrift die niemand entziffern konnte geschrieben, nur ein Satz, war zu verstehen, er schrieb, Morgarath wird wiederkehren, wenn der Mond sich rot verfärbt und Funkenblitz, seine Macht zurück bekommt, dann wird der Himmel Feuer speien, so vergingen viele Jahre, nichts von der Prophezeiung trat ein und die Menschen lebten in Frieden, aber immer mit der Angst die Bestie könnte einmal wiederkehren. Sturmbringer und Eisenfaust wurden wieder einmal gerufen, im Dorf gab es Unruhen, die Menschen versammelten sich. »Was ist los«, schrie Eisenfaust. Rudi ein einfacher Bauer, außerhalb des Dorfes, erzählte geschockt. »Ich war gerade mit meinem Pferd das Feld beackern, als ich plötzlich ein schnaufen hinter mir vernahm, es rann mir kalter Schauer über den Rücken, ich drehte mich um und da stand eine Kreatur, so hässlich, das ich geschockt zur Seite kippte, sie ergriff meinen Hengst Pepe und zeriss ihn in zwei Teile und trank sein Blut, ich rannte und rannte, bis zum Dorf, helft mir ich flehe euch an.« Sturmbringer sagte, »keine Sorge, wir erledigen die Bestie.« Die zwei Barbaren holten ihre Waffen, Eisenfaust, hatte zwei Handschuhe aus unzerstörbarem Stahl, mit denen man alles durchschlagen konnte, was er wollte und Sturmbringer hatte eine doppelseitige Kriegsaxt, die er über alles liebte, damit konnte er sogar, Felsen spalten. Sie gingen damit stolz durchs Dorf und wurden von der Menge bejubelt. »Tötet die Bestie«, schrien die Menschen. Die Barbaren marschierten los, außerhalb des Dorfes war nur tiefster Wald, vereinzelt gab es ein paar Bauern. Der

Bauernhof war einige hundert Meter außerhalb an einem kleinen Bach, dem Fluxbach, da war er schon das Bächlein. »Ich trinke nur etwas, halte du Ausschau nach der Kreatur«, sagte Sturmbringer. »Immer soll ich Ausschau halten während er sich erfrischt«, flüsterte Eisenfaust. Sturmbringer begab sich zur Wasserquelle, er beugte sich nieder und nahm einen kräftigen Schluck, ah köstlich dachte er, plötzlich waren seine Hände rot, oh mein Gott was ist das, der Bach ist ja voll mit Blut, auf einmal trieb der Pferdekopf von Rudis Pferd, Pepe vorbei. Sturmbringer schlug es gleich geschockt nach hinten. Was zum Teufel ist hier los, dachte er. »Bruder schnell hier her«, sagte er und Eisenfaust war schon da. Ein monströser Schrei erklang hinter den Büschen, beide stellten sich kampfbereit hin, was konnte das nur sein.

2. Der Kampf der Besten

Der Schrei wurde zu einem bestialischen Schnaufen, die Büsche wackelten wie wild umher, plötzlich sprang etwas in Sturmbringers Gesicht, ah es war der Hund von Rudi, er schleckte ihn spielerisch ab. Beide Barbaren lachten, plötzlich ein Schlag und Sturmbringer flog weit durch die Luft und landete in einem Baum. Er sagte noch, »süßer Hund«, dann wurde er kurz bewusstlos. Eisenfaust, schrie laut umher, da stand sie die Bestie, ein fünf Meter großer, grüner Troll, er hatte zum Glück den Hund verfehlt, der wäre jetzt bestimmt tot, aber mein Bruder ist ein harter Knochen, der hält das schon aus, dachte Eisenfaust. »Los komm her, ich warte«, brüllte er das Wesen an und stürmte auf die Kreatur los und schlug wie besessen mit seinen Stahlhänden auf den Troll ein, dieser spuckte Blut, kniete sich hin und beugte seinen Kopf nach unten. »Siehst du, niemand kann mich besiegen, man nennt mich nicht umsonst, den

Vernichter, du grünes Scheusal«, prahlte er und sprang in Siegerpose spöttisch umher, doch der Troll war noch nicht geschlagen, er holte aus und wusch, weg war auch der zweite Barbar, er war auch in den Bäumen, aber zum Glück hatte er seine Stahlfäuste noch vor dem Schlag schützend vor sein Gesicht gehalten. Der Hund bellte die Kreatur laut an. Diese wiederum probierte das kleine Tier zu treffen, aber es war zu flink und das Wesen verfehlte es immer wieder. »Sturmbringer wo bist du, du Narr«, schrie Eisenfaust, »lass mich schlafen«, erwiderte dieser. Ach mein Bruder dieser Idiot, dachte er und sprang vom Baum runter auf den Rücken des Trolls und schlug ihn so fest er konnte mit den Stahlfäusten, die Bestie hatte schon hunderte Beulen, aber sie war nicht kleinzukriegen. Währenddessen schlief Sturmbringer gemütlich in den Ästen, auf einmal zwickte etwas an seinen Lippen. »Wah was ist das, geh weg, lass mich schlafen«, sagte er, doch das zwicken hörte nicht auf. »Ich habe gesagt aufhören« und so fuchtelte er mit seinen Händen umher, »Wah weg da«, eine kleine Elfe wollte ihn küssen. »Hey du kleine fliegende Ratte lass mich in Ruhe«, sprach er. »Du musst deinem Bruder helfen«, sagte die Elfe. »Ach dieser schafft den Troll ja ganz alleine, der braucht mich nicht.« »Doch nur zu zweit seid ihr unbesiegbar, das weißt du doch, der Drache wird bald kommen und ihr müsst vereint sein«, sprach das kleine Lebewesen. »Los hau ab du Heuschrecke«, schimpfte Sturmbringer und versuchte die Elfe mit seinen Händen zu verscheuchen. »Blöder Depp«, schrie sie und flog beleidigt davon. Ah, hier habe ich eine schöne Aussicht auf den Kampf, dachte Sturmbringer und so beobachtete er das geschehen und feuerte seinen Bruder an. Eisenfaust saß noch immer auf des Trolls Rücken und prügelte auf ihn ein, dieser bewegte sich in Richtung des Bauernhauses von Bauer Rudi zu, dass ganz nah war und beide stürzten sie durch die Wand, man hörte nur wilde Schläge und Schreie, dann brach das ganze Haus zusammen. Man sah wie eine umgefallene Mauer stark wackelte, darunter lag Eisenfaust, er schoss die Wand in die Luft, der Hund kam und bellte freundlich. »Siehst du so besiegt man nen Troll, Hündchen«, sprach er und lachte, plötzlich ein kurzer Schlag, ein lauter Schrei und Eisenfaust flog vorbei, direkt an einen riesigen Baum, der sogleich, durchbrach. Der Barbar stand auf und sagte, »hah nichts kann mich besiegen du hässlicher Affe, haha«, plötzlich wurde er ohnmächtig, der Schlag war anscheinend doch zu stark gewesen. Der Troll bewegte sich langsam auf ihn zu, er nahm einen Holzpflock, der da lag und wollte ihn damit erschlagen, doch plötzlich, hörte die Kreatur ein pfeifen und drehte sich um. Da stand Sturmbringer mit seiner Kriegsaxt über der Schulter und sagte, »Hey du Bestie Satans, du hast vielleicht meinen Bruder besiegt, aber mich besiegst du nie, er war immer der Schwächere von uns Zweien, er hat nicht diese Muskeln wie ich« und nun ließ er sie tanzen, es war fast hypnotisch dieses Muskelschauspiel, »siehst du das, die werden dich zerschmettern«, sprach er. Eisenfaust war inzwischen wieder zu sich gekommen, er hatte die Vorstellung von seinem Bruder mitangesehen und fuhr sich mit seiner Hand vor die Augen und dachte, dieser verdammte Idiot. Der Troll rannte wild auf Sturmbringer zu, dieser wiederum wich schnell aus und schlug mit der Axt zu, genau in den Bauch der Bestie und dann stellte er sich in göttlicher Pose hin, während der Troll weiterlief. Die dicke Wampe der Kreatur war ganz blutig, sie drehte sich um und lachte, abermals nahm sie Anlauf, aber nur im letzten Moment sprang sie unerwartet in die Luft, mit dem Fuß kickte sie Sturmbringer weg, dieser schoss genau in Richtung seines Bruders und so lagen sie nebeneinander. »Was sollte das Schauspiel mit deinen Muskeln vorher, wolltest du ihn zum Todlachen bringen, weil ja ein jeder weiß das ich der Stärkere, mit mehr Muskeln bin«, sprach Eisenfaust. »Ja in deinen Träumen, los beenden wir es jetzt, mir ist schon langweilig«, sagte Sturmbringer. Beide sprangen auf, der eine rannte von links, der Andere von rechts auf den Troll zu, ein schneller Schlag mit der Axt und ein paar Faustschläge mit den Stahlhandschuhen und der Troll, lag schon am Boden. Beide kletterten auf seinen Bauch und starrten in sein Gesicht. »Mann ist der hässlich da ist ja die alte Hexe im Dorf eine Schönheit, ich dachte die wäre hässlich, aber nein du bist ja die absolute Krönung«, sprach Eisenfaust. Der Troll lachte und spuckte grünes Blut, er stöhnte noch, »MooMoorrrggaaaarraaattthhh«, auf einmal schlug ihn Eisenfaust bewusstlos, »oh hatte er noch etwas gesagt.« »Ja er sagte Morgenrad.« »Was ist ein Morgenrad«, nuschelte Sturmbringer? »Vielleicht will er morgen mit dem Rad fahren, aber was ist ein Rad.« »Er meinte sicher den Drachen Morgarath du Idiot«, »also wird er bald wiederkehren«, sagte Eisenfaust. Sollte sich dies Bewahrheiten und das Ungeheuer bald wiederkehren, wäre dies das Ende aller Tage, plötzlich schrie der Troll, dann sprang er wild auf und rannte in den Wald, dort verschwand er. Oh, der lebt noch, dachten beide und gingen dann lachend einen Waldweg entlang, na jedenfalls würde der Troll sicher nicht mehr zurückkommen. Sie machten sich auf den Weg zurück ins Dorf, Ostwind, ein kühler Wind, wehte durch die wunderschöne Naturlandschaft, dass ihr ein magisches Aussehen verlieh, überall flogen Schmetterlinge und kleine Elfen herum, die Sonne strahlte durch die Baumkronen hindurch, da war auch der Fluxbach, einige Fische tummelten sich in ihm herum, sollten sie vielleicht einen fangen, naja später und so gingen sie ihres Weges.

3. Morgaraths Herrschaft

Wir schreiben die Zeit vor Tausenden von Jahren vor Sturmbringer und Eisenfaust, die Erde war unter der Herrschaft des Drachen Morgarath, er hatte zwei Drittel der Menschheit ausgerottet, die meisten verbrannte er mit seinem Höllenfeuer, das er aus seinem Maul spie, nichts außer Asche blieb nur mehr übrig, wenn er es einmal öffnete. Die restliche Menschheit wurde nur am Leben gelassen um den Drachen zu dienen und als Nahrung, immer wieder viel die Bestie über kleine Dörfer her und fraß die Kinder, bei lebendigem Leib, die schmecken besonders gut. So erzählte man sich auch die Geschichte, dass der Drache abermals über ein kleines Dorf im Norden herfiel, er schlängelte und trampelte laut durch die Straßen, die Dorfbewohner versteckten sich in den Häusern, welche noch nicht brannten, die Bestie schlich umher, sie suchte etwas, in einem der Gebäude versteckten sich Sigon und Simone mit ihren Eltern, der Drache war wieder auf der Suche nach Kinderfleisch, er konnte Angst und Kinder riechen. »Er hat uns gefunden«, sagte der Vater, zu seiner Frau, »ich muss mich der Bestie stellen, während ich sie ablenke, flüchtet ihr in die Kirche.« Die Kinder weinten, die Mutter sagte mit trauriger Stimme, »ich werde dich nie vergessen mein Mann« und küsste ihn. Er nahm eine Heugabel und stürmte schreiend hinaus und da war es, das Scheusal, es starrte ihn mit seinen feurig roten Augen an und erhob sein mächtiges Haupt. »Friss mich, aber lass meine Familie leben, ich flehe dich an«, bettelte der Mann. Die Frau und die zwei Kinder schlichen inzwischen beim Hintereingang hinaus, sie waren gerade in einer Seitengasse, verdammt sie konnten nicht weiter, die anderen Häuser brannten alle, also versteckten sie sich in einem Gebüsch, sie sahen genau ihren Vater. Sigon wollte zu ihm hin, die

Mutter packte das Kind und zog es ins Gebüsch. Man sah den Vater betteln und plötzlich ein Feuerstrahl, ängstlich schrie der Mann und als sich dieses Höllenfeuer legte, war nur mehr ein kniendes Skelett zu sehen. Der Drache schlenderte weiter, bombastisch ertönten seine riesigen Schritte und sein Atem ließ jeden erschaudern, plötzlich hustete Simone, die Bestie wendete, sie kam direkt auf die Drei zu, sie war riesig an die vierzig Meter groß, der Drache blickte suchend umher, die Mutter busselte die Kinder noch ab und sprang aus dem Gebüsch, das Ungeheuer packte sie sofort und schoss sie bestialisch gegen eine Hausmauer, sie war sofort tot, sie lag direkt neben den Kindern und blickte mit ihren toten Augen in deren Richtung, das Ungeheuer schnupperte umher, es konnte junge Menschen riechen, auf einmal rannten die Zwei davon. Morgarath fasste so gleich Simone und verschlang sie mit Haut und Haaren, Sigon konnte in die Kirche entkommen. Dort waren auch einige Dorfbewohner versammelt, sie sagten, »hier in das heilige Gebäude, kann er nicht eindringen«, doch auf einmal riss es das Dach weg und da war es das Scheusal, alle Leute stürmten wie wahnsinnig aus der Kirche, nur Sigon blieb stehen, die Bestie flog mit wildem Flügelschlag über dem Haus Gottes und blickte auf den Jungen, dann stürzte sie hinab und fraß auch ihn, danach flog der Drache weg. Die Menschen, weinten und trauerten um alle Toten, das halbe Dorf stand in Flammen, doch auf einmal kam ein helles Licht am Ende der Straße zum Vorschein, es kam immer näher, es war weißlich, blau, es war ein Zauberer mit einem Stab, er kam zum Dorfplatz, wo sich die Leute versammelten. »Wer seid ihr«, sprach ein Dorfbewohner. »Ich bin der Zaubermeister Platexor und ich bin gekommen um euch zu retten, ich komme vom verborgenen Tal der Zauberer, ich habe hier einen Weltenstein, hiermit verbanne ich die Kreatur für immer in die Hölle« und so machte er es auch wie wir wissen. Warum war plötzlich der Zauberer als Retter gekommen, nie hatte sich jemals einer den Menschen gezeigt, anscheinend hatten auch sie es satt, daß die Erde unter dieser Bestie leiden musste, oder vielleicht hatte auch ein Zauberer diesen Dämon aus der Hölle erschaffen und Platexor war nur gekommen um die Kreatur die sie selber frei setzten zu vernichten.

4. Das verborgene Tal der Zauberer

Wir schreiben die Zeit vor Morgaraths Herrschaft, die Welt lebte in Frieden und Harmonie, im tiefsten Wald gab es ein verborgenes, verzaubertes Tal, das nur von wahren Zauberern gefunden werden konnte, dort lebten einige Magier, die ihr Leben der Magie widmeten. Sie waren mit allen Tieren und der Natur im Einklang, gerne erschufen sie neue Lebewesen und Pflanzen mit ihrer Magie und übergaben sie dem Wald. Im Zentrum des verborgenen Tals, war ein riesiges Schloss, in dem die Magier forschten, es hatte fünf Türme und eine Akademie, einen geschützten Zaubersaal und ein Geheimlabor. Platexor war ein junger Zauberer, er studierte an der Akademie, bei Meister Hebron. »Heute lernen wir über den Weltenstein, wozu dient er und wie entstand er«, sprach Hebron. Platexor antwortete, »mit dem Weltenstein kann man in alle Dimensionen des Universums reisen, sogar in die Hölle, er hat unglaubliche Macht, entstand aus dem Urknall, es war der erste Stein der sich formte und er absorbierte alle Energie der Ewigkeit und der Zeit und so wurde er zum mächtigsten Stein des Universums, er ist die Quelle der Zauberer.« »Gut, sehr gut«, sprach Hebron »und weil er so mächtig ist bewahren wir ihn hier im Schloss, verborgen von den Menschen auf.« Alle Zauberer liebten es Lebewesen zu erschaffen und so gab es den

Erweckungsraum, man benötigte einen Zauberstab, eine Pflanze, oder ein Holzstück, um es umwandeln zu können und die magischen Zauberworte natürlich. Platexor hatte Funkenblitz, er fand den Stab auf dem Berg Hoch Kolloss, als er auf der Suche nach Pilzen war, da lag der Stab einfach so da, so als wollte dieser gefunden werden, er war zwei Meter lang und aus Stahl, an der Spitze hatte er einen weiß, leuchtenden Stein, sofort, nahm ihn der Zauberer und es fühlte sich gut an. Platexor nahm eine Eichel, dann legte er sie im Erweckungsraum auf ein Podest, er stellte sich davor hob seine Hände und sprach die Worte, »ahehuharise mortem morax oblivion infernaloxium Moah«, der Stein in Funkenblitz leuchtete höllisch, plötzlich fing die Eichel zu wackeln an und sie verformte sich, es wuchsen ihr Flügel, ein Kopf kam daraus, Hände, Füße und ein Körper, es war eine kleine Elfe, sie kicherte und flog vergnügt in den Wald. »Gut gemacht«, lobte ihn Hebron, »ab nun bist du ein Zaubermeister.« Platexor war überwältigt vor Freude, jahrelange Übung und lernen hatte sich bezahlt gemacht. Jeder Zaubermeister bekam seine eigenen Gemächer um selbst an neuem forschen zu können und so bezog er sein neues Quartier, es war in einem der Türme des Schlosses. Platexor hatte hier ein gemütliches Bett, eine eigene Bibliothek und einen Kamin, wo schon gemütlich Feuer brannte, er widmete seine Forschungen der Erweckung von neuen Lebewesen, ständig wollte er neue Kreaturen ins Leben rufen, sein Ziel war es die ultimative Lebensform zu erschaffen, vielleicht die Urlebensform, aber woraus könnte ich sie formen dachte er, plötzlich durchschoss ihn ein Geistesblitz. Mit dem Weltenstein, ich könnte seine Macht nutzen, ich brauche nur ein kleines Stück und daraus erschaffe ich das Urwesen, dann werde ich bestimmt Erzmagier, dachte Platexor. Jeder Magier wusste das der Weltenstein sich im verbotenen Raum im Schloss, der gut bewacht wurde befindet. Ah ich mache einen Verwirrungszauber bei den Wachen, dann schleiche ich in den Raum und entnehme ein kleines Stück vom Stein, dachte der Zauberer und auf geht's. Vor dem Tor zum verbotenen Raum standen zwei Magier zur Wache. Platexor, sprach einen Zauber, plötzlich sagte einer der Wachen zum Anderen, »hey siehst du das Licht es ist so wunderschön, siehst du es«, der Andere sagte, »bist du betrunken, oder hast du narrische Pilze gegessen, oh warte ich sehe es auch, es ist so schön«, wie im Rausch, blickten die Zwei dem Licht entgegen und so waren sie unfähig das Tor zu bewachen. Ein guter Zauber dachte Platexor und schlich zum Tor, noch schnell eine Öffnungsformel und auf ging es, drinnen flog der Brocken in einem grünen Schimmer. Das soll also der mächtigste Stein des Universums sein, völlig überbewertet, dachte der Magier, er sieht aus wie ein normaler Stein, dann noch schnell einen Zauberspruch und ein kleines Stück bröckelte ab, sofort nahm er es und verschwand in seine Räumlichkeiten. Ich werde alle Zauberer vom Tal einladen, bei meiner Erweckung dabei zu sein, bald bin ich Erzmagier, schwärmte Platexor. Überall sprach sich herum, dass er einen mächtigen, nie da gewesenen Zauber vorführen wollte, den es so noch nie gab. Tage später war es so weit, alle Magier versammelten sich im Erweckungsraum, Platexor stand in der Mitte vor einem Podest. Die Zuschauer nuschelten, »was macht der da, was soll das werden, das wird nix.« Der Zauberer sprach, »ich werde heute ein neues Wesen erschaffen, das Urwesen, der Erde«, dann legte er den Steinbrocken aufs Podest erhob die Hände und sprach, »ahehuharise mortem morax oblivion infernaloxium Moah«, der Stein in Funkenblitz leuchtete grell und das Stück vom Weltenstein brodelte, es verformte sich, es wurde größer und größer und stoppte ab einem Durchmesser von fünf Metern. Die

Zauberer lachten, »hey er kann Steine größer zaubern was für ein Magier«, alle verspotteten ihn. Platexor hob abermals seinen Stab und sprach erneut die Worte, aber diesmal fügte er das Wort, drako hinzu, es war so als hätte ihm der Stein dies geflüstert, »ahehuharise mortem morax oblivion infernaloxium drako Moah« und der Stein brodelte abermals, ein Kopf kam zum Vorschein, zwei Flügel, ein Schwanz, die Zauberer blieben geschockt stehen. Einer sagte, »es ist, es ist, ein DRACHE« und schon erhob sich die Kreatur und spie Feuer in die Menge, sie verbrannten alle jämmerlich.

5. Der Zauberer und der Drache

Oh mein Gott was habe ich getan, dachte Platexor und rannte davon, der Drache tötete alle Zauberer und zerstörte das Schloss, der einzige Überlebende war der Erwecker des Ungeheuers, dieser konnte noch den ganzen Weltenstein vom verbotenen Raum nehmen und sich in einer Höhle des Tals verstecken. Der Zauberer fiel zu Boden und betete, »oh Gott, nein, alle sind tot, ich wollte doch nur etwas Neues erschaffen.« Der Drache hatte es sich nach der Vernichtung der Magier, in den Überresten des Schlosses gemütlich gemacht und schien zu schlafen. Platexor beobachtete das Ungeheuer, von seiner Höhle aus, er dachte nach, wie kann ich die Bestie hier gefangen halten, plötzlich ein Einfall, im Keller des zerstörten Schlosses, da liegen noch einige Zauberbücher, ich muss da nur irgendwie hinkommen und einen Zauber finden, der den Drachen hier im Tal gefangen hält, dachte sich der Magier. Leise ging er zur Burg und da war sie, die Bestie schlief, vorsichtig schlich er an der Kreatur vorbei und ab in den Keller, da waren sie, die Bücher der Magier, die anderen oben in der Bibliothek waren alle verbrannt, aber die hier, konnten den Drachenangriff gut überstehen. Er durchstöberte die Bücher und da war es, magische Barrieren, plötzlich viel ihm ein anderes Buch ins Auge, es hieß, Morgaraths Inferno, es schien ur alt zu sein, schnell einen Blick hinein, da stand, als die Erde noch in ihren Anfängen war, lebten nur friedliche Tiere und Pflanzen auf der Erde, sie hatten keine Feinde, sie existierten in einem glücklichen miteinander, da schlug ein Feuerball vom Himmel auf der Erde ein, die Tiere umkreisten die Kugel, man konnte nur Rauch sehen, als sich dieser lichtete, war da Morgarath der Drache, er war vierzig Meter groß, er holte aus und spie das schlimmste Höllenfeuer auf die Lebewesen, nach einigen Jahren gab es keine Tiere und keine Pflanzen mehr auf der Welt, nur noch Lava und Tot, die Bestie herrschte Jahrhunderte, bis sie eines Tages verschwand. Niemand weiß wohin und wieso, dann entwickelten sich wieder Pflanzen, Tiere, Menschen und Zauberer. Die Magier waren es die durch Seher in die Vergangenheit blickten und so die Geschichte von Morgarath niederschrieben, auch gaben sie der Bestie diesen Namen und sie sahen in der Zukunft, dass der Drache eines Tages wiederkehren würde. »Verdammt«, schrie Platexor, »ich werde die Kreatur hier einsperren, es darf nicht nochmals zu so einer Vernichtung kommen«, so nahm er das Buch magische Barrieren und ging zu Morgarath und sprach die Worte mit seinem Stab Funkenblitz in der Hand, »knox nox immer ewig forax el nox« und ein riesiges magisches Kraftfeld umgab das Tal, der Drache erwachte, er sah die Barriere und hob in den Himmel ab, er schlug wild mit seinen Klauen dagegen, aber es half nichts, er glitt durch die Lüfte, dann atmete er tief ein und spie das ärgste Höllenfeuer gegen die Schutzwand, der Himmel verdunkelte sich, alles voller Rauch, trotz seiner Stärke kam der Drache nicht frei, er blickte hinab zum Zauberer, aber dieser war verschwunden, die Kreatur sah ihn, wie er in die Höhle flüchtete und flog ihm mit bestialischem Geschrei nach. Platexor musste schnell sein, die Bestie kam immer näher und landete, wild kroch sie dem Magier hinterher, dieser drehte sich in der Mitte der Höhle um und streckte Morgarath, den Funkenblitz entgegen und schrie, »das ist dein Ende«, er sagte den Zauberspruch, »floks forox zerstör zerfall nestormaxwahhh« und die Höhle stürzte ein, der Drache war jetzt für immer im verborgenen Tal gefangen, das nur für Magier, die aber alle tot waren auffindbar war. Es wurde perfekt, mit einem magischen Schutzschild umschlossen, so konnte Morgarath, hier ewig gefangen sein. Platexor schlich erschöpft durch die Höhle, bis zum anderen Ausgang und war frei, er versteckte sich im tiefsten Wald, noch immer konnte man das Wüten von dem Drachen spüren. Jahre vergingen und der Zauberer lebte noch immer im Wald in einem kleinen Häuschen, er fühlte, dass sich die Bestie irgendwann in Zukunft befreien würde und so verfasste er seine Prophezeiung und verzauberte sie, und die Vorhersagung verschwand, sie sollte selbst die Zeit finden in der sie gebraucht werden würde.

6. Die Barbaren und die verfluchten Trolle

Zurück im Dorf, Ostwind berichteten die Zwei von ihrem glorreichen Sieg gegen den Troll und sie wurden gefeiert, ein Fest wurde veranstaltet, ein riesiges Feuer in der Dorfmitte und Spanferkel gab es zum Essen, alle wollten die Geschichte des Kampfes hören, Eisenfaust fing zu erzählen an, »ich ringte mit der Bestie, sie war sicher fünf Meter groß«, Sturmbringer erwiderte, »nein sieben Meter und sie hatte sicher tausend Kilo«, »Zweitausend«, unterbrach ihn Eisenfaust, »sie hatte keine Chance, ich habe mindestens doppelt so viele Muskeln wie sie, als ich die anspannte rannte das Vieh weinend davon«, »ja , genau das stimmt«, sagte Sturmbringer, plötzlich ein Schrei und da stand er, der Troll war zurückgekehrt, er hatte noch zwei weitere Trolle mitgebracht, die Dorfbewohner flüchteten in ihre Häuser, nur die zwei Brüder blieben genüsslich sitzen und aßen weiter. Der Anführer der Trolle, schrie laut, »kommt her ihr feigen Schweine.« Eisenfaust stand auf und ging auf das Wesen zu, »warum störst du uns beim Essen du hässlicher Affe« und stupste den Troll mit dem Zeigefinger. Wusch, ein schlag und der starke Mann flog durch die Lüfte, genau auf den Tisch wo sein Bruder gerade aß, sodass dieser sofort zerbrach. »Hey du Idiot, du hast mir das Essen versaut, jetzt reichts«, schimpfte Sturmbringer und stürmte mit seiner Axt auf den Anführer zu, dieser lachte. Der Barbar machte einen riesigen Sprung und schlug zu, hinter dem hässlichen Wesen landete er elegant und blieb kurz in einer coolen Pose stehen. »Ha du hast mich nicht erwischt«, lachte der Troll, plötzlich flog sein Kopf ab, tot war er, die anderen zwei Kreaturen die dies sahen ergriffen sofort die Flucht. Sturmbringer, nahm die Axt und schmiss sie einen nach, voll in den Rücken, der Zweite war auch erledigt. »Der Letzte gehört mir«, sprach Eisenfaust und schoss die gebrochene Tischplatte nach, Volltreffer, genau auf den Kopf und da lag er schon bewusstlos. Als der letzte Troll wieder zu sich kam stand Eisenfaust auf seiner Brust und sagte, »was wollt ihr Viecher von uns Menschen, habt ihr noch nicht genug.« Die Kreatur sprach, »der Drache Morgarath ist schon sehr nah, er wird wiederkehren und sein Recht als Herrscher des Universums einfordern, die Welt gehört uns Monstern, wir werden AAaahhhh.« »Oh wolltest du noch etwas sagen«, Eisenfaust, hatte ihn wohl zu schnell erschlagen. Die Dorfbewohner trauten sich wieder aus ihren Verstecken, der Bürgermeister sprach, »Eisenfaust und

Sturmbringer, bitte ich flehe euch an nehmt die Prophezeiung des Zauberers und macht euch auf den Weg, zu der Höhle der Xenobiden, nur sie können diese entschlüsseln.« »Macht euch keine Sorgen wir schaffen das schon, sie ist schon so gut wie entschlüsselt«, sprachen die zwei Starken und der Marsch begann.

7. Die Höhle der Xenobiden

Die Zwei packten ihre Sachen und gingen gleich los, die Höhle der Xenobiden, war sehr weit weg, doch wer waren diese Wesen, drei Hexen, dunkel und böse wie die Nacht, sie wurden seit eh und je gefürchtet, aber sie wussten viele Geheimnisse des Universums, man sagte, das sie wenn es dunkel wird, umher fliegen, auf der Suche nach Menschen, um sie zu fressen, oder um Tränke aus ihnen zu machen, sie schrecken nicht einmal vor Kindern zurück, sie brauchen Kinderfett für einen Flugzauber, noch nie hatte jemand einen Besuch bei den Hexen überlebt, bis auf einmal. Ein junger Mann, namens Jonatan, seine zwei Kinder waren des nachts verschwunden, er sah noch eine der Xenobiden, wie sie davonflog, mit den Kleinen im Arm, so machte er sich auf den Weg, zu der Höhle. Die Hexen, empfingen ihn, sie liebten es Menschen zu quälen und böse Spiele mit ihnen zu spielen. »Was wollt ihr hier Sterblicher«, sprach eine der Drei. »Bitte ihr allmächtigen Wesen, gebt mir meine Kinder zurück, ich flehe euch an, ich werde alles tun was ihr verlangt«, sagte Jonatan. »Nun gut, wenn ihr menschlicher Abschaum diese Prüfung schafft, lassen wir sie frei, schafft ihr es nicht fressen wir euch bei lebendigem Leib, während eure Kinder dabei zu sehen«, antwortete eine Xenobide. »Gut ich schaffe es«, sagte der Mann. »Du musst gegen einen Höhlentroll kämpfen und siegen«, sprach eine Hexe und plötzlich brach der Boden weg und der Mann fiel in die Tiefe, als er nach seinem Sturz wieder zu sich kam, blickte er um sich, überall nur düsteres Gestein und ein stampfen, das immer näher kam, man sah schon die rot leuchtenden Augen, des Monsters. Es war ein furchterregender, riesiger Höhlentroll, er war so abscheulich, hässlich, das der Mann sofort, wild schrie, am Boden ertastete Jonatan ein altes Schwert, sofort nahm er es, aber es nützte nichts, das Monster packte ihn bei den Füßen und hob ihn in die Höhe und hielt den Kerl vor sein Maul, dieser wiederum fuchtelte panisch, mit geschlossenen Augen mit dem Schwert herum. Plötzlich ließ der Troll ihn fallen, so hatte er dem Monster tatsächlich das Schwert ins Auge gerammt, welch ein Glück, es steckte um die zwanzig Zentimeter drinnen, fürchterlich schrie die Bestie und stürmte sofort auf Jonatan zu und stolperte, über einen Felsen und schlug sich das alte Schwert durch das Gehirn, der Troll war sofort tot. So viel Glück, hatte der Mann, die Xenobiden gaben ihm seine Kinder zurück, die er sofort umarmte und so waren sie wieder frei, die Dorfbewohner nannten ihn nur mehr den glücklichen Jonatan. Ab und zu versuchten Menschen zu den Hexen zu gehen um Geheimnisse zu erfahren, aber niemand sonst schaffte die Prüfung, die jedes Mal eine Andere war. Tage und Nächte rannten Sturmbringer und Eisenfaust durch die Wälder, bis sie eines Tages am Ziel waren und da war sie, die Höhle der Xenobiden, sie standen direkt davor. »Ob die Hexen, die Prophezeiung entschlüsseln können«, sprach Eisenfaust. »Ich mache mir mehr Sorgen ob wir die Prüfung bestehen«, sagte der Andere und so gingen die Zwei in die Höhle. »Was wollt ihr hier Barbarenpack«, schimpfte eine der Hexen. »Wir wollen das ihr diese Prophezeiung von Platexor entschlüsselt, los wo ist die Prüfung«, sprach einer der Brüder. Die Hexen konnte man gut sehen, sie standen, in der Höhle um einen Kessel mit Feuer herum, sie sahen aus wie entstellte, alte Frauen, mit Hakennasen und langen grauen Haaren, sie besaßen grünlich leuchtende Augen, hatten sehr spitze Zähne und waren an die drei Meter groß. Eine Xenobide sagte, »wir werden euren Wunsch erfüllen, wenn ihr die Prüfung besteht, kämpft gegen einander, der Gewinner kriegt euren Wunsch erfüllt, der Verlierer ist tot und wird von uns dann gefressen.« »Was der Kampf ist auf Leben und tot«, schrie Eisenfaust geschockt. »Ich fürchte ja«, antwortete sein Bruder und so stellten sie sich in Kampfpose hin, um gegeneinander zu kämpfen, es stand nämlich das Überleben der Menschheit auf dem Spiel.

8. Platexors Rückkehr

Die Zwei standen sich gegenüber und starrten sich böse an. »Am Besten du tötest dich selbst, Eisenfaust, ich bin ja doppelt so stark wie du, du verlierst sowieso«, sprach sein Bruder und schwang wild mit seiner Axt herum. »Ah denkst du, nach dem ich dich besiegt habe, werde ich dir den Kopf abreißen« und die zwei Barbaren kämpften. Eisenfaust holte aus und schlug zu, mit einem Powerschlag, aber schnell war dieser mit der Axt abgewehrt, es gab eine riesige Schallwelle und so ringten die Zwei wie wild umher, beide schienen gleich stark zu sein. Sturmbringer nahm die Axt und sprang auf seinen Bruder zu und holte stark aus, dieser wich schnell zur Seite und die Kriegsaxt schlug in einem Felsen ein, den es sofort zerriss. Eisenfaust sagte, »na warte mein Megaturboschlag kommt jetzt« und er schlug mit beiden Stahlfäusten auf einmal zu, aber sein Bruder wehrte den Schlag mit der Axt ab und flog weit durch die Luft und landete bei den Xenobiden, diese waren erfreut über den Kampf und jubelten. Sturmbringer nahm seine Waffe und

Schlug zur Seite, voll den Kopf einer Hexe erwischt, weg war er, schreiend flog dieser durch die Luft, die anderen beiden waren geschockt und noch ein Schlag, wieder den Haupt einer anderen erwischt, dieser flog ebenfalls schreiend durch die Luft, nur die letzte Xenobide bettelte um Gnade. »Nein tötet mich nicht, ich entschlüssele diese verdammte Prophezeiung für euch«, sprach sie. Eisenfaust kam zu seinem Bruder zu und sagte, »Glück gehabt, ich hätte dich beinahe getötet« und dieser erwiderte, »ja, nur in deiner Fantasie, Brüderchen, zum Glück war der Kampf von uns ja nur gestellt um die Hexen abzulenken um in einen unerwarteten Moment zu zuschlagen.« »Ja so ist es Bruder«, sagte Eisenfaust, »in einem echten Kampf hättest du sowieso keine Chance gegen mich gehabt, es wäre für dich schnell vorbei gewesen.« »Nein für dich wäre es schnell vorbei gewesen«, erwiderte Sturmbringer, »siehst du diese Muskeln, die hätten dir den Kopf abgerissen« und so fingen sie zu streiten an. »Hört auf«, schrie die Hexe, sogar sie hatte schon genug von den Streitereien, »ich entschlüssele jetzt diese verdammte Prophezeiung und kommt danach nie wieder, habt ihr nicht zufällig ein Kind dabei, zum Essen für meine Konzentration«, sprach sie. »Nein, entschlüssele«, antworteten die Brüder und so machte es die Xenobide, sie gaben ihr die Prophezeiung und sie fing an daraus zu lesen. »Hox de Flox mox moris magnus imperium Platexor Xovotorix ex«, las Sie daraus und ein kleiner Wirbelsturm in weiß, leuchtender Farbe entstand sogleich in der Höhle, er wurde immer stärker und plötzlich bildete sich etwas darin, es schien ein Mensch zu sein, ein Magier, er erhob sich in dem Sturm und dieser legte sich dann. »Wer seid ihr«, sprach der Zauberer. »Wir sind Sturmbringer und Eisenfaust und das ist ne alte Hexe«, antworteten die Brüder. »Was ich bin doch nicht alt ich bin fünfhundert Jahre jung«, sprach die Xenobide. »Ich bin Platexor der

Erzfeind von Morgarath, er ist doch nicht hier auf dieser Erde in dieser Zeit«, fragte der Magier. »Nein, daweil noch nicht, aber wir haben deine Prophezeiung hier«, sagte Sturmbringer. »Vor sehr langer Zeit habe ich die Prophezeiung geschrieben, sie enthält eine Formel um mich zu beschwören, wenn der Drache bald kommt, denn Ich der Zaubermeister Platexor bin der einzige der das Ungeheuer besiegen kann«, erzählte der Magier. Sie gingen aus der Höhle, man sah den Mond, doch dieser war rot, war dies ein Zeichen, so stand es in der Prophezeiung. Die Drei, reisten zurück zum Dorf, aber als sie dort ankamen lag alles in Schutt und Asche. Traurig knieten die zwei Barbaren, vor den Trümmern ihres Heimatdorfes, Ostwind, wild schrien sie in den Himmel.

9. Nur die Starken überleben

Überall lagen verbrannte Leichen herum, die Barbaren untersuchten sie alle, vielleicht war noch jemand am Leben und so war es, unter den Trümmern lag der Bürgermeister, seine Haut war komplett verbrannt, er flüsterte nur, »die Feuerbestie, sie ist wiedergekehrt, sie hat unser Dorf vernichtet, oh Gott, alle sind tot, alles verbrannt«, dann weinte er und verstarb. Plötzlich ein wilder Schrei am Himmel und da flog er der Drache, Morgarath, mächtig breiteten sich seine gewaltigen Flügel im Himmel auseinander, er erblickte die Drei, das Scheusal erkannte Platexor sofort wieder, der hatte die Bestie ja mit dem Weltenstein in eine andere Dimension verbannt, also musste das Monster irgendeinen Weg gefunden haben den mächtigen Stein in seinem Körper zu nutzen, um sich zu befreien, aber das spielte jetzt keine Rolle, weil die Welt war sowieso dem Untergang geweiht, denn wie sollten sie den Drachen besiegen. Platexor stellte sich wagemutig hin und blickte erzürnt zu Morgarath, der ungefähr dreißig Meter über ihnen im Himmel verharrte. »Nun ist es wieder so weit, ich habe dich einmal verbannt und ich kann es wieder tun, es ist eine Sache zwischen uns Zweien, ich habe dich damals aus Übermut, heraufbeschworen und jetzt werde ich dich zurück schicken in die HÖLLE«, schrie Platexor den Drachen an. Dieser wiederum, erhob seinen kolossalen Haupt und spie ein bestialisches Höllenfeuer auf die Drei hinab. Der Magier sprach schnell, »forox knox schutz imperaatox« und ein magischer Schutz umgab sie. Die Bestie machte einen Sturzflug und prallte gewaltig bei den drei Kämpfern auf, dass es sie sogleich wegschleuderte, der Schutzzauber löste sich auf. Sturmbringer schrie, »komm her du Scheusal« und nahm Anlauf mit seiner Axt und sprang Meter hoch durch die Lüfte in Richtung Morgarath, dieser wiederum spie todbringendes Vernichtungsfeuer auf ihn, er verbrannte und blieb leblos am Boden liegen. »NEIN«, schrie Eisenfaust und stürmte zu seinem Bruder. Platexor beschoss daweil den Drachen mit Plasmabällen, die aus seinem Zauberstab Funkenblitz kamen, um die Bestie abzulenken. Das Monster schlug wild mit den Klauen her, aber der Zauberer war zu flink, er wich immer geschickt aus. Plötzlich packte der Drache den Magier und schoss mit ihm in den Himmel empor, in der Zwischenzeit war Eisenfaust bei seinem Bruder, der noch lebte. »Warum bist du alleine zum Drachen gestürmt, du Idiot«, fragte er diesen. »Ich wollte, Morgarath, alleine besiegen und beweisen das ich der Stärkere von uns bin, aber es ging mächtig in die Hose, ich werde sterben Bruder«, sagte Sturmbringer mit schwacher Stimme. »Nein wir können es verhindern, es gibt Zaubertränke, oder Magie um dich zu heilen«, schluchzte Eisenfaust traurig. »Es ist zu spät, ich sehe das Licht, erfülle mir noch einen Wunsch, besiege das Scheusal für mich«, dann starb Sturmbringer. Wild schrie Eisenfaust und war außer sich vor Wut. Der Magier war in den Klauen der Bestie gefangen, immer fester drückte sie zu. Platexor musste schnell handeln, sonst würde auch er sterben, schnell ein Kältezauber. »Knox forum eis nextu«, sprach er und wurde zu Eis, des Drachens Klaue fror ein und so ließ dieser den Zauberer fallen, der so gleich in die Tiefe stürzte, er musste sich bei dem Aufprall auf der Erde mit Magie schützen, so sprach er, »flix flux expusum« und schlug am Boden auf, eine riesige Staubwolke und ein tiefes Loch entstand. Das Scheusal schwebte noch eine Zeit lang über der Aufschlagsstelle, aber als der Magier nicht mehr erschien suchte das Monster Eisenfaust den letzten Überlebenden und so landete der Drache am Boden um ihn zu suchen, plötzlich ergriff etwas den Schwanz der Bestie und riss wild daran, es war Eisenfaust, wahnsinnig schwang die Kreatur damit umher und der Krieger ließ los und rollte schnell weg, das Ungeheuer versuchte ihn zu erwischen, aber er war einfach zu schnell und stürmte rasch unter den Drachen und feuerte hunderte von wilden Todesschlägen mit seinen Stahlhänden in den Magen des Drachens ab, das Monster wurde immer wütender und drehte sich umher, aber es schien ihm nichts an zu haben. Während dessen kroch Platexor aus seinem Loch und erblickte den toten Sturmbringer, er ging zu ihn hin und senkte seinen Kopf und sagte, »wie viel Unheil, willst du noch anrichten, Morgarath du Scheusal« und drehte sich in Richtung des Drachen. Die Bestie sah ihn und stieg in die Lüfte empor, bestialisch schrie das Monster. Der Zaubermeister erhob wütend seine Hände und brüllte, »komm her du Bestie der Hölle, komm schon.« Der Drache flog im Sturzflug auf den Zauberer zu und öffnete sein Maul und verschlang Platexor und flog sogleich in den Himmel empor, fürchterlich schrie der Drache, er hatte gesiegt, doch plötzlich umgab es das Monster mit einem seltsamen Licht und es verschwand im Nichts. Platexor hatte es geschafft, er hatte den Drachen abermals verbannt, es war alles sein Plan, Morgarath fraß vor vielen, vielen Jahren den Weltenstein, der noch immer im Körper der Bestie war, der Zauberer musste irgendwie den Stein erreichen, damit er den Drachen wieder verbannen konnte und deshalb ließ er sich fressen. Hoffentlich war Morgarath jetzt für immer fort, aber wer weiß, vielleicht findet die Bestie wieder einen Weg. Eisenfaust ging zu seinem Bruder und kniete sich vor ihm hin, »es ist vorbei«, sprach er, aber plötzlich erschien ein bläulicher, kleiner Wirbelsturm und darin stand Platexor, wie war das möglich, er traute seinen Augen kaum. »Hey du lebst«, sprach er zum Magier. »Ja, ich habe im Körper nach dem Weltenstein gesucht und ihn gefunden, er hatte sich in der Magenwand verkapselt, mit der Kraft des Steins habe ich das Höllenmonster ein für allemal verbannt und dann zauberte ich mich durch die Macht des Weltensteins zurück«, sagte Platexor. »Ja, aber nur, das Dorf und mein Bruder, alle sind tot, wir haben einen hohen Preis bezahlt«, sprach Eisenfaust. »Du verstehst nicht Krieger, die Macht des Weltensteins ist unendlich, er beherbergt die Stärke der Ewigkeit und der Zeit«, sagte der Zauberer und hielt ihn vor seinen Mund und sprach, »knox forox Zeit imperinox xox wah« und auf einmal stand das ganze Dorf wieder, alle Bewohner lebten, aber wo ist Sturmbringer, dieser war verschwunden, plötzlich packte etwas Eisenfaust am Rücken, dieser drehte sich schnell um und war überglücklich, es war sein Bruder, er lebte, konnte sich aber an nichts nach seinem Tod erinnern. Sie verabschiedeten sich von Platexor und lebten glücklich im Dorf weiter. Der Zauberer ging zurück, in sein kleines Häuschen, immer vorbereitet und auf der Lauer, denn wer weiß vielleicht ist das noch nicht das Ende der Bestie, weil der Wind flüstert Morgarath.

Morgarath der Drache aus der Hölle kam er her,

er brachte Zerstörung und wollte noch mehr.

Doch die Brüder, Eisenfaust und Sturmbringer,

sie waren des Monsters Bezwinger.

Sie schlugen die Bestie mit Tapferkeit,

von dem Zaubermeister,

Platexoer, verbannt für alle Ewigkeit.

So feiern wir die mächtigen Drei, die Menschen,

Magier und alle Lebewesen sind für immer frei.

Meister der Gnade

1. 30 Jahre in die Vergangenheit

Es war wieder einer dieser Nächte wo die Zeit stillstand und nicht zu vergehen schien, Frank Blakes ein Wachorgan in der Waffenfabrik Wahrmetall, schob wieder einmal seinen Dienst. Er hatte die Aufgabe für Recht und Ordnung im Gelände zu sorgen und Personen die in das Werk wollen zu kontrollieren. Es war gerade halb zwölf abends und er machte sich bereit um seine Runde zu gehen um die Türen zu kontrollieren. Das Gelände war komplett eingezäunt und in mitten einer Stadt. Blakes machte sich auf den Weg. Irgendwie umfing ihn ein seltsames Gefühl, es huschten Schatten in der Dunkelheit umher, als er bei einem Bunker, der durch mächtige Stahlgitter gesichert war hinkam, bemerkte er ein helles, gelb leuchtendes Licht, das darin zum Vorschein kam, hatte jemand das Licht vergessen? Frank nahm seinen Universalschlüssel, der ihn alle Türen öffnete und sperrte die Gitterstäbe die mit einem riesigen Vorhängeschloss gesichert waren auf. Tiefer und tiefer drang er in den Bunker ein, es strahlte blendend in sein Gesicht. Ein riesiger Feuer- und Lichtstrudel kam zum Vorschein, er wirkte wie ein Portal von einer anderen Dimension. Frank stand direkt davor, plötzlich strahlte es in einem hell aufleuchtenden Licht auf und Umrisse eines Mannes kamen zum Vorschein, Blakes hielt sich schützend seine Hand vors Gesicht. Als die starke Blendung nach ließ konnte er wieder deutlich sehen und das Portal war verschwunden, aber ein Mann mit einem seltsamen, zerfetzten Gewand lag da vor ihm. Er rüttelte ihn, denn er schien nicht ganz bei Bewusstsein zu sein. Der Mann öffnete die Augen und starrte Frank an. »Wo bin ich, in welcher Zeit«, sprach er. Blakes antwortete, »wir schreiben das Jahr 2010, wer seid ihr«. »Also dreißig Jahre«, sagte der Mann. »Ich bin Butch Beck, ich komme aus der Zukunft, überall dort waren Portale, eines sog mich hinein, ich hatte keine Chance mich zu wehren und so reiste ich anscheinend dreißig Jahre in die Vergangenheit, jetzt können wir etwas Schreckliches was in Zukunft passieren wird verhindern, der Meister der Gnade wird sich erheben und die Welt beherrschen.« Beck erzählte Frank die Geschichte. »Die Firma Wahrmetall wird immer bessere Waffen bauen, bis sie eines Tages, eine so riesige Waffe baut, die dann explodiert und die Bestie befreit, dann wird die Erde vernichtet und alles Leben ausgelöscht, der Meister der Gnade beeinflusst die Menschen die hier arbeiten, damit sie diese Waffe bauen und sie benutzen, damit er befreit wird, aus seiner Hölle, ich wollte die Apokalypse verhindern, aber es war zu spät und als sie diese Waffe einschalteten, explodierte sie und setzte tausende von Portalen frei, die überall auf der Erde herum schwirrten und ich wurde in Eines hinein gezogen, das sich direkt neben mir öffnete.« Blakes fragte verblüfft. »Der Meister der Gnade was ist das.« »Er ist der leibhaftige Teufel, der hier vor Tausenden von Jahren in seiner eigenen Hölle verbannt wurde, er konnte noch immer durch Telekinese die Menschen leiten, die an der Oberfläche direkt über ihn lebten, und so brachte er die Menschen dazu eine Waffenfabrik, also Wahrmetall zu bauen und ließ sie Jahre hin forschen um einst so eine gewaltige Waffe zu erschaffen die ihn aus der Hölle frei sprengen würde.« »Also ist die Firma Wahrmetall genau über der Hölle, von dem Meister der Gnade gebaut worden«, dachte Blakes und runzelte die Stirn. »Wieso heißt er, Meister der Gnade, ist er so gnädig.« »Alle betteln bei ihm um Gnade, aber er gibt sie niemals, seine Gnade ist der Tod, deswegen der Name.« Butch stand auf und streckte sich, die Reise in die Vergangenheit hatte ihn schwer zugesetzt. Frank nahm ihn, in seinem Wachhaus mit und verband seine Wunden die er sich bei dem Portalritt zugezogen hatte. »Also was hast du jetzt vor Beck«, fragte Blakes. »Zuerst werde ich mich kurieren, dann werde ich einen starken Kaffee trinken, anschließend erschieße ich den

Präsidenten von Wahrmetall, dann werde ich den Floxkondensator den man für die gewaltige Waffe braucht zerstören und du wirst mir dabei helfen. Der Präsident wird einst ein mächtiger Verbündeter des Meisters sein, darum muss er sterben.« »Wie der Zufall so will habe ich sogar Kaffee in meinem Wachdiensthaus dabei«, sagte Frank und die beiden tranken mehrere und lachten. Der Chef der Anlage war Dave Rabinsky, er würde sich im Hauptgebäude aufhalten, wenn Tag wäre, aber es war Nacht.

2. Eine verdammt geile Knarre

Würde Blakes seinen Traum real machen können, seinen eigenen Chef erschießen zu dürfen. Frank griff in die unterste Lade seines Tisches und holte eine riesige Pistole heraus und gab sie Beck, dieser lachte und sagte, »eine verdammt geile Knarre.« »Also wie stellen wir es an«, fragte Blakes. »Du hast doch einen Universalschlüssel, ich gehe jetzt in Rabinskys Büro und warte da auf ihn, wenn er in die Arbeit kommt dann ist er dran, du brauchst mir nur den Weg beschreiben«, sagte Beck und so machten es die Zwei. Am nächsten Morgen wurde Frank von seiner maskulinen Kollegin, Ruby Schneider abgelöst, er fuhr heim, auf den Heimweg kreuzte sich sein Weg mit Dave, der mit seiner Luxuslimousine andüste, die beiden sahen sich an und fuhren aneinander vorbei, Frank wusste das es Rabinskys letzter Tag sein würde. Beck wartete ungeduldig hinter dem Bürotisch versteckt auf Dave, es war bereits Tag geworden, wann würde er endlich kommen, da öffnete sich plötzlich die Tür und der Chef kam herein und setzte sich. Butch sprang hinter ihm auf und drückte dem geschockten Mann, die Waffe an die Schläfe. »Du wirst meinen Weg in Zukunft nicht mehr kreuzen, nichts kann ihn aufhalten,« sagte Beck. »Wen aufhalten,« erwiderte Dave. »Den Meister«, schrie er und drückte ab, sein Kopf explodierte und Blut und Gehirnfetzen, spritzten an die Wände, dann nahm er Anlauf und sprang mit wildem Gelächter durch die Fensterscheibe und landete auf einem Auto, nun kletterte er über den Zaun und verschwand im Wald. Ein Mitarbeiter entdeckte inzwischen die Leiche seines Bosses und schlug Alarm, aber es gab keine Spur mehr von Butch, er war schon über alle Berge. Frank überlegte daheim, was er der Polizei sagen würde, denn er wusste sie würden ihn befragen, aber halt mal, wie konnte Frank erklären das sich ein Mann in das Gelände einschleichen konnte, er hatte doch die Aufsicht, plötzlich klopfte es an der Tür. »Wer ist da«, fragte Blakes. »Die Spezialeinheit Ray Ramoni hier, öffnen sie die Tür.« Frank stürmte zum Fenster und wollte flüchten, aber es klemmte, schnell in den Luftschacht dachte er, doch da stand Ramoni schon vor ihm und schlug ihm mit der Waffe auf den Kopf und es wurde ihm schwarz vor den Augen.

3. 3 verdammte Monate im Kuckucksnest

Frank wachte langsam wieder auf, Licht blendete ihn und bum, es schallte eine Ohrfeige. »Was wollt ihr von mir ich bin unschuldig«, sagte Blakes. »Die Überwachungskameras sagen etwas anderes erwiderte eine Stimme«, es war Ray. »Wir sehen genau wie sie gemeinsame Sache mit dem Mann machen, sogar dann noch mit ihm Kaffee trinken und wild lachen, wer ist ihr Partner der Dave erschossen hat, es ging um sein Vermögen nicht wahr.« Verdammt die Kameras hatte er vergessen, das ganze Werk wurde nämlich videoüberwacht. Frank erzählte ihm die ganze Geschichte, wirklich alles und Ramoni hörte zu, bis zu fünfmal musste er die Story wiederholen, immer wieder kamen neue Leute dazu. »Verstehen sie Ray deswegen müssen sie mich frei lassen«, sagte Frank. Ein Mann in Weiß, holte eine Spritze und ging auf Frank zu. »Nein was soll das, nein, nein, nein«, schrie Blakes und wurde betäubt. »Der ist ja komplett geistesgestört«, waren die letzten Worte die er hörte, dann verlor er das Bewusstsein. Als er wieder zu sich kam lag er in einem Bett, Hände und Beine gefesselt, eine fette, hässliche Krankenschwester beugte sich zu ihm. »Mr. Blakes nehmen wir die roten oder die blauen Pillen«, schrie sie. Er schaute wirr umher und schrie, »NEIN.« Währenddessen schob die Schwester ihm die Pillen in den Rachen und haute ihn ein paar mal in den Bauch. »Sehr brav Mr. Blakes«, sagte sie. »Welches Jahr haben wir«, fragte Frankie. »Mr. Blakes beruhigen sie sich«, antwortete die Dicke. »Welches verdammte, scheiß Jahr«, schrie er wie besessen. »Wir haben das Jahr 2010«, sagte sie und trat ihn. »Also drei Jahre war ich weg«, sagte er wirr, von den Pillen. »Nein sie sind drei Monate hier in der Psychiatrie zum Kuckucksnest, sie Idiot, weil in ihrer Rübe nur saurer Rübensaft ist«, erwiderte sie. Die Krankenschwester verließ das Zimmer und es wurde langsam Nacht. Die Sonne schien mit ihren letzten Lichtstrahlen durch das einzige kleine Fenster im Raum, genau auf sein Gesicht und ihm floss eine Träne hinunter, wie konnte das alles nur geschehen, dann schlief er ein, plötzlich ein starker Druck auf Blakes Mund, er öffnete die Augen und Butch stand da. »Schrei nicht mein Freund«, sagte er. »Wir haben den Aufstieg des Meisters der Gnade nicht verhindert, wir haben es nur verzögert, wir müssen Wahrmetall vernichten, hier ist eine Pille, sie gibt dir übermenschliche Stärke, ich habe sie noch aus der Zukunft, bei mir wirkt sie nicht, ich habe solche schon zu oft genommen, noch eine und es wäre mein sicherer Tod, nimm sie und brich aus, aber die Stärke hält nur Stunden an, vielleicht bei dir auch etwas länger, weil du sie zum ersten Mal benutzt.« »Wieso bist du nicht früher schon gekommen«, flüsterte Blakes in schwachem Ton. »Weißt du wie schwer es ist in die Psychiatrie einzubrechen, sie haben hunderte Wachen, ich kam so früh wie ich konnte, mein Freund«, antwortete er ruhig, dann verschwand Butch wieder. »Zerstöre den Floxkondensator mit mir«, waren seine letzten Worte und weg war er. Nur wie sollte Blakes die Pille nehmen, er war doch gefesselt. Dieser verdammte Idiot, warum hat er mich nicht gleich losgebunden, dachte Blakes. Am nächsten Tag kam die fette Schwester wieder, sie stampfte wie ein Nilpferd in das Zimmer. »Es ist Zeit für deine Medizin«, sagte sie schmunzelnd. Blakes wurde Monate lang, mit Drogen vollgepumpt, die seine Psychiater ihn verordnet hatten, deswegen, war er nie bei klarem Verstand und so schwach gewesen. Die Schwester verabreichte ihm Pillen und öffnete die Fesseln. »Waschzeit«, sagte sie. Blakes musste aufpassen das er seine Superpille die ihn Butch gegeben hatte nicht verlor, denn die Drogen der Fetten hatten ermüdende Wirkungen. Beide gingen in eine Art Badezimmer, wo eine riesige Badewanne stand, die Fette befüllte sie mit brennend heißem Wasser und befahl Blakes hineinzusteigen, er weigerte sich und die Frau drehte durch und packte den geschwächten Mann und stieß ihn hinein, er ging sofort unter, nun war es Zeit, Blakes nahm seine Superpille. Die Schwester duckte ihn andauernd unter, plötzlich überkam ihn ein Gefühl der Macht, seine Muskeln wuchsen und er schrie, dann sprang er hoch in die Luft. Der Mann war von Muskeln bespickt, wie eine Bestie und blickte die Krankenschwester mit einem Todesblick an, die pure Angst konnte man in ihren Augen sehen, dann sprang er her und packte sie am Hals. »Was bist du«, schrie sie. »Ich bin Stärke«, konterte er und schleuderte sie an die Wand, sie war sofort bewusstlos, dann brach er durch die Außenmauer und rannte in die Wälder. Stunden vergingen und Butch und Blakes bereiteten sich auf ihren großen Auftritt vor, sie mussten den Floxkondensator zerstören, oder es würde ein tragisches Ende nehmen. Der Meister der Gnade war schon sehr nah, man konnte direkt schon, seinen Hauch des Todes spüren, bald würde er aus seiner Hölle befreit werden, wenn sie es nicht verhindern würden, sie mussten handeln, oder es würde keinen Morgen mehr geben.

4. Der Floxkondensator

Es war wieder nachts und beim Gelände von Wahrmetall sah Blakes das Wachhaus, Ruby Schneider musste Dienst haben, sie war ein richtiges Mannsweib, jeden Tag trainierte sie, die Frau war muskulöser, wie die meisten Männer, sie saß entspannt in dem Wachhaus und schaute einen Film, plötzlich sprang Frank vor Schneider, diese schlug ihn gleich, mit einem Megakick ins Gesicht nieder und aus war der schöne Traum. Frank wurde munter und hörte zwei Stimmen, es waren Butch und Ruby Schneider, sie diskutierten über die Vernichtung des Floxkondensators, also war seine hyperstarke Kollegin, auch schon eingeweiht und auf ihrer Seite. Wahrscheinlich hatte Ruby ihren alten Arbeitskollegen, wegen der Muskeln und der Körperveränderung nicht erkannt, er war ja auch zu schnell auf sie zu gestürmt, anscheinend hielt die Wirkung der Pille doch länger. Zum Glück hatte er einen Dickschädel, dass er nur eine Zeit lang bewusstlos war. Frank ging auf die Zwei zu. »Na gut wie zerstören wir diesen Misthaufen«, fragte er. »Wir müssen den Floxkondensator, in die Luft sprengen, er ist das Herzstück von Wahrmetall, ohne den können sie die Waffe nicht bauen«, antwortete Butch. »Aha und wie machen wir das«, fragte Blakes. »Wir müssen die Stromstärke auf Maximum drehen und es überlasten, dann legen wir eine Granate hin und alles explodiert«, sprach Butch. »Von wo nehmen wir die Granate her«, erwiderte Frank. Beck lachte und öffnete seine Jacke. Er hatte 2 Schultergurte an denen einige Granaten hingen. »Also los gehen wir, aber nur zuerst muss ich noch alle Überwachungskameras deaktivieren, sonst lande ich wieder im Kuckucksnest«, schrie Blakes. »Das haben wir doch schon längst gemacht«, sagte Ruby. Frank und Butch machten sich auf den Weg, Ruby Schneider wartete in dem Wachhaus, das Funkgerät griffbereit, um die Zwei zu warnen falls jemand kommen würde, außerdem hatte sie die

Pläne bei sich, denn man konnte sich leicht in dem riesigen Gelände verirren. Da stand es, das Hauptgebäude mit dem Floxkondensator. »Los öffne die Tür«, sagte Butch und drinnen waren sie, mit dem Universalschlüssel war es ein leichtes, es war ein riesiges, gigantisches Gebäude, mit hunderten Gängen, die Zwei rannten suchend umher. »Ruby wo bist du«, ertönte die Stimme von Blakes im Funkgerät. »Was ist los«, erwiderte sie. »Also ich weiß nicht wie ich es sagen soll, aber wir haben uns verirrt, kannst du uns eine genaue Wegbeschreibung geben«, fragte Frank. »Ich stehe hier vor einer riesigen Tür, daneben ist ein Display, wir brauchen einen Code«, sprach Blakes. »Ah, genau, ich habe ihn gleich«, antwortete Schneider. Als Wachorgan hatte man alle Passwörter. Beck gab den Code ein und wirklich wahr, die Tür öffnete sich und da war er, der Floxkondensator, es sah aus wie eine riesige Feuerkugel, umschlossen von Glas und Metall, der obere Teil war frei und Flammen schossen daraus. Blakes rannte zur Hauptzentrale und stellte die Stromstärke auf Maximum. Butch legte drei Granaten neben den Floxkondensator, in 2 Minuten würden sie explodieren und die verdammte Wahrmetall Bude in Schutt und Asche legen. Frank drehte sich zu seinem Freund, dieser kniete in Richtung der Feuerkugel des Kondensators und in tiefer, furchteinflößender Stimme, sagte Beck, »ihr werdet hier alle sterben, der Meister der Gnade wird kommen, heute ist sein Tag, da erscheint er um die Menschheit zu knechten und ich habe es geschafft, dank dir.« Beck drehte sich zu Blakes, aber was war mit seinen Augen, sie waren rot wie Feuer, Butch war besessen, der Meister der Gnade, musste die Kontrolle über ihn übernommen haben. Becks Körper wurde kräftiger, das Feuer des Floxkondensators flammte höher, er war nicht mehr menschlich und seine Augen, leuchteten wie das Feuer der Hölle. Blakes sackte zu Boden, er spannte all seine Muskeln an und kniete mit dem Kopf nach unten. »Frank es ist vorbei, ich habe dich benutzt, es gibt eine Jahrtausende alte Prophezeiung, die besagt das ein Mann mit dem Namen Blakes, mit seinem Blut, den Meister der Gnade aus seinem Gefängnis befreien würde, du trägst das Blut deiner Vorfahren in dir und das ist der Schlüssel, der Meister schickte mich in diese Zeit um seine Befreiung in die Wege zu leiten, eigentlich würde er erst einige Zeit später befreit werden, durch Wahrmetall, der Floxkondensator ist in Wahrheit, eine direkte Verbindung zum Meister der Gnade, er wurde gebaut um den dunklen Herrn frei zu sprengen, so genug geredet, jetzt brauche ich dein Blut«, sagte Beck. Er sprang auf Frank zu und packte ihm am Genick und hob ihn in die Höhe, dann schnitt er ihn mit einem Messer tief in die Hand und das Blut spritzte in den Floxkondensator. »Ja es ist dein Blut, das der Meister braucht um ihn wieder zu alter Stärke zu führen, damit er sich befreien kann«, schrie Butch. »Du verdammtes Schwein ich werde dich töten«, pfauchte Blakes und verpasste dem Unhold einen Kinnhacken, dass er mehrere Meter durch die Luft flog und benommen liegen blieb, dann schlug er wie wild auf ihn ein. Beck schrie, »das wird nichts ändern du Narr, ich bin unsterblich, der Meister ist bald frei« und die Kugel entflammte, die Granaten würden gleich explodieren, Frank rannte und sprang durch die Mauern, eine gewaltige Explosion geschah, die Druckwelle schleuderte ihn hunderte Meter durch die Luft. Wahrmetall war zerstört, einige Portale öffneten sich. Der Held landete in einem Bach, der nah bei dem Werk war, er tauchte auf, die Superpille wirkte wahrhafte Wunder, das alles zu überleben, überall sah er nur Flammen, aber inmitten dieser, war noch der Feuerball des Kondensators zu sehen, er hatte sich grün, gelblich verfärbt, plötzlich explodierte die Kugel abermals und riss ein gewaltiges Loch in den Erdboden. Blakes ging darauf zu. Laute Schreie kamen von diesem empor, die Schreie von tausend Toten. Sollte er einen Blick wagen, er stand genau vor der Grube und blickte hinab, unten war schwarzes Feuer, es bündelte sich und heraus kam eine Bestie, sie war komplett schwarz und voller

Schuppen, ungefähr zehn Meter groß, sie hatte zwei riesige Hörner und schoss durch die Luft, sie flog vor Blakes und blickte ihn mit den feurigen Augen, die auch Beck hatte an, war er etwa die Bestie gewesen? Sie schrie, »DU« und zeigte mit dem dünnen, langen, schwarzen, Zeigefinger mit spitzen Nägeln auf Blakes. »Wer bist du«, schrie Frank. Das Monster lachte, »HAHAHA«

5. Das Gute gegen das Böse

»Ich bin der Meister der Gnade, du Wurm, vor Jahrtausenden herrschte ich über die Erde, bis Gott die Menschen erschuf, sie wehrten sich gegen mich, da war das Königreich der Blakes, deine Vorfahren und das Königreich von Butchbeckgor, der König Butchbeckgor war mein Untertan, ich wollte die Armee von dem König Blake zerschlagen, aber er hatte Unterstützung, vom Herrn des Himmels. So kämpften die Armeen Jahrhunderte gegeneinander, beide gleich stark und während die Soldaten sich bekriegten und sich gegeneinander erschlugen, stellte ich mich dem Herrn des Himmels entgegen, um ein für allemal die Oberhand zu gewinnen. Ich bündelte die schwarze Energie in meinen Händen und schoss sie auf ihn, aber er hatte den Hammer des Schicksals, so zerschlug er den Strahl, er sprang einige Meter durch die Lüfte und holte mit dem Hammer aus und schlug mit aller Kraft auf mich ein, ich versank im Boden, nur mein rechter Zeigefinger erhob sich noch aus der Erde, Butchbeckgor sah dies und rannte zu mir und stellte sich dem Herrn des Himmels in den Weg, dieser, holte mit seiner Faust aus und schlug ihm ins Gesicht, er fiel genau auf meinen Finger, er bohrte sich in meines Dieners Herz und er war tot, die Schlacht stoppte, meine Feinde hatten gesiegt, aber nicht ganz. Ich konnte meine dunkle Macht in dem Finger bündeln und so mit einem viertel meines Geistes in Butchbeckgor eindringen, als der Herr des Himmels sich abwandte stand ich im Körper von Butchbeckgor auf und dann schlich ich mich mit einer Axt die ich bei den Toten fand von hinten an und schlug zu, immer wieder, wie besessen, dann packte ich sein Herz und riss es heraus, er schleuderte mich weit weg. Mit meiner wahren Gestalt die unter der Erde war lachte ich, er fiel zu Boden. König Blake sah dies und ergriff den Hammer, den der Herr fallen ließ, dann schlug er auf meinen Finger ein und ich schoss hunderte Meter unter die Erde, darum ist auch dein Blut so wichtig gewesen, denn die Blutlinie die mich verbannte, kann mich wieder befreien und du bist ein Nachfahre des guten Königs. Nun wartete ich Jahrtausende, ich konnte nur Menschen willenlos machen, bis sie Wahrmetall, dank meiner Gedankenmanipulation bauten. Mein Teil in Butchbeckgor, hatte keine Macht mehr, nur die Unsterblichkeit ist ihm dank mir geblieben, aber jetzt sind wir wieder vereint, eine neue Herrschaft kann beginnen und du, du Wurm, du bist der einzige Nachfahre von Blake meinem Feind und jetzt stirb.« Der Meister der Gnade, spitzte die Krallen und zerkratzte Blakes, bis er wie wahnsinnig blutete, er war chancenlos, dann bündelte der Dämon seine Macht in dem Zeigefinger und feuerte einen gigantischen, schwarzen Feuerball auf Frank, als sich der Rauch lichtete, war nichts mehr von ihm übrig geblieben, er musste sich aufgelöst haben. Die Bestie hob sich in den Himmel empor, um ihr Werk die Menschheit zu vernichten zu vollenden.

6. Ruby Schneider

Ruby Schneider erlebte die Explosion von Wahrmetall im Wachhaus, es wurde komplett zerfetzt, Jahre lang arbeitete sie mit Frank Blakes zusammen und jetzt ist er tot, alles hatte die Frau mit angesehen, sie hatte sich in den Trümmern versteckt. Ruby Schneider blickte umher, die Welt hatte sich verändert, der Himmel, war schwarz verfärbt, überall nur Feuer und Gestank von verbranntem Fleisch und da waren noch diese unheimlichen Portale, sie rannte auf die Straße, die Häuser sahen überall sehr dämonisch aus, alles war zerstört, wie konnte der Meister der Gnade dies so schnell machen, überall diese Toten, er ist Satan persönlich, aber was war da die Leichen, sie wandelten und da kam Schneider ein Zombie entgegen, er starrte sie wild an und taumelte auf sie zu, oh mein Gott, ein Zombie ,Ruby rannte los. Ab in ein Haus, ich muss mich verschanzen, dachte sie. Das Geschrei des lebenden Toten, lockte mehrere an und sie folgten ihr. Da ein Zaun, Schneider kletterte hinüber, die Untoten knapp hinter der Frau und dort ein riesiges Gebäude. Hier ist ein super Platz um sich zu verstecken, dachte sie. Die Eingangssicherheitstür war zu ihrem Glück nicht versperrt und Ruby verriegelte sie von innen, dann stürmte sie das Stiegenhaus hinauf, aber was hörte sie da, jemand redete, sie folgte der Stimme und sie führte sie in eine Wohnung, Ruby brach die Tür auf und was war da, ein Funkgerät. »Kann mich jemand hören, ich bin in einem Bunker gefangen kann mich irgend jemand hören«, krächzte die Stimme. Schneider antwortete, »ich höre sie Mister, wo sind sie.« »Ich bin in dem Bunker, der Kirche, als die Welt sich veränderte und alles entflammte, bin ich hier irgendwie hergekommen, ich erinnere mich nicht mehr, aber die Tür geht nicht mehr auf, ich bin ganz sicher im Kirchenbunker, weil den kenne ich, war früher schon öfters hier, bitte helfen sie mir«, nuschelte die Stimme. Es war eine Männerstimme. »Wie heißen sie«, fragte Schneider. »Mein Name ist Frank Blakes.« Wie ist das möglich, ein kalter Schauer rann Ruby über den Rücken, der war doch tot, sie hatte es mit ihren eigenen Augen gesehen. »Ich habe starke Fleischwunden, helfen sie mir«, sagte Blakes Stimme. »Ok ich komme«, sprach Schneider. Die Kirche stand im Stadtzentrum, wie sollte sie an den Zombies vorbeikommen. Panisch suchte sie die Wohnung, nach Waffen ab und da lag es, ein Gewehr mit sehr viel Munition. »Das Massaker kann beginnen«, sagte Schneider. Die Powerfrau setzte ein Kapperl auf und eine coole, schwarze Brille, dann grinste sie und stürmte auf die Straße und feuerte aus allen Rohren, die Zombies zerfetzte es. »Ruhet in Fetzen«, schrie Ruby und stürmte in Richtung Kirche und da war sie die Bunkertür, kein Wunder das er sie nicht aufbrachte, ein paar zerfetzte Leichen lagen darauf, wahrscheinlich wollten die alle in den Bunker und der Hasenfuß Blakes hatte sich alleine eingesperrt, ja auf den Mann ist Verlass. Ruby räumte die Leichen weg und öffnete die Tür, würde da wirklich Frank stehen und so war es. »Oh mein Gott wie kannst du noch Leben«, fragte Ruby. Blakes blickte sie an und sagte, »mir ist der Herr des Himmels erschienen, er hat mich in letzter Sekunde, als ich schon vom höllischen Strahl vom Meister der Gnade umgeben war gerettet.« »Ich bin so froh, dass du noch am Leben bist«, sagte Schneider. »Diesmal war es schon knapp, ich bin auch glücklich, dass du noch lebst«, sprach Blakes. Beide umarmten sich, dann erzählte er, »dem Herrn des Himmels wurde vor Jahrtausenden das Herz von hinten herausgerissen, aber er ist wiedergeboren, auferstanden von den Toten, er hat mir gesagt, ich soll den Hammer des Schicksals finden, er ist in einem geheimen Bunker von Wahrmetall.« »Was die haben einen geheimen Bunker«, wunderte sich Schneider. »Die haben sogar einige, um Forschungen zu machen, wer weiß was da noch alles ist, dass ausgerechnet die den Hammer haben wundert mich auch nicht einmal«, sagte Blakes. Der Bunker befand sich bei Wahrmetall, dieser war einige Meter unter der Erde, aber man konnte ihn nur durch die massenhaften Tunnelsysteme unter der Stadt erreichen, doch wie sollten sie diesen bloß ohne Karte finden? »Warum hat Butch überhaupt Dave Rabinsky erschossen«, fragte Ruby. Wahrscheinlich ein persönlicher Rachefeldzug von Beck, vielleicht hätte Dave ihn in Zukunft geschadet. Schneider versorgte noch Franks Wunden, die sehr schnell heilten, mit dem Verband aus einem Erste Hilfekoffer, der im Bunker lag, wahrscheinlich wirkte die Superpille immer noch und dann machten sie sich auf den Weg.

7. Der Bunker

Die Stadt, hatte sich total verändert, seit der Meister der Gnade auferstanden war, überall nur Tod und Verderben. Auf dem Weg erschoss Schneider massenhaft Zombies, die Zwei waren gerade auf der Hauptstraße, als plötzlich die Erde bebte, ein riesiger Spalt öffnete sich und sie brachen im Boden ein. Verdammt, wie würden sie da jetzt wieder herauskommen, sie waren fünf Meter unter der Erde, aber was war da, ein Tunnelsystem, konnte es möglicherweise einer der Gänge zum geheimen Bunker sein? Zum Glück hatte Ruby immer eine Taschenlampe dabei, die Gänge wirkten wie uralte Höhlen, so schlichen sie entlang und es erstreckte sich ein unheimliches Labyrinth. Ein wilder Schrei ertönte, er hörte sich an wie von einem Stier. Was hatten die von Wahrmetall hier geforscht, es schien ja fast wie in der griechischen Mythologie, vom Minotaurus. Die Wege führten durch unzählige Gänge, das Gegrunze wurde immer lauter. »AH«, schrie Ruby Schneider, etwas hatte sie gepackt und schliff sie weg, die starke Frau feuerte mit dem Gewehr und weg war sie, alles verstummte, Blakes konnte nicht folgen bei dieser Geschwindigkeit, wie das Wesen die Arme wegschliff. Eine Blutspur zeigte Frank den Weg, sie führte in einen riesigen Saal. Vier Säulen standen inmitten und überall wuchsen Kletterpflanzen und da stand es, was war das bloß. Ein drei Meter großes Monster, stand da, es war halb Ratte, halb Mensch, es ging auf zwei Beinen, hatte einen Rattenkopf mit riesigen Zähnen und Klauen, so scharf, das diese sogar Stahl durchtrennen würden, außerdem hatte es einen riesigen Rattenschwanz, gewaltig stand es nun vor Frank. In der rechten Hand hielt es Schneider steil nach oben, es stieß einen wilden bestialischen Schrei heraus. Wo ist das Gewehr, dachte Frank, ah hier ist es ja, es lag genau zwischen Monster und dem Helden, wer würde schneller sein, Sekunden schienen wie Minuten, plötzlich zuckte Ruby und das war das

Zeichen. Blakes machte einen gewaltigen Satz und erwischte die Waffe, er feuerte sofort los, er traf die Kreatur am Auge und schoss es aus, das Vieh schrie und packte Blakes und biss ihm in die Schulter. Er brüllte, wie wahnsinnig, aber das Rattenungetüm schien stärker zu sein, es erwürgte Frank langsam, dann packte es das Gewehr und fraß es. Alles drehte sich, doch da sprang Ruby Schneider auf den Rücken des Monsters und biss ihn das zweite Auge heraus, dann schleuderte es sie gegen die Wand, es wand sich bestialisch umher, die Rattenbestie konnte nichts sehen und so ergriff Blakes seine Chance und rannte zu seiner Kollegin die schwer angeschlagen war und schliff sie in den Tunnel, das Rattenmonster wütete und riss die Säulen nieder, alles stürzte ein, jetzt gab es keinen Weg mehr hinaus, da war sie die Tür zum Bunker, er öffnete sie und da sah er den Hammer des Schicksals. Frank schloss die mächtige Tür, denn das Rattenwesen hatte schon die Witterung aufgenommen und da saßen die Zwei. »Frank lass mich sterben ich kann nicht mehr«, sagte Schneider. »Nein, heute stirbt niemand mehr«, erwiderte Frank und griff zum Hammer. Er war weißgolden verziert, so eine schöne Waffe, dann umklammerte er sie mit beiden Händen, seine Kraft kehrte wieder, er schrie und seine Muskeln tanzten wie wild umher, dann erhob er den Hammer, göttliche Macht durchströmte ihn. Die Rattenkreatur donnerte wie verrückt gegen die Stahltür und wum, offen war sie, Frank holte stark aus, Blitze sammelten sich im Hammer und er schlug zu. Genau auf den mächtigen Schädel der Kreatur und dieser zerplatzte. Knochen, Blut und Fleischfetzen flogen durch die Luft, es blieben nur mehr die Beine des Monsters stehen. »Ich liebe diese Waffe, sie ist ein Teil von mir«, sagte Blakes, »jetzt lass uns den Meister der Gnade, keine Gnade zeigen.« Plötzlich öffnete sich ein Portal. »Was ist das«, sagte Frank. »Das ist eines von den Portalen von denen Butch erzählt hat, wo er dreißig Jahre zurück in unsere Zeit gereist war, um sein schauriges Werk zu vollenden, ich muss dir noch etwas sagen, ich weiß von der Prophezeiung, denn ich bin eine Dienerin vom Herrn des Himmels, ich habe über dich gewacht, sie geht noch weiter, sie sagt auch das der Auserwählte, dessen Blut, den Meister befreit, die Bestie auch vernichten würde, also du bist der Schlüssel, jetzt spring endlich ins Portal hinein du kleiner Idiot und vernichte diesen Bastard«, sprach Schneider. »Was ist mit dir«, fragte Blakes. »Ich schaffe es schon, nun hau ab«, flüsterte die verwundete Superfrau in schwachem Ton. Frank sprang ins Portal, aber wo würde es ihn hinführen? Währenddessen, schloss Ruby ihre Augen und wurde bewusstlos, denn die Wunden waren sehr stark.

8. Der Kampf gegen einen alten Feind

Frank schleuderte es wild im Kreis herum, überall blinkende Lichter und grelles Leuchten, wusch und da war er, der Mann war wieder an der Oberfläche, bei der zerstörten Wahrmetall, es schien dieselbe Zeit zu sein. »Ich finde dich, du BASTARD«, schrie Blakes. Warum musste Beck der unsterblich ist, eigentlich von der Zukunft in die Vergangenheit kommen, wieso hat er nicht gleich, von der Vergangenheit bis in die Gegenwart gewartet, schoss es Frank durch den Kopf. »Das kann ich dir sagen«, hörte Frank eine Stimme. »Es war nicht nötig, erst als du in der Zukunft mit den letzten Überlebenden und mit Dave Rabinsky eine Rebellion, gegen mich angeführt hast, ihr habt es beinahe geschafft mich zu besiegen, da musste ich handeln. Wir wussten das vorher nicht, darum schickte ich ihn in die Zeit zurück um meine Befreiung vor zu ziehen und dich dann zu töten, es dauerte Jahre, das perfekte Portal zu finden und jetzt lebst du noch immer du Bastard«, sprach die Stimme mächtig. Oh Gott, es war der Meister der Gnade, der da zu ihm gesprochen hatte, der konnte also auch Gedanken lesen und plötzlich rannte jemand auf ihn zu, es war Butch und über ihn flog der Meister der Gnade. Schnell weg hier, aber zu spät, Blakes war umrundet von

Zombies. »Ihr Feiglinge, lasst uns kämpfen, nur er gegen mich, ich werde Beck die Leviten lesen«, schrie Frank. Der Meister lachte wild und sagte, »so sei es, ein Kampf um Leben und Tod, wie vor tausenden von Jahren, da seid ihr euch schon einmal gegenüber gestanden Butchbeckgor und Blake, ja Frank du als Nachfahre von König Blake wirst dich der dunklen Seite stellen«, sprach der Meister. Das unsterbliche Wesen bündelte seine Macht in dem Finger und ein langes Schwert kam zum Vorschein, es gab die Waffe seinem Diener. Butch umklammerte es fest und sagte, »damit werde ich dir den Schädel spalten, AHhh«, er rannte stürmisch in Blakes Richtung, dieser holte mit seinem Hammer aus und schlug zu, Beck wurde weit durch die Luft geschleudert und Frank sprintete gleich schnell zu ihm hin und noch ein Schlag, das Schwert klirrte und Butch fielen ein paar Zähne heraus. »Du Hurensohn ich mach dich fertig«, schrie Beck und stach mit dem Schwert zu, genau durch Blakes Schulter. Diese Schmerzen, Frank fletschte die Zähne, spannte alle Muskeln an und schrie, »mach dich bereit, deinen Meister zu sehen und zwar in der Hölle«, dann holte er gewaltig aus und zerfetzte, des Gegners Brustkorb, in seiner wahnsinnigen Wut, schlug er ihm noch den Kopf ab und packte den Schädel und schrie, »das ist für meine Vorfahren«, dann leerte er sich von Becks abgeschlagenen Haupt, das Blut über seinen Körper. Der Kopf schrie noch laut, dann schoss er ihn in die Luft und zerfetzte ihn mit dem Hammer in tausend Stücke, die Waffe war so mächtig das sie sogar Unsterbliche töten konnte. Der Meister der Gnade war so erzürnt, dass er das Schwert nahm und auf Blakes bestialisch zuschlug, aber was war da der Schlag landete nicht, in seinem Fleisch und da stand er der Herr des Himmels, mit einem mächtigen Schwert wehrte er des Meisters Schlag ab. »Das ist dein Ende, deine Schreckensherrschaft ist vorbei«, sagte der Herr. »Du schon wieder, muss ich dir nochmals, das Herz herausreißen«, fluchte der dunkle Teufel.

9. Das Ende

Brutal kämpften die Zwei gegeneinander, Blitze flogen umher, der Boden bebte, die Stadt drohte es zu zerstören, die Zwei Giganten hoben in den Himmel ab, Nebel verdunkelte das ganze Land. Frank bündelte seine ganze Kraft und schoss den mächtigen Hammer des Schicksals in Richtung der Kämpfenden, dieser traf den Meister der Gnade genau auf dessen Kopf, sodass dieser Risse bekam. Der Schlag ließ ihn nach hinten fallen, schnell stand das Monster wieder auf und blickte höllisch zu Blakes, diese Zeit nutzte der Herr des Himmels und stach mit aller Kraft mit seinem Schwert zu, genau in das Herz der Bestie. Der Meister schrie und der Riss an seinem Schädel wurde immer größer, dann explodierte er in wildem Geschrei, überall schoss Feuer umher und der Herr des Himmels wurde weggefetzt, alle Portale zerriss es, die Zombies zerfielen zu Staub, Frank schoss es Meter weit fort. Als er wieder zu Bewusstsein kam ging er auf die Überreste des helfenden Wesens zu. »Wir haben es geschafft, der Teufel wurde besiegt, kann ich dir irgendwie helfen«, fragte Blakes. »Nein es ist zu spät, ich steige wieder in den Himmel empor«, sagte sein Freund, dann zerfiel er zu Sternenstaub. In den Medien wurde berichtet, dass Wahrmetall, wegen einer Überladung des Floxkondensators explodierte, der auch gleich die halbe Stadt zerstörte, nur Frank kannte die Wahrheit. War der Meister der Gnade jetzt vernichtet, oder wieder nur, tief unter der Erde gefangen, aber sollte er jemals wiederkehren, würde Frank Blakes bereit sein.

Im Rausch des Wahnsinns

Die siebente Hölle

1. Die Verhaftung

Ein brutaler Mörder mit dem Namen Lee Baker wurde eingesperrt, er hatte seine ganze Familie umgebracht und zerstückelt, mit bloßen Händen tat er dies, seine Morde gingen in die Geschichte ein. Er war fünfundzwanzig Jahre alt, ohne ersichtlichen Grund, drehte er durch, es war genau der 31 Oktober 2021, Halloween, seine Schwester schlief gerade in dem Familienhaus, wo er mit seiner Mutter Susi und seinem Vater John und Jaimi der Schwester lebte. Der Mond färbte sich rot, es war nämlich gerade ein Blutmond und Baker erhob sich, er ging zu seiner Mutter die gerade schlief, dann packte er sie am Kopf und trennte diesen ab, der Vater der munter wurde hatte weniger Glück, den schlug er, grün und blau, dannach riss er ihm mit bloßer Hand das Herz heraus, woher er diese bestialische Kraft nahm weiß niemand, die Leute sagten immer er sei des Teufels, weil er andauernd dunkel gekleidet war, lange, schwarze Haare und keine Freunde hatte und nur Death Metal hörte. Nun ging er zu seiner Schwester Jaimi, hob sie in die Höhe, dann zerriss er sie in zwei Teile, die Wände und alles waren rot von Blut, mit dem die Bestie auch etwas an die Wand schrieb, Scor Gottor. Als die Polizei ihn fest nahm konnte sie sich keinen Reim daraus machen, wieso er das tat, sie sperrten ihn in die, schwarze Berg Hochsicherheits Nervenklinik. Bei der Einweisung, tötete er drei Pfleger, ohne ersichtlichen Grund, immer ermordete er seine Opfer mit bloßen Händen, wie konnte ein Mensch solch eine Kraft haben, es konnte nur übernatürlich sein. Baker würde sein restliches Leben in der Irrenanstalt verbringen müssen. Gefesselt mit starken, Hand und Fußschellen, saß er vor sich hin und starrte die ganze Zeit nur die Wand an, so als würde er auf etwas warten, der Mann hatte keine Emotionen oder Gefühle. Dr. John Suspir war einer der Ersten, dort am Tatort gewesen, er wohnte nicht weit von der Familie, er kannte Lee schon als er jünger war, an einen Tag erinnerte er sich genau, er ging im Dorf Mistiria, so hieß das Dorf wo alle lebten, spazieren, es war der 31 Oktober im Jahr 2020, Halloween, der Wind wehte kräftig, es schlug schon zehn Uhr abends, plötzlich hörte er, eine dunkle Metal Musik und auf einmal einen wilden Frauenschrei, der Doktor blickte sich um und sah einen Holzschuppen, er musste darauf zu gehen, es war kalt und es stürmte, er spähte durch ein Loch, nichts zu sehen, aber da erhob sich ein Gesicht vor ihm, dieses war voll mit Blut und schrie fürchterlich, es war Lee Baker, er sah wie eine Bestie aus. John flüchtete sofort und erzählte nie jemanden was er gesehen hatte, aber nach dem Mord an seiner Familie dachte er, vieleicht hat das Monster schon öfter zugeschlagen, denn das Dorf hatte die höchste Zahl an verschwundenen Personen. So viele Menschen die er kannte und plötzlich verschwunden waren. Suspir wurde nach den Morden als Psychiater von Baker eingesetzt, er wollte den Geist des wahnsinnigen Mörders entschlüsseln. Wie konnte nur ein Mensch ohne besonderes Werkzeug seine Familie so brutal ermorden und das noch mit bloßen Händen, er musste mit Satan im Bunde sein.

2. Die Hütte des Todes

Dr. John Suspir studierte Lee genau, er wusste alles über ihn, war er vielleicht das Urböse. Tage nach den Morden besuchte er den Mörder in der schwarze Berg Nervenklinik, als er seine Zelle öffnete schrie der Mörder gerade zu einer Death Metal Band, den Text mit, der lautete, »ich bin der Erste der Dich bei deiner Beerdigung beobachtet, ich liebe es dich schreien zu hören, ich liebe es dich sterben zu sehen.« Der Doktor drehte die Musik ab und der Wahnsinnige drehte durch und schlug mit seinem Kopf gegen die Mauer bis er blutete, dann drehte John sie wieder auf und er beruhigte sich. »Baker wieso hast du deine Familie getötet«, schrie der Doktor den Mörder an, dieser blickte ihn mit seinen schwarzen Augen an und sagte, »die wollten es so, wir brauchen Seelen, sie sind jetzt bei Scor.« John erzählte ihm das er voriges Jahr bei der Holzhütte war und er ihn mit Blut verschmierten Gesicht gesehen hatte und fragte ihn, was dort los war. Der Irre antwortete, »dahin habe ich meine Babes immer gebracht, Scor wollte es.« »Welcher Scor du verdammtes Arschloch«, schrie der Doktor. »Scor Gottor«, antwortete er, »er kennt dich, er sagt du bist schwach und du wirst bald einer von uns sein.« John schlug ihn mit der Faust ins Gesicht, »niemals werde ich so ein Teufelsarschloch wie du«, dann rannte er davon, gleich in den nächsten Laden und kaufte eine Flasche Jim Beam. Vielleicht hatte er Recht, ich bin schwach und so trank er die ganze Flasche aus, als er dann so in seinem Suff, auf der Straße, in einem Park lag, sah er plötzlich einen Schatten, der immer näher kam, es war ein Mann mit totem, weißem Gesicht, in seinen stechenden, blauen Augen, konnte man eine Art Seelenfeuer sehen, immer näher kam das Wesen, es starrte den total geschockten John an, nun öffnete es sein Maul, der Rachen war komplett schwarz und roch faulig, dann sprach dieses, »bald bin ich wiedergeboren, noch ein paar Seelen und ich bin frei, suche die Hütte des Todes«, dann stieß es ihn nieder und riss ihn das Herz heraus und fraß es, nun wurde John wieder munter, es war nur ein Traum gewesen. Die Hütte des Todes, was meinte er, dachte er sich und fuhr zu Lee, dem Psychopathen und sprach ihn darauf an, dieser sagte nur, »ah mein alter Spielplatz, er hat mich so glücklich gemacht.« John informierte sofort die Polizei, welche die alte Holzhütte untersuchte. Von außen und innen sah sie wie eine gewöhnliche alte Hütte aus, sie hatte einen Lehmboden, plötzlich brach einer der Polizisten im Boden ein und versank im weichen Lehm, hunderte Leichenteile traten zum Vorschein, sie verschlangen ihn so zu sagen. Er war tief versunken, einer der Toten stürzte genau auf ihn, das Opfer öffnete die Augen, der Beamte spieb der Leiche ins Gesicht, er schrie und da war sie die rettende Hand eines Kollegen, der zog ihn heraus. Das ganze Gelände wurde von der Polizei gesperrt und es wurden 33 Leichen gefunden, wie war das möglich, das konnte nicht ein Mann getan haben. John, griff sich auf den Kopf, er hatte ihn doch vor einem Jahr mit Blut im Gesicht, in dem Schuppen gesehen, er bekam Gewissensbisse, hätte er damals Alarm geschlagen, wäre der Psychopath früher erwischt worden, dann nahm der gute Dr. John Suspir seine alte Pistole, er hatte sie schon seit vielen Jahren, falls einmal ein Einbrecher kommen würde, aber es geschah nie, dann richtete er die Waffe auf sich und schoss sich in den Kopf.

3. Scor Gottor

Man sagt es gibt den Einen, der neben Satan regiert hat, dessen Namen niemand auszusprechen wagt, Scor Gottor. Er hat den Teufel damals betrogen und wurde auf ewig verbannt als Geist ohne feste Hülle zu leben. Früher wurde die Hölle von dem Teufel und seinem von ihm erschaffenen Sohn, Scor Gottor regiert, sie waren wie eine Einheit, einer brutaler als der andere. Eines Tages machte sich der Teufel mit seiner gewaltigen Armee auf den Weg um Gott zu besiegen, die Schlacht würde Ewigkeiten dauern. Sein

Sohn regierte in der Zwischenzeit die Hölle, aber was niemand ahnen konnte, so schuf er seine eigene Armee der Untoten, um Satan bei seiner Rückkehr zu stürzen. Jahrhunderte vergingen und der Teufel kehrte heim, Scor Gottor saß auf seinem Thron, er war wie abwesend und hielt eine Flasche roten Wein in der Hand. »Was ist los, freust du dich nicht, dass dein Vater wieder da ist«, schrie Lucifer. »Ja du bist da, aber wieviel ist noch von dir übrig, hast du die Schlacht gewonnen, oder bist du als Verlierer zurückgekehrt?«, sprach sein dämonischer Sohn. Lucifer hatte mit Milliarden Verlusten die Schlacht um den Himmel verloren. »Wie redest du mit mir«, erwiderte der Teufel und streckte wild seinen Kopf in Richtung von Gottor. »Du stinkst aus dem Maul«, sagte Scor. Der Satan schrie, die Erde bebte und sein Sohn lachte, auf einmal kamen einige Untote und nahmen Lucifer fest. »Wie kannst du es wagen, ich der die Hölle erschuf, ich habe auch dich erschaffen, ich erschuf dich aus den ärmsten und dümmsten Menschen, die in die Hölle kamen.« »Nein das ist nicht war, ich bin dein leiblicher Sohn, sieh dir meine Macht an«, erwiderte Scor mit weinenden Augen. Zombies packten Satan und rissen ihn in die Tiefe, er schrie noch, »nein mein Sohn, du Arschloch, wenn ich mich befreit habe, lasse ich dich leiden, wie noch nie wer gelitten hat in der Hölle«, dann verschwand er mit den Zombies im Boden. Scor Gottor sprach mächtig, »ich bin der neue Herrscher der Hölle, kniet nieder«, alle Untoten knieten. Plötzlich tat sich der Boden vor dem Dämon auf und Lucifer kam daraus, er erstreckte sich um die zehn Meter höher als Scor, seine gewaltigen Hörner ragten weit in die Höhe empor. »Du, du Abschaum, du Kreatur, denkst du, du kannst mich den Leibhaftigen verbannen, mich den Schaffer der Hölle«, Feuer trat aus seinen Augen und seinem Maul. Gottor erkannte das er keine Chance hatte, »oh das war nur ein Scherz, mein Vater oh allmächtiger Lucifer«, wisperte er. »Nein, ich verbanne dich als Geist auf die Erde, du sollst ewig umher schwirren, ohne echten Körper«, schrie der Teufel. »NEIN«, weinte Scor, »hab erbarmen Vater ich gelobe dich zu ehren, ich bete dich an.« »Zu spät mein Sohn«, Blitze erhellten die eh schon helle Hölle und verbannt war er.

4. Der Ausbruch

Es war der 31 10 2022, Halloween, Lee Baker saß schon ein ganzes Jahr, in seiner Zelle, er hörte Death Metal, plötzlich nahm er eine Stimme wahr, »ich bin wieder da, wollen wir unser Werk vollenden, nur noch ein paar kleine Seelen?« Baker kniete nieder, »ja ich war schon viel zu lange hier gefangen«, der Geist von Scor erschien und drang in Lee ein, jahrelang hatte er seinen Körper schon für seine bösen Zwecke benutzt, dieser mutierte nun, er wurde größer und stärker, er sprengte seine Hand und Fußschellen und durchschlug die ausbruchsichere Tür, eine Schwester rannte herbei, er packte sie am Kopf und riss ihn ab, so das gleich die Wirbelsäule mit gerissen wurde, das Blut spritzte. Die Sicherheitsmänner von der schwarze Berg Nervenklinik, sahen Lee aus seiner Zelle hinaus gehen, aber er war nicht er Selbst, die Person war viel größer und stärker. Am Gang war eine starke Sicherheitstür, die könnte er niemals aufbrechen. Die Wachleute waren zu fünft, sie warteten hinter der Spezialtür auf ihn. Baker durchbrach die Tür mit seinem Kopf, die Sicherheitsleute schlugen mit ihren Knüppeln, auf dessen Schädel ein, er wurde ganz verbeult, dann packte er zwei Männer an der Kehle und schlitzte sie mit seinen Fingernägeln auf, das Blut spritzte in alle Richtungen und die Zwei schrien, der Wahnsinnige, schleuderte sie gegen die Wand und sie zerplatzten durch die bestialische Wucht, des Aufpralls. Der Psychopath ging auf einen der drei Männer zu, ergriff seine Hände, riss sie ab und erschlug ihn damit, die anderen Zwei holten panisch ihre Schusswaffen heraus und feuerten aus allen Rohren, in den Rücken der Bestie, aber Lee war unbeeindruckt, er nahm ein Eisenstück der Tür und spaltete einen der Securities in die Hälfte, der Letzte feuerte noch seine ganze Munition auf ihn ab, aber keine Reaktion. »Lee hör auf«, schrie der Wachmann, denn er kannte ihn, er war schon zwanzig Jahre für die Sicherheit in der Anstalt zuständig. Irgendwie war Bakers Gesicht verändert, er hatte eine weiße, tote Gesichtsfarbe, seine Augen waren stechend blau, sie schienen zu flackern und sein grässliches Maul, wenn er es öffnete sah man die tiefste Schwärze, Lee sah ganz anders aus, dachte die Sicherheitsperson und aus war es, der Mörder packte den Mann am Kragen, dann schoss er ihn meterweit durch die Luft, an eine Wand, er blieb liegen, konnte aber noch genau beobachten wie der Psycho, wie wild durch die Mauer schlug, so gelangte er ins Freie, dann wurde er bewusstlos und verstarb, denn sein Kopf war wegen der Wucht des Aufpralls aufgeplatzt. Der Wahnsinnige ging durch die Wandöffnung nach draußen, dort warteten schon um die zwanzig Polizisten, der Spezialeinheit auf ihn. Baker lachte und die Polizeibeamten schossen wie wild darauf los, er wurde komplett in Fetzen gerissen. »So das wars«, sagte der Polizeichef, »der ist tot, der steht nicht mehr auf«, auf einmal ein wilder Schrei, die Leichenfetzen wackelten und der zerfetzte Schädel von Lee sprach, »ha danke ihr Volltrottel jetzt habt ihr mich befreit«, sein Kopf platzte auf und Scor Gottor kroch aus ihm heraus. Er stand da komplett in schwarz, ein gefährliches Lächeln hatte er auf den Lippen, dann schrie er, »ich bin zurück, endlich bin ich frei«, ein Polizist kam mit dem Flammenwerfer auf ihn zu und sagte, »ab in die Hölle mit dir, wo du hin gehörst« und hüllte ihn komplett in Flammen ein, aber das

116

machte dem Dämon nichts, er lachte nur, das Feuer bündelte sich und explodierte, sodass alle Polizisten zu brennen anfingen und elendig verbrannten. »Jetzt kommt meine süße Rache«, sprach Scor.

5. Im Rausch des Wahnsinns

Scor Gottor existierte Jahrhunderte, als Geist auf der Erde, nachdem er von Satan verbannt wurde. Der Dämon brauchte nur einen Körper und den hatte er von Lee Baker, denn der war schwach und leicht beeinflussbar, außerdem strahlte sein Körper, eine böse Energie aus. Als Kind schon mochte ihn niemand, er versteckte sich hinter Death Metal, dies spürte Scor und so drang der Geist, jedes Jahr zu Halloween, in dessen Körper ein, um all die zu töten, die er wollte, da er die Seelen der Getöteten absorbierte, um immer stärker zu werden, damit der Dämon eines Tages, so kräftig sein würde, um wieder frei sein zu können, jetzt hatte er es geschafft. Im Rausch des Wahnsinns ermordete er etliche Leute und mit, der Macht von Gottor war es den Menschen unmöglich ihn zu finden, denn er verschleierte alles. Eines nachts brachte Baker so einige Menschen um, es war Halloween, der 31. 10. 2019, eine Party, im Freien, mit einigen Besuchern. Alle feierten, auf einmal verdunkelte sich der Himmel, Lee war direkt in der feiernden Menge, der Dämon Scor Gottor, drang in ihm ein, an Halloween war dies nur möglich, da an diesem Tag, Geister frei wandeln konnten. Baker wurde wahnsinnig und schlug wie besessen um sich und tötete alle Leute, die auf der Party waren, diejenigen, die flüchten wollten, wurden durch eine unsichtbare Sperre festgehalten, als das Massaker vorüber war, verschwanden alle Toten, durch die Macht von Gottor, unter den Holzschuppen, in den Lehmboden und es sah aus als wäre nie etwas passiert. Scor musste sich mit den Seelen der Toten aufladen, um wieder an seine alte Stärke zu kommen und so war es dann im Jahr 2022, er hatte genug gesammelt, dass er stark genug war, nur musste jemand noch, Lees Körper zerstören, damit er daraus ausbrechen konnte und frei war. Satan fühlte die wiederkehrende Stärke von seinem Sohn und schmiedete einen Plan, um ihn abermals zu besiegen, er schickte fünf seiner stärksten Untoten, auf die Erde um Scor ein für alle Mal zu zerstören. Nach dem Ausbruch und den Morden an den Polizisten, schwebte der zurückgekehrte Dämon, in einen nahen Wald, plötzlich drang schwarzer Rauch aus dem Boden und die Fünf sprangen daraus. Es waren abscheulich, hässliche Zombies, »du wirst sterben«, schrie einer der Untoten, »wir werden dich auffressen.« Scor blieb ruhig mit gesenktem Kopf stehen, einer stürmte auf ihn zu, er packte sein Schwert, machte einen kräftigen Hieb und der Zombie zerfiel in zwei Teile, die Waffe hatte er immer bei sich, er stahl sie einmal, heimlich von Lucifer, der Name des Schwertes war Teufelsgnade, denn jeder der von ihr erwischt wird, ist sofort tot und das ist gnädiger, als würde dich der Teufel so erwischen, er konnte sich auch, je nach belieben die Waffe herzaubern. Scor sprang in einem gigantischen Satz in die Luft und wirbelte die Waffe wild umher, die verbliebenen Zombies beobachteten gespannt sein Treiben, als er wieder auf den Boden stand, zerfielen sie in tausend Stücke, denn er war so schnell mit der Teufelsgnade, das man die Hiebe, so gar nicht erkennen konnte. Der Dämon stapelte die Körperteile auf einen Haufen, einer der Köpfe sagte, »wir werden dich noch kriegen du Verräter.« Scor lachte und erwiderte, »lasst Vater schön von mir Grüßen«, dann zündete er die Leichenteile an und sie kamen zurück zu Luzifer in die Hölle. »Er ist unbesiegbar Meister«, bettelten die Toten. »Ich dulde kein versagen«, sprach der Leibhaftige und ließ sie alle zerplatzen, das Blut spritzte ihn ins Gesicht. »Holt mir Bendersmesch«, schrie er wie wild und die Hölle bebte.

6. Die Legende von Bendersmesch

Bendersmesch wurde schon in der Hölle geboren, er war eine abscheuliche Kreatur, doppelt so groß, wie ein Mensch, gespickt mit Muskeln, spitzen Zähnen, wie ein Haifisch und messerscharfen Krallen, wie ein Tiger, er wollte schon immer im Rang aufsteigen und hatte solch einen Ehrgeiz dem Satan, als bester Kämpfer aufzufallen, das ihm jedes Mittel Recht war, um sein Ziel zu erreichen. Eines Tages kämpfte er in der Höllenarena, gegen sieben Zombies und siegte. Lucifer war immer ein begeisterter Beobachter, dieses Spektakels und so fiel ihm Bendersmesch das erste Mal auf. Satan wollte die Stärke von dem jungen Aufbegehrer testen und so schickte er ihn in den Kampf, mit einem Mutteufel, das war ein dunkles, riesiges Geschöpf, das aus dem finstersten Winkel der Hölle kam. Komplett schwarz war der Körper, er hatte lange Klauen, spitze Zähne und Flügel, niemand konnte so eine Bestie besiegen. Die Arena Tore öffneten sich und Bendersmesch schluckte, als ihm die Bestie gegenüberstand, bewaffnet mit seinem Dreizack, stellte er sich dem Dämon entgegen. Ein kräftiger Schlag und das Monster war schon in zwei Teile gerissen, aber so Mutteufel konnten sich wieder zusammensetzen, denn sie waren unbesiegbar. Die Bestie holte aus und schmiss Bendersmesch an die Wand, er verlor fast sein Bewusstsein. Mit seinem höllischen Zorn, weil er dem Monster nicht gewachsen war, stieß er einen wahnsinnigen Schrei aus, der ungeahnte Folgen hatte, die Schallwellen des Rufes, zogen den Mutteufel zu Bendersmesch hin, der absorbierte ihn vollständig und so mutierte er zu einem noch stärkeren Monster. Das war also seine geheime Kraft, er konnte

Kreaturen, aufnehmen und sich deren Stärke einverleiben, leider mutierte er bei jeder Aufnahme einer Bestie ein bisschen, was ihn immer mehr verunstaltete. Nach Jahren in der Arena, war er schon zu Satans rechter Hand geworden, er wurde unbesiegbar und so konnte Lucifer ihn schicken, um seinen ehrlosen Sohn zu vernichten.»Bendersmesch mein bestes Monster, du musst einen Unhold für mich vernichten, der meine Hölle übernehmen will«, sprach der Teufel.»Ich werde ihn zerfetzen, seine Qualen werden sogar in der Hölle legendär sein«, sprach Bendersmesch und dann machte er sich auf die Suche nach dem Verräter. Der Teufel setzte sich auf seinen Thron und lachte, ein böser Blick, war in seinem Gesicht zu erkennen, dann sagte er,»schon bald mein Sohn, bald habe ich dich und du wirst brennen, ja brennen.«

7. Erster Kampf und die heiligen Sambara Steine

Scor musste ein gutes Versteck finden, denn Lucifer war ihm auf den Fersen, weil dieser spürte das er wieder zum Leben erwacht war. Diesmal hatte Gottor keine Armee mehr hinter sich, er war auf sich alleine gestellt und wusste, dass der Teufel die wildesten Bestien auf ihn hetzen würde. Eine geheime Zwischenwelt konnte nur die einzige Zuflucht sein, aber wie würde er dahin kommen. Ah, die heiligen Sambara Steine, sie öffnen Tore in unbekannte Dimensionen, dort könnte Satan ihn nicht finden, aber wo könnten die sein. Der Dämon setzte seine Macht ein und spürte sie, in einem Museum in der Stadt auf, leider konnte sein Erzfeind dies erfühlen, wenn er seine Kraft einsetzte und so wusste der Teufel jetzt wo er war und plötzlich tat sich ein Portal vor ihm auf und Bendersmesch stieg daraus. »VERDAMMT«, fluchte Scor. »Jetzt habe ich dich du Verräter, du hast deinen eigenen Vater betrogen und ich werde dich dafür leiden lassen, wie noch nie jemand, in diesem Universum gelitten hat«, sprach Bendersmesch. »Mehr kann ich nicht mehr leiden, als wie jetzt wo ich dein hässliches Gesicht ertragen muss, komm schon du Viech, zeig mir was du kannst«, spottete Scor. Bendersmesch wurde richtig wütend, er bildete einen riesigen Feuerball, in beiden Händen, das konnte das Monster, hatte es doch erst kürzlich einen Feuerdämon absorbiert. Es ballte seine gewaltige Feuerkraft, in eine riesige Feuerkugel, Scor blieb während dessen seelenruhig stehen. »Fahr zur Hölle«, schrie das Monster und feuerte den gewaltigen Feuerball auf Gottor ab, dieser blieb noch immer ruhig stehen, das Feuer flammte komplett um ihn, nach einer Zeit verschwanden die Flammen und schwarzer Rauch war nur noch zu sehen und Scor, er war verschwunden, er musste tot sein. Bendersmesch lachte und ein Portal öffnete sich, dann ging er hinein und berichtete dem Meister, von seinem gewaltigen, einfachen Sieg. Am Ort des Todes von Gottor war nur mehr ein schwarzer verbrannter Fleck am Boden, doch auf einmal, eine Hand, eine zweite, ein Kopf und ein Körper kamen aus der Erde gekrochen, es war Scor, er lebte noch, denn einen Dämon aus der Hölle, kann man nicht so leicht töten und es war ein guter Trick gewesen, denn wenn nun Lucifer glaubte, dass er tot sei, war dies perfekt. Jetzt darf ich meine Macht nicht mehr einsetzen, sonst finden sie mich, dachte er, so ging Scor schleichend durch den Wald. Im Kopf hatte er noch das Museum, er kannte den Weg, denn es war das Kunstmuseum, das ihm bekannt war und so begab er sich auf die Reise. Dort angekommen, fragte er sich wie er dort einbrechen konnte ohne seine Macht zu benutzen, denn so würde ihn sein Erzfeind finden. Vielleicht mit einem Stein die Scheibe einschlagen, aber da würde der Alarm schrillen, besser bis auf den Tag warten, dann als normaler Besucher in einem unerwarteten Moment zuschlagen und so machte er es. Der Tag brach herein, das

Museum der Kunst öffnete, hoffentlich würden sie ihn hinein lassen, denn Scor hatte ein hässliches, weißes, Totengesicht und stechende, blaue Horroraugen, schnell in die Museumstoilette, sein Gesicht war blutig, ein paar Tropfen Wasser, eine Brille und ein cooles Lächeln, das muss reichen, dachte er und so ging er zum Schalter, wo schon der Museumskassier wartete. »Hey wie sehen sie denn aus«, fragte der. »Naja eine seltene asiatische Stechmücke, hat mir mein Gesicht zerstochen«, antwortete Scor. »Verdammt noch mal, sie armer Kerl, sie dürfen gratis rein, denn ich habe ein Herz für Bedürftige«, sagte der Mann und ließ Gottor hinein. Ha, dieser Trottel, dachte der Dämon und drinnen war er, jetzt nur noch die Steine finden und da waren sie schon, sie lagen auf einem Podest mit Glas umgeben. Jetzt heißt es volle Konzentration, wusch er schlug zu, das Glas war hin und die Sambarasteine schon in seiner Hand. »Stehen bleiben, was glauben sie was sie da machen«, schrie ein Sicherheitsmann. Fünf Stück erschienen mit der Waffe im Anschlag. Scor blickte links und rechts. »Also ich, ich wollte, ich, AHhhhh«, schrie er und sprang durch die Fensterscheibe ins Freie, zwei Stockwerke tief hinunter. Die Sicherheitsmänner rannten zum kaputten Fenster und sahen dem Unhold nach, aber weg war er.

8. Die siebente Hölle

Jetzt hatte Scor alles was er wollte, dann stolzierte er in einen nah gelegenen Wald und legte die Sambara Steine auf einen Felsblock und schrie magische Zauberworte, sie begannen zu schweben, Feuer umgab die Steine, ein Portal erschien, das Gottor sofort hineinzog. Nun endlich war er in einer Zwischendimension, wo Luzifer ihn nicht finden konnte, aber wieso war es ihm hier so vertraut. Oh großer Gott nein, er war in der Hölle, das Schlimmste war, Satan stand neben ihm und sprach, »ah mein Sohn du bist zurückgekehrt um zu sterben.« »Diese verdammten Steine ich verfluche euch«, fluchte Gottor. »Ja du Idiot, wusstest du nicht das die Sambara Steine, von der Hölle sind und alles aus dieser, dient nur der Hölle, ich habe sofort gespürt, dass sie benutzt werden und leitete das Portal, das es dich direkt zu mir geführt hat und jetzt stirb«, sprach der Teufel, dann packte er den armen Dämon und warf ihn wild durch die Luft. Bendersmesch stand ebenfalls da, mit seinem Dreizack und lachte. »Vergib mir Vater«, flehte sein dämonischer Sohn, der vor einem teuflischen Abgrund lag, »ich werde der Hölle wieder dienen.« »Ach ja ist dem so, aber ich bin nicht in Gnadenstimmung«, sprach Luzifer, der auf Scor zu ging. Gottor kniete sich vor dem Teufel, mit gesengtem Haupt hin, bis der Leibhaftige knapp vor ihm stehen blieb, dann sagte er, »Vater vergib mir, ich habe dir unrecht getan, ich habe dich verraten«, dann packte er Luzifers Hand und schrie, »fahr zur Hölle, du Arsch« und riss ihn, mit aller Kraft über sich, er flog in die Schlucht und verschwand tief in dem Höllenfeuer, Bendersmesch stürmte schnell herbei um seinen Meister vielleicht noch retten zu können, währenddessen, zauberte Scor sein Schwert in die Hand und schoss es, in den Bauch von Bendersmesch, dieser fiel in dieselbe Schlucht, wie Satan und verschwand ebenfalls darin. Der Teufel erhob sich von den Flammen, er war an die hundert Meter groß, Feuer schoss aus seinen Augen und seinem Maul. »Ich verbanne dich in die siebente Hölle, wo noch niemals ein Dämon, oder ein anderes Wesen entkam«, brüllte er. Flehend blickte Scor seinen Schöpfer an, aber dieser hatte noch niemals Gnade walten lassen. Furchteinflößend zeigte der Teufel mit seinem langen Zeigefinger mit einem spitzen Nagel darauf, auf seinen Sohn und verdammte ihn. Man musste zuerst die sechs Höllen durchqueren, um in die siebente zu kommen. Unsichtbare Kräfte packten Scor Gottor, er wurde hoch in die Luft geschleudert, Feuer umgab ihn, er war in der ersten Hölle, sein Vater lachte in dieser, war er der Herr, das Feuer erhellte und ein Lichtstrahl erschien, die Flammen färbten sich rot, Scor war in der zweiten Hölle, die Haut von ihm löste sich langsam auf, er schrie wie besessen vor Schmerz, aber es half nichts, abermals ein Lichtstrahl, die Flammen wurden gelb, sein Fleisch fing zu brennen an, es waren bestialische Schmerzen, der Dämon war in der Dritten, wieder ein Lichtstrahl, das Feuer wurde blau, jetzt brannte sein Fleisch bis auf die Knochen ab, es war die Vierte und wieder eine Erhellung und es wurde kalt, kälter als man sich es je vorstellen konnte, die fünfte Hölle, seine Knochen bekamen Risse und begannen zu brechen, abermals erhellte sich alles, er brannte im ärgsten Höllenfeuer, sein Körper löste sich unter Horrorqualen auf, Hölle sechs, schon wieder die Erhellung, das Feuer dort war hellblau, sein Geist schwebte nurmehr umher, in dieser grausamen Unendlichkeit, um seine Qualen auf ewig immer wieder neu zu erleben, das war die siebente Hölle. Dies war das Ende von Satans Sohn, Scor Gottor, denn dort gab es kein entkommen mehr und so blieb er dort, für alle Ewigkeiten.

Die Teufelswölfe

1. Die neue Welt

»Wir schreiben das Jahr 2090, fünfzig Jahre ist es nun her, als sich die größten Mächte der Erde, gegeneinander stellten, man weiß nicht mehr wer als erst, die Atombomben warf, oder wer den Krieg begann, wir wissen nur was er brachte, Millionen von Tote, die Leichen stapelten sich in gigantischen Höhen, es konnte niemand überleben, alles war vernichtet, dann kam noch die Seuche dazu, sie befiel das Fleisch und die Organe und schließlich das Gehirn und erweckte die Verstorbenen zu neuem Leben, aber so konnte man es nicht nennen, Leben, sie wandelten als Untote umher, sie rotteten die Menschen zur Gänze aus, nur eine handvoll konnte Überleben, das sind wir, wir nennen uns, die Teufelswölfe, mein Freund Mick und ich fanden es würde sich cool anhören. Mein Name ist übrigens, John Rendar, wir sind nur mehr, drei Leute, am Anfang waren wir noch Zehn, aber dann fanden die Untoten unser altes Lager und töteten, Sieben von uns, wir mussten in die Tiefe, der Kanalisation flüchten, dort fanden wir einen Bunker, tief unter der Erde, er bot uns Schutz, aja die dritte Person in unserer Reihe ist die hübsche, Julilou, eine Expertin für alle Waffen und im Nahkampf. Mick ist so zu sagen, der Überlebenskünstler, der Truppe, schon oft konnte er sich aus unmöglichen Situationen retten, er war es auch der die Idee, über die Teufelswölfe hatte, alle tragen wir ein Branding, ein Wolfskopf mit Hörnern und einer langen Zunge, toller Einfall. Wir alle wurden schon in der Zeit als die Untoten wüteten geboren, wir kannten die alte Welt gar nicht, nur von Bildern, denn ab und zu fand jemand von uns, eine alte Zeitschrift, oder ein Heft, aus der guten, alten Zeit. Das Schlimmste an allem, ist der Dämon, der auch irgendwann, keiner weiß warum erschien, Pelzebor, wie wir ihn nennen, noch nie wurde er von einem Sterblichen gesehen, außer einmal von Will, den wir halb tot in einer

Schlucht fanden, der hatte ihn gesehen, er beschrieb ihn als eine Art Dämon mit Hörnern, dann erlag er seinen bestialischen Verletzungen. Wir diskutierten oft, von wo diese Kreatur, der Hölle hergekommen sein konnte, meine Meinung dazu war, Außerirdische. Mick meinte immer, daß es eindeutig ein entflohenes Laborexperiment sein musste. Die Frage die wir uns oft stellten, ob wir die einzigen Überlebenden der Erde waren, oder nicht und weshalb uns die Seuche nichts anhaben konnte, vielleicht würden wir einmal die Antwort, auf all unsere Fragen bekommen. Wieder war einer dieser Tage, wo wir in den Tunneln umherschlichen, um Unseresgleichen zu finden, die Hitze war immer unerträglich, aber wir konnten nicht aufgeben.«

2. Die Flucht

Julilou robbte langsam in einem der Kanaltunnel nach vorne, wo es eine doppelte Biegung gab, um zu erblicken ob kein Zombie da war, langsam schlich sie nach vorne, dort angekommen, blickte sie ruhigen Blutes nach links, alles erschien Dunkel, schnell das Nachtsichtgerät auf, sie blickte in die Ferne, nichts in Sicht, nur Dreck und ein paar Ratten, schnell die andere Richtung, da schien auch nichts zu sein, sie sah um die dreißig Meter weit, dort hinten ergab sich neuerlich eine doppelte Biegung, Mick und John warteten angespannt auf Julilous Sichtergebnisse, plötzlich huschte ein Schatten, am Ende des Tunnels vorbei. »Da ist was«, sprach sie leise zu John, »was soll denn da sein«, fragte er. Sie blickte konzentriert in die Richtung, wo das Wesen war, dann sagte sie, »ich schätze gar nichts.« Die drei Teufelswölfe gingen den Tunnel entlang, über ihnen sahen sie die Kanaldeckel der Oberfläche, sie hörten oben unheimliches Geschrei, John sagte, »wartet, hebt mich hinauf, ich schaue, was das war.« Julilou und Mick hoben ihn nach oben zum Kanalgitter, da war auch eine Leiter in der Höhe, die musste er nur erwischen und schon geschafft, er blickte gierig durch die Gitter, die

Schreie an der Oberfläche wurden immer lauter. John öffnete den Kanaldeckel und blickte mit dem Kopf hinaus, überall nur Ruinen und ein paar Tote, aber da, in der Richtung der Schreie, rannte plötzlich etwas auf ihn zu, es schien ein Mensch zu sein, er lief wie in Panik und jetzt wusste man auch warum, er wurde von hunderten Untoten verfolgt. Der panisch Flüchtende stürmte genau an John vorbei, dieser duckte sich schnell und sprang nach unten, vorher schloss er natürlich, das Kanalgitter. »Hoffentlich hat der mich nicht gesehen«, flüsterte er leise zu Mick. Alle verharrten in absoluter Ruhe, man konnte wilde Schreie hören. Es öffnete sich ein anderer Kanaldeckel, alle Drei blickten angespannt auf die Öffnung und da sprang der Fremde, von vorhin hinunter. »Wer bist du, du Idiot«, schrie Mick, »du lockst die Zombies zu uns.« Der Fremde hob sein Haupt und sagte, »ich bin Jim, helft mir, bitte.« Man konnte bestialisches Gekratze und Geschrei an der Oberfläche an den Kanalgittern hören. »Oh mein Gott, sie haben uns gefunden, schnell weg hier«, schrie Julilou und die Teufelswölfe stürmten die Kanalisation entlang, verfolgt von den Fremden, man konnte die Untoten hören, wie sie die Kanalgitter durchbrachen und in die Kanäle stürmten. Vor Julilou die als Erste rannte, spalteten sich die Gänge in neun Richtungen, sie blieb stehen und brüllte, »welcher Tunnel führt zum Bunker, John.« Sie blickte nach hinten und da waren schon die Umrisse der Toten zu sehen. Alle stürmten in den neunten Gang, doch leider irrten sie sich, denn der war nach einigen hundert Metern zu Ende, es ergab sich eine tiefe Schlucht vor ihnen, würden sie nach unten springen, wäre das ihr Tod. »Aber die Schlucht, da ist ja der Bunker in der Nähe«, nuschelte John und tatsächlich, zehn Meter, rechts unter ihnen war der Gang des Bunkers, aber wie würden sie da hinunterkommen. Lange würden die Teufelswölfe nicht mehr Zeit haben, denn gleich könnten die Untoten hier sein, plötzlich lachte da jemand, es war Jim, der ein Seil hatte, schnell banden sie es an einen Stahlbügel, der an der

Wand war, nun ließen sie sich hinunter und da waren sie. Die Untoten hatten auch das Tunnelende erreicht, schnell sprang John der, der Letzte war, drei Meter in die Tiefe, zum Seil, eine Sekunde später und er wäre Zombiefraß gewesen. Im Bunkertunnel angekommen, blickten sie alle nach oben, die lebenden Toten, versuchten das Seil hinab zu klettern, abermals lachte Jim, er holte ein Feuerzeug heraus und zündete das Seil an, es brannte langsam hinauf und die Zombies, die schon daran hingen fingen zu brennen an, bestialisch schrien sie noch, als sie dann in den Abgrund stürzten. »Du hast uns einen wahren Dienst erwiesen Jim, wir nehmen dich auf zu den Teufelswölfen, aber nur eine Frage, von wo hast du das Seil her«, sagte John. Jim antwortete, »ich war lange Zeit in einem Wohnblock eingesperrt, die untersten Geschosse waren alle so zerstört, dass es für mich unmöglich war ohne Seil hinunter zu kommen, darum habe ich mir aus allen Materialien die ich fand, ein Seil selbst geflochten, hauptsächlich aus meinem Rückenhaar, schmunzelte er, dann habe ich mich in die Tiefe hinuntergelassen und als ich unten ankam, wickelte ich das Seil um meinen Körper, dann sind diese verfluchten Zombies schon daher gelaufen und als ich flüchtete, sah ich jemanden aus dem Kanal schauen und wusste gleich, ich musste da hinunter.« Nun waren die Teufelswölfe wieder Vier, Jim erhielt das hoch gelobte Brandzeichen. »Danke, es ist mir eine Ehre, bei euch dabei sein zu dürfen, es bedeutet mir sehr viel, danke Freunde«, sprach Jim. Alle freuten sich und der Neue war überglücklich.

3. Den Hunger stillt der Höllenfisch

Im Bunker zeigten sie Jim gleich alles, was sie in den Jahren zusammengesammelt hatten, eine gemütliche Couch, mehrere Matratzen, sogar einen Generator hatten sie, dieser funktionierte mit Solar, das an der Oberfläche befestigt war, sie besaßen reichlich an

DVDs und Zeitschriften, aber nur Eines hatten sie nicht, etwas zu Essen. »Wie wäre es, wenn du unseren Neuen zeigst wo wir immer fischen gehen und ihr uns Nahrung besorgt«, sagte John zu Julilou. »Ok, ich weise ihn ein«, sagte sie, denn unten bei der Schlucht, war ein kleiner Stausee, mit monströsen, leckeren Fischen. »Komm mit Kleiner«, sprach sie zu Jim und der folgte ihr sogleich. Hatten früher die vielen Atombomben fast alles zerstört so konnten doch ein paar Wesen überleben, so wie etwa Fische, nur waren sie leicht mutiert und etwas größer als früher, manche konnten aber auch gigantische Größen erreichen. Sie mussten nur die Schlucht hinab steigen um zum See zu gelangen, zum Glück hatten sie eine hundert Meter lange Strickleiter, die vom Bunkerausgang, direkt die Schlucht runter zum See führte. Beide kletterten hinunter, wild schaukelten sie hin und her, sie blickten nach oben, dort sah man noch immer ein paar Untote, im anderen Kanalschacht stehen, jetzt hatten sie es gleich geschafft, erschöpft kamen sie unten an. Es war ein wunderschöner See umgeben, mit Bäumen, diese hatten eine leicht bräunliche Farbe, wegen der vielen Bomben. Der große Teich, hatte eine grünliche Färbung und er schien voll mit Fischen zu sein, plötzlich schlug etwas im Wasser ein, es war ein Untoter, der von dem Kanaltunnel oben an der Betonwand hinabsprang, sogleich versank er, denn Zombies können nicht schwimmen. »So los geht's«, sagte Julilou und holte einen Haken, mit Angelschnur, aus ihrer Hosentasche, sie nahm einen Wurm den sie im Erdreich ausgrub und spießte ihn auf, dann warf sie die Schnur, mit Haken, weit ins Wasser. Dasselbe Set hatte sie doppelt und sogleich gab sie das Zweite Jim, dieser warf es ebenfalls weit in den See hinaus, jetzt mussten sie nur mehr warten, bis ein Fisch anbeißt. Jim blickte in der Gegend herum, man sah eine riesige Betonwand, wo an die hundert Meter in der Höhe 2 Löcher waren, das Eine, war einer der Bunkereingänge, das andere der Kanalschacht, in dem noch so einige Zombies standen, ganz oben am Himmel strahlte die Sonne, extrem herunter, ein paar Geier, oder Adler kreisten dort oben, der See, war rund und an die dreißig Meter im Durchmesser, wilde Pflanzen und Bäume umkreisten ihn, dass ein durchkommen fast unmöglich war, alles hatte eine bräunliche Färbung. So saßen die Zwei gemütlich an einem Felsen und warteten geduldig, plötzlich zog etwas an Julilous Schnur, sie umschlang sofort die Angelschnur, mehrmals mit ihren Händen, um den Fisch schnell ans Ufer zu holen, das Seil spannte sich, er schien riesig zu sein, es schnürte sich in ihre Hände, sie schrie, »Jim hilf mir, er ist zu stark.« Jim sprang zu ihr, aber da war es schon zu spät, sie wurde in einem Satz ins Wasser gerissen, sie schwamm an die zehn Meter weit vom Ufer entfernt und fluchte, auf einmal kam eine riesige Flosse und ein unheimlicher Rücken zum Vorschein, dann ging sie unter, weg war sie. Jim brüllte panisch umher, so laut das sogar John und Mick aus dem Bunkerrohr von oben herausschauten. Schnell sprang Jim in die Fluten, er tauchte tief unter, das Wasser war klar, er konnte deutlich sehen. Der Mann sah Julilou, die im Maul einer Bestie war, wie sie panisch durch das Wasser gezogen wurde, in Richtung, der Betonwand, da war eine unterirdische Höhle, darin verschwand sie schreiend. Jim tauchte ihnen nach, grünlich schimmerte der Eingang, er schien endlos zu sein, dann kam er plötzlich in einen riesigen Gang, dort tauchte er auf, es war eine unterirdische Höhle, mit Sauerstoffansammlungen, er konnte sogar hinausklettern, da lag Julilou, ihre Kleidung war halb zerrissen. Jim stürmte auf sie zu, sie schien zu viel Wasser geschluckt zu haben, sie lebte noch, aber wo war das Wesen, was sie hierhergebracht hatte. Der Mann blickte suchend umher, überall nur grünlich schimmernde Felsen und Muscheln an den Wänden, da sprudelte das Wasser, plötzlich schoss etwas Gewaltiges, durch die Luft an die Oberfläche, es stand genau neben Jim, es war die abscheulichste Kreatur, die er jemals zu Gesicht bekommen hatte. Sie war an die drei Meter groß, schien eine Art Monsterkarpfen zu sein, nur mit langen Armen, statt Flossen und der stank, nach Schlamm, der war so fett, das es aussah als könnte er jeder Zeit platzen, weit öffnete er das schleimige Maul und verschlang Jim auf einmal, weg war er, dann humpelte er auf Julilou zu, die gerade wieder zu Bewusstsein kam, sie schliff sich fort und wimmerte, plötzlich wackelte der fette Bauch der Kreatur wild umher, sie schnappte schnell zu und dann zerplatzte der Monsterkarpfen, er hatte die Frau halb im Maul, aber der Bauch war zerfetzt, Jim hatte von innen, mit den Füßen so stark dagegen geschlagen, bis die Wampe aufplatzte, dann kroch er aus dem stinkenden Höllenfisch heraus, dieser lebte noch und versuchte Julilou, noch weiter zu verschlingen. Jim ging zur Höhlenwand, brach einen Felsen heraus und holte beim Haupt der Bestie aus, nun sagte er, »jetzt gibt's drei Wochen lang Fischsuppe«, dann zermalmte er den Kopf und befreite die Hübsche. Den riesigen Mutantenkarpfen, packten sie beide mit den Händen und zogen ihn ins Wasser, dann tauchten sie mit dem Wesen, die Höhle entlang, bis zum See zurück. Jim blickte zum Bunkereingang, da war John, der warf ein Seil hinunter, damit banden sie den Fisch an, um ihn nach oben zum Bunker ziehen zu können. John und Mick zogen am Seil, aber der riesen Karpfen war anscheinend zu schwer, Julilou und Jim mussten nach oben, den zwei Freunden helfen und so machten sie sich auf den Weg, abermals die Strickleiter hinauf, dort angekommen, zogen die Vier nun an einem Strang. Sie blickten nach unten, da wackelte das Seil wild hin und her, vielleicht nur der Wind und los geht's und sie zogen was das Zeug hielt und da kam die tote Kreatur schon aus dem Wasser geschossen, nach drei Stunden war sie nun endlich beim Bunker oben. »Man ist die hässlich«, sagte Mick und John erwiderte, »sie wird uns tagelang am Leben erhalten.« Sie prasselten sich das fettige Fleisch des Fisches heraus und speisten köstlich. »Man ich liebe Höllenfisch«, sagte Jim, und alle lachten. »Seht was ich hier habe«, sagte John und holte eine Flasche Jim Beam heraus. »Oh, Gott Whiskey, her damit«, schrie

Mick. Ein jeder war zufrieden und sie tranken die ganze Flasche aus, es schien fast so als wäre die Welt in Ordnung.

4. Ich sah Pelzebor

Es brach ein neuer Tag herein, alle Vier schliefen im Bunker, es war schon an die zwei Uhr Nachmittags, Julilou öffnete ihre Augen und ging zum Bunkerausgang, sie setzte sich auf einen Sessel und machte sich einen Kaffee, Mick hatte einmal einen ganzen Sack voller Kaffeebohnen in einem zerbombten Einkaufsladen gefunden, sie blickte weit in die Landschaft und sah die pralle Sonne, die von ein paar Wolken umgeben war, plötzlich ertönte in weiter Ferne ein bestialischer Schrei und ein Wesen flog direkt an der Sonne vorbei, Julilou stürmte in den Bunker und suchte ein Fernglas, und tatsächlich fand sie Eines, damit blickte sie in Richtung des Wesens, es war ein Dämon, mit gewaltigen Flügeln und Hörnern, war es etwa, nein das konnte nicht sein, war es etwa Pelzebor, der leibhaftige Dämon, aber wo flog er da hin, gierig folgte sie dem dämonischen Wesen, es hatte einen langen Schwanz, sie war die Erste die es jemals zu Gesicht bekam und noch lebte, es flog auf einen riesigen, schneebedeckten Berg weit, weit weg zu, aber was suchte der Dämon dort, er verschwand nun schließlich an der Spitze des Berges im Schnee, anscheinend war dort eine Höhle. Schnell stürmte sie zu den schlafenden Helden und schrie, »wacht auf Teufelswölfe, ihr werdet es mir nicht glauben, aber ich sah Pelzebor.« Sie erzählte den Dreien was sie gesehen hatte und alle kamen zum selben Entschluss, dass sie zur mysteriösen Höhle im Berg gehen sollten, was würde sie wohl dort erwarten, war da etwa dem Dämon sein finsteres Reich. John kletterte als Letzter die Strickleiter hinunter, zuvor warf er noch eine Handgranate in den Kanaleingang, wo die Untoten waren, es zerriss sie in tausend Fetzen, es tropfte nur mehr Blut aus dem Gang. Beim See holte Mick eine Machete von seinem Rucksack heraus. Jeder der Wanderer hatte einen solchen, gefüllt mit allerhand lebenswichtigem Zeugs mit, um auf dem Weg, zum mysteriösen Berg, gut gewappnet zu sein und so vergingen einige Tage, immer tiefer drangen sie in den Wald ein. Julilou hatte immer ihren Kompass im Auge um nicht vom Weg abzukommen und da war er, der riesige Berg von Pelzebor, wie ein unsterblicher Koloss erhob er sich vor ihnen, er wirkte unbezwingbar, wie würden sie ihn erklimmen können, fragte sich Julilou, John schmunzelte und blickte den eisigen Riesen hinauf. »Wir müssen einen Weg finden«, schrie Mick. »Hey, da liegt eine Leiche«, sagte Jim, der sich in der Zwischenzeit umgesehen hatte. Der Tote war in voller Bergsteigermontur, die sich die Vier sofort nahmen, die Leiche war eigentlich schon mehr, ein Skelett und total zerfetzt, der musste schon vor langer Zeit gestorben sein, er hatte einen Hut mit einem Wolf auf und er zeigte mit seinen knöchernen Fingern, in eine spezielle Richtung, es schien als ob das Knochengerippe keinen einzigen heilen Knochen mehr hatte. Die Teufelswölfe folgten der Anweisung des Fingers und siehe da, hinter mehreren Lianen und Büschen, war wirklich ein Weg. Alle freuten sich, es war ein felsiger, steiler Pfad, er schien genau zu der Höhle und zum Gipfel, zu führen. Mick fand beim Toten ein Tagebuch, er holte die anderen und las daraus vor, »mein Name ist Magnus Karter, wir schreiben den, 19.Oktober 2085, ich habe die Höhle der Bestie gefunden, wie es in dem Buch, der Teufelshammer, das ich von Professor Lehutt bekommen habe, beschrieben war und ich habe es getan, oh mein Gott ich habe es getan, ich habe den Teufel erweckt, nur mehr ein paar Tage, vielleicht auch nur Stunden werde ich Leben, als ich auf den Gipfel des Berges war, sprach ich die dämonischen Worte die in dem Buch standen, Pelzclata Eborata und die Pforte öffnete sich, die Höhle sie war voll mit Edelsteinen, Diamanten, alle Schätze der Erde befanden sich dort, sie konnten den Verstand eines Mannes trüben, ich wälzte mich in den Juwelen, als ich wieder zur Besinnung kam, stand sie vor mir, eine steinerne Statue eines Dämons, sie hielt den schönsten Juwel aller Zeiten in den Händen, das Auge der Bestie, so wurde er genannt, seine Anziehungskraft war unbeschreiblich, ich hatte alles in dem Teufelshammer gelesen, ich dachte ich kann dem wiederstehen, aber der rot, leuchtende Stein war zu schön, er war riesig an die zwanzig mal zwanzig Zentimeter groß, als ich ihn in Händen hielt, erschien es mir so, als würde ich der Meister des Universums sein, dann packte mich die Realität wieder, die Steinfigur fing zu brennen an, überall ertönten dunkle Schreie, sie war komplett vom Feuer umschlossen, ein höllisches Lachen, drang aus der brennenden Dämonenfigur heraus, sie bekam Risse und explodierte und da stand er der Leibhaftige, das konnte nicht wahr sein, er grinste mich an und sagte in teuflischem Höllenton, ja es ist wahr, tausende Jahre, war ich hier gefangen, jetzt bin ich frei, gib mir den Juwel, aber ich weigerte mich, er blickte mich böse an, dann sagte er, hier deine Belohnung für meine Befreiung, du liebst doch Frauen, plötzlich sprangen drei nackte Zombiefrauen aus dem Boden heraus, die auf mich zugingen, ihre runzeligen Brüste brachten mich sofort zum erbrechen, ich schrie nur mehr wie am Spieß, die toten Frauen umkreisten mich, sie schleckten mich mit ihren langen Zungen ab, dann drehte ich durch, ich sprang schreiend den Berg hinunter, ich schlug hunderte male auf den Felsen auf, alles hab ich mir gebrochen, meine Beine hingen nur mehr in Stücken an mir, mit letzter Kraft habe ich das Tagebuch geschrieben in der Hoffnung es würde jemand finden, oh Gott ich sterbe, ich sehe wenn ich nach oben blicke nur Feuer und wie sich der Dämon erhebt und in Richtung der Menschen fliegt, ich habe das Auge der Bestie, während ich den Berg herab fiel in den Wald geschossen, es landete weich, es müsste noch ganz sein, dies ist der Schlüssel, damit kann man den Dämon vernichten, aber er darf ihn nicht bekommen, sonst ist seine Macht göttlich, der Dämon, kann ihn nicht selbst einfach nehmen, der Juwel, muss ihn von jemanden gegeben werden, das ist das Dämonengesetz, das las ich alles im Teufelshammer. Der Juwel beeinflusst, die Menschen in seiner Nähe, ich konnte erst nachdem ich ihn wegschoss, wieder klar denken, ich fühle das meine Zeit gekommen ist, ich blute sehr stark. Den Dämon kann man töten in dem man.« »Da endet der Eintrag«, sagte Mick, »wir müssen diesen verdammten Juwel finden, schrie er.« Die Teufelswölfe besprachen, wie sie jetzt weiter vorgehen sollten, »also als ich und Mick damals an der Ostküste als Scharfschütze gegen die Zombies kämpften, war der beste Platz weit oben und man konnte durch das reflektierte Licht der Sonne, das Zielfernrohr der Waffen, kilometerweit sehen, ich meine also, wir sollten zur Höhle am Berg wandern und von dieser Höhe aus kann man vielleicht den Juwel blinken sehen, außerdem ist die Höhle doch voll mit Diamanten und Edelsteinen«, sprach John. »Die haben aber keinen wert in dieser Zeit, du Idiot«, sagte Julilou. Alle waren sich einig und sie gingen den Pfad empor.

5. Das Auge der Bestie

Steil ging es nach oben, aber die vier Teufelswölfe, würden es schon schaffen, nach Stunden der schlimmsten Qualen hatten sie es nun endlich geschafft, die Höhle war erreicht, überall um sie war Schnee und es schneite auch stark. Die Teufelswölfe wagten einen Blick hinein, sie war komplett leer, keine Juwelen, einfach nichts, naja vielleicht ist es so ja auch besser, weil diese Steine einen in den Wahnsinn treiben, aber unsere Helden mussten vorsichtig sein, da der Dämon, sie jeder Zeit entdecken konnte, so blieben sie draußen vor dem Höhleneingang geschwächt vom schweren Aufstieg sitzen. Mick blickte in die Tiefe zu den Wäldern und da sah er es, das rote Funkeln, es musste der Juwel sein, voller Freude jubelte er und schrie, »ich sehe ihn, da ist er der Edelstein«, plötzlich erbebte der Boden, ein starker Windstoß, wehte über Mick, die Zeit schien still zu stehen, man hörte ein düsteres Atmen, die anderen Drei die sich schnell im Schnee versteckten sahen das Unheil schon, es war der Leibhaftige, Pelzebor der Dämon, er flog mit seinen teuflischen Schwingen über ihn und grinste, dann sagte er, »Ah ein Menschlein, wie viele seid ihr, Sterblicher.« Mick, schluckte und in panischer Angst versagte sein Körper, er brach zusammen, der Dämon landete über ihn und packte den Kerl, dann hob er seine Pranke in die Höhe und streckte den Zeigefinger, an dem eine tödliche Kralle war aus und schrie nochmals, »wie viele seid ihr unwürdige Kreatur«, dann stach er den Armen mit dem Finger in den Bauch, Mick krümmte sich vor Schmerzen und schrie, »ich bin alleine.« Der Dämon schnitt ihn die Bauchwand auf, das Blut schoss in strömen aus dem Körper, seine drei Freunde mussten alles mit ansehen, aber sie konnten nichts tun, nur in Deckung bleiben. »Sag es mir«, brüllte der Dämon »und ich mache es schnell, wie viele seid ihr«, Mick stöhnte abermals erschöpft und dem Tode nahe, »ich sagte ja schon, ich bin alleine, du scheiß Viech«, Pelzebor umfasste seine Gedärme und riss sie ihm heraus, Mick schrie wild, es waren Höllenqualen denen er ausgesetzt war, brutal schleuderte er ihn hin und her, dann schoss der Dämon ihn durch die Luft und er prallte, stark gegen die Felsen, das dürfte sein Ende sein. John biss sich in die Hand und schrie innerlich, Micks Namen, sie waren beste Freunde gewesen, es war hart ihn jetzt so sterben zu sehen. Pelzebor brüllte noch einen bestialischen Schrei, dann hob er ab in die Lüfte und flog wieder in Richtung der Stadt. »Wie konnten wir dieses Monster, nur übersehen, er war so schnell gekommen, wie er auch wieder weg war.« John kam aus seinem Versteck und ging zu Mick, »ich werde dich rächen mein Freund«, sprach er, da bewegte sich der Tote, er konnte aber nicht überleben, seine Wunden waren zu stark. Unser Held hielt ihn und sagte, »es tut mir leid ich hätte die Bestie sehen müssen.« Mick nuschelte schwach, »es ist nicht deine Schuld, weißt du noch damals, an der Ostküste wo wir Seite an Seite gegen die

Untoten gekämpft haben, wir haben sie alle fertig gemacht, jeden Einzelnen.« »Ja das haben wir«, erwiderte sein Freund, dann schloss Mick für immer die Augen. Jim und Julilou standen John bei, sie begruben ihren Freund, im Schnee, am Berg, dann blickten sie in die Ferne und da, schon wieder das Funkeln, das Auge der Bestie, es schien im Wald, in der Nähe einer großen Fichte zu sein, man würde es leicht finden können und abermals machten sie sich auf den Weg, den Bergpfad wieder hinunter, unten war ein ganz anderes Klima, es war heiß. Sie marschierten in Richtung des großen Baumes, überall war nur Wald so weit man sah, alles wucherte und so viele Lianen, die ihnen den Weg versperrten. »Wow, wir sind die Ersten die Pelzebor zu Gesicht bekommen haben und noch Leben«, sagte Jim »und ich hasse diesen Wald«, er war gerade über eine Wurzel gestolpert. »Zum Glück gibt es hier wenigstens keine Zombies«, flüsterte Julilou. »Sag mal du hast doch mit Mick an der Ostküste gekämpft, was war da euer Ziel, einfach alle vernichten«, fragte Jim. »Damals waren wir noch viel mehr Menschen, wir wollten den Ursprung der Seuche und Pelzebor finden, aber wir kamen gegen die Untoten nicht an, es waren zu Viele, sie fühlen keinen Schmerz, haben keine Furcht, verdammt man muss ihnen, das Gehirn wegfetzen, dann sind sie erst endgültig tot. Einmal kamen wir dem Dämon schon sehr nahe, wir wurden beinahe ausgelöscht, von überall im Himmel schoss Feuer auf uns herunter und wir konnten die Bestie nicht einmal sehen, als wir in die Kanäle flüchteten, waren wir nur mehr eine Hand voll, also heute der Tag das wir noch Leben ist ein Wunder.« Da war er nun, rot leuchtete es vom Wald hervor, bald würden sie ihn haben und da lag der Juwel, er war so wunderschön. »Ich nehme ihn«, sagte John, »nein, besser ich nehme ihn«, erwiderte Jim, »warum sollst du ihn haben, nur weil du der möchte gern Anführer bist.« »Wenn sich Zwei streiten freut sich der Dritte«, sprach Julilou und nahm den Juwel, »ihr Männer seid zu anfällig, wisst ihr nicht was Magnus Karter geschrieben hat, der

Edelstein treibt Menschen in den Wahnsinn, also geht weg von mir, vielleicht betrifft das nur Männer.« Das taten die Zwei, denn sie hatte bestimmt recht, dann bauten sie ein Lager auf, da es schon spät geworden war, aber schön versteckt, damit der Dämon, sie nicht finden konnte.

6. Der Stein des Wahnsinns

So machten sie ein Feuer und fingen ein Kaninchen, ein Mutantenkaninchen um genau zu sein, die vielen Bomben hatten wirklich alles verändert und so saßen sie im Kreis um die Flamme. Julilou hielt den Juwel, er funkelte, er war schöner als alles Gold und Edelsteine, der Erde zusammen. Plötzlich verdunkelte sich der Himmel, man hörte wildes Gepolter und ein Beben, es kam von allen Seiten, es waren tausende Untote, sie umkreisten die drei Helden, die Teufelswölfe flüchteten schnell auf einen Hügel, aber auch da waren schon diese furchtbaren Zombies, sie waren eingekesselt. Jim schrie panisch und wollte durch die Schar der Untoten stürmen, er wurde bestialisch zerfetzt. Er brüllte noch, »John töte sie alle«, dann starb er und die Toten fraßen ihn. Julilou blickte mit traurigem Gesicht zu Rendar, »was machen wir jetzt«, sprach sie. »Sterben«, antwortete eine böse Stimme, es war Pelzebor, der sich vor ihnen erhob. »Gib mir den Juwel, Weib, oder ich zerfetze dich«, befahl er. Die Zombies blieben daweil ruhig um die Zwei stehen. Julilou streckte ihre Hand mit dem Edelstein, in Richtung des Monsters aus, um es den dunklen Dämon zu geben. Bösartig funkelten seine Augen, doch plötzlich sprang John dazwischen und schrie laut, »NEIN« und schnappte ihr den Juwel aus der Hand, er nahm einen riesigen Felsen und zerschlug den Edelstein, Pelzebor schrie und schoss einen Blitz in den Mann, der ihn sofort niederstreckte. Der Edelstein war zersplittert, Julilou ging sofort in Deckung, rote Blitze feuerte es daraus, sie schlugen in die Untoten und in Pelzebor ein, sie wurden alle zerfetzt und alles hüllte sich, in schwarzen Rauch, als sich der wieder lichtete, waren alle Toten und der Dämon verschwunden. Der rote Juwel musste die Quelle seiner Macht gewesen sein und durch dessen Zerstörung wurden auch Pelzebor und die meisten Zombies zerstört. Julilou blickte traurig zu John hin, der da tot lag, was soll ich jetzt alleine bloß tun, dachte sie, plötzlich sprang Pelzebor aus dem Boden, er war komplett verbrannt und packte sie am Hals. »Du Teufelsweib, nichts kann mich aufhalten, jetzt werde ich dich töten, aber ganz langsam« und so drückte er ihre Kehle zu, sie spuckte Blut, in sein Gesicht und schrie, »fahr zur Hölle du Missgeburt«, dann wurde ihr langsam schwarz vor den Augen, auf einmal sprang John von hinten auf Pelzebor und würgte ihn, er ließ Julilou fallen. Es war ein wildes Gerangel, Rendar setzte all seine Kraft ein und so hing er an dem Unhold und ließ nicht locker, zum Glück hatte die Bestie nicht mehr die volle Kraft. Julilou blickte um sich und erspähte einen spitzen langen Splitter vom Juwel, den sie sofort an sich nahm und auf Pelzebor zustürmte und ihm die Spitze mitten ins Herz rammte. Die Bestie schrie sofort auf und explodierte, John schoss es einige Meter weit weg, vorbei war es. Julilou rannte sofort zu dem Mann, aber er war tot, sein Gesicht war zu hart auf den Felsen aufgeschlagen, sie war nur leicht verletzt und so begrub sie ihn, unter all den Steinen, die sie fand und dann zog sie alleine weiter durch die weite Welt, die nun frei von dem Dämon war, vereinzelt gab es noch ein paar Zombies, die waren aber kein Problem, vielleicht würde es noch andere Überlebende geben und so ging sie im Wald den Sonnenuntergang entgegen.

Die Hölle des Bösen

1. Die Beerdigung

Es war gerade die finsterste Nacht, Peck Peckigan trainierte gerade in seinem Haus, mit einer zwanzig Kilo Hantel, für eine Hand, plötzlich kam ein Anruf. »Hallo, wer ist da«, fragte Peck. »Dein Arbeitskollege Hardikus ist gestorben«, antwortete eine Stimme, »die Beerdigung ist morgen«, dann legte sie wieder auf. Was er ist tot, dachte er und kratzte sich am Kinn, warum der wohl gestorben ist, der war ja erst Sechzig, da muss ich auf jeden Fall hinkommen. Die Zwei hatten ein Jahr gemeinsam in einer Lagerfirma als Kommissionierer gearbeitet, sie verstanden sich immer gut, grübelte Peck, sein Arbeitskollege war ein netter Kerl gewesen. Peckigan war so ein Mensch der es nie lange an einem Ort aushielt, ständig war er auf der Suche nach irgendetwas, wobei er selbst nicht mal wusste wonach. Jahre schon zog er von Ort zu Ort, schon über zwanzig Jahre lang, oder waren es vierzig, oder noch mehr, seine Erinnerungen waren auch vertrübt, über seiner Vergangenheit schwebte ein dunkler lückenhafter Schleier. Der nächste Tag brach an, es war wieder einmal regnerisch und düster, vor der Leichenhalle waren schon seine Angehörigen versammelt, drinnen hinter einer mächtigen geschlossenen Tür, war der alte Kollege Hardikus in einem Sarg, aufgebahrt, jedes Mal hatte der Freund, Peck gedeckt, wenn er wieder mal einen Blödsinn in der Arbeit angestellt hatte, aber warum nur musste er sterben, auch noch so kurz vor der Pensionierung. Peckigan drückte allen sein Beileid aus, öffnete die Tür und ging in die Halle, dort stand er vor dem Sarg, der ein gläsernes Sichtfenster auf das Gesicht hatte und blickte hinein, friedlich schien er in seiner hölzernen Kiste zu schlummern. Es herrschte Totenstille, richtig unheimlich war es hier, überall hingen

Werkzeuge und seltsame Geräte, wahrscheinlich um die Leichen die zu sehr verunstaltet waren präparieren zu können, die anderen Trauernden standen währenddessen draußen im Regen, plötzlich öffnete der Tote die Augen und starrte wild auf Peck, dieser fiel gleich vor entsetzen zu Boden, er richtete sich wieder auf, dies konnte nur ein Alptraum sein, aber die Augen starrten wahnsinnig umher, sie visierten Peckigan an, sie waren gelblich, schimmernd, fast dämonisch und Hardikus sprach plötzlich, »er wird kommen, er ist sehr nah, der Dämon, rette dich vor Xabrax Megador, der Metall Herr wird dich vernichten«, dann spieb er Blut, der Sarg wackelte und die Sargtür ging auf, der Alte sprang heraus, seine Leiche musste von Dämonen besessen sein, er war blutverschmiert und packte Peck, dann schleuderte er ihn weit durch die Luft und sagte, »der dunkle Herr wird kommen«, dann rannte er dämonisch her, Peckigan wich schnell aus und streckte seine Hand dem Kopf der entgegenrennenden Leiche entgegen, der Schädel fiel gleich ab, der Körper rannte weiter. Ab in die Verbrennungsanlage dachte er und lockte die Überreste zu dieser und stieß sie hinein, dann drehte er sie volle Maschine auf und der Tote verbrannte, der Kopf schrie noch, als würde er die Verbrennung fühlen, aber könnte er auch ohne Gehirn schreien? Peck nahm eine Knochensäge, die da lag und öffnete, das Haupt, beide schrien fürchterlich, nun sah er schon das Gehirn, es bewegte sich unheimlich, dann riss er es mit bloßen Händen heraus, jetzt war er endlich tot. »Jetzt hast du den Frieden, den du im Leben nicht hattest«, sagte Peck. Das Hirn legte er in den Sarg wo normal die Beine waren und den Kopf gab er wieder an seine ursprüngliche Stelle, dann schloss er dessen Augen, nur war er jetzt ein bisschen deformiert, aber wer würde das schon merken, denn sein Kollege, war eh nie eine Schönheit gewesen, schnell reinigte er noch die Halle von dem Blut, es standen genug Reinigungsutensilien dafür herum, dann ging Peckigan wieder hinaus und trauerte weiter, immer wieder dachte er, wer ist bloß dieser Metall Herr, Xabrax wie hieß der noch mal. Niemand hatte etwas von dem Massaker bemerkt, dass in der Halle stattgefunden hatte und so gingen alle mit dem Sarg zum Friedhof, es regnete in strömen und der Priester sprach seine übliche, stundenlange, langweilige Grabrede. Peck, dachte, wenn das noch so weiter geht springe ich auch gleich in die Grube und sterbe, dann wurde die Kiste langsam in das zuvor ausgehobene Erdloch hinab gelassen, jeder Trauergast warf dann noch eine Schaufel Erde in die Tiefe, als Peck dran war, blickte er nochmals hinunter zum Sarg, da sah man noch ganz deutlich den Kopf, von Hardikus, der schlafend unter dem Glas war, plötzlich, öffnete er abermals die Augen, Peckigan schmiss sofort eine Schaufel Erde auf die Scheibe und nun war der Kopf verdeckt, aber wie ist das alles möglich, dachte er, dann ging er nachdenklich nach Hause, es war schon Abend geworden und der Mond schimmerte durch die Nacht. Daheim schnappte er sich seine Hantel und trainierte wieder, denn so konnte Peck am Besten nachdenken.

2. Zurück zu den Toten

Am späten Abend als Peck schon tief und fest schlief, sah er in seinen Träumen, den abgeschlagenen Kopf von Hardikus mit den gelb funkelnden Augen und der lachte wie wahnsinnig und schrie immer wieder, »Xabrax Megador, Xabrax Megador, wird kommen.« Ein heftiger Donner durchschlug die Nacht und Peckigan wurde munter, es war zwei Uhr morgens, es schüttete in strömen, aber der Mann, hatte nur ein Ziel, er musste zum Grab zurückkehren, irgendetwas wie ein magisches Band zog ihn dort hin, so als ob eine innere Macht ihn leiten würde und es Bestimmung wäre, so tat er es auch und marschierte los, nur schnell eine regenfeste Jacke angezogen und ab ging es. Der Weg dort hin war sehr unheimlich, Bäume wirkten wie Dämonen aus der Hölle und da war er nun der Friedhof, eine von Plastik umgebene Allwetterkerze leuchtete vorm

Tor und zeigte den Eingang zu der Totenstätte auf. Peck ging gleich hinein, der Friedhof leuchtete in verschiedenen Farben, es waren die Grablichter, die noch eine unheimlichere Atmosphäre schufen und so stand er nun endlich vor Hardikus Grab, aber was war da geschehen, es war offen, eine tiefe Höhle bohrte sich weit in die Erde, man konnte den Boden in dem Schlund sehen, er schien gepflastert zu sein, unten leuchtete ein rotes Licht, das musste Peck erforschen und so suchte er auf der Grabstätte der Toten nach einer Leiter, da lehnte schon eine, hinter einer großen Gruft, die ließ er dann in die Grube von Hardikus hinunter, das Loch war um die drei Meter tief, die Leiter passte genau und abwärts ging es, oberhalb der Erdoberfläche schüttete es noch immer und ein höllischer Sturm blies, darum war Peck froh in die Tiefe zu gehen, denn da war es windstill, rund um ihn waren nur Erde und ein paar Wurzeln und so stieg er tiefer und tiefer in den Schlund hinab, unten angekommen bemerkte er, dass an der Wand, Kerzen hingen, welche die Grube beleuchteten und überall waren Tunnelsysteme, sie waren mit Steinen gepflastert, sogar die Decken waren rund mit Steinen ausgelegt, es schien fast wie eine verlorengegangene Zivilisation, oder ein unterirdisches Schloss, stellte Peckigan fest. Alles war beleuchtet, wie war das möglich, das konnte keinen menschlichen Ursprung haben. Peck drehte sich einmal im Kreis und er zählte neun Tunnelgänge, aus einem kam ihm eine vertraute Stimme, der Mann folgte dieser, er ging den Gang entlang, es fühlte sich so an als würde es noch weiter nach unten gehen, bis er dann zu einer größeren Halle kam, dort blickte er langsam um sich, da war ein riesiger Rittertisch, sie war eingerichtet wie im Mittelalter, die Wände waren mit Schilden und Schwertern geschmückt, am Tisch hörte er eine Stimme. Peck ging darauf zu, da lag der abgeschlagene Kopf von Hardikus, er redete mit einem Raben, der ebenfalls am Tisch saß, dieser schien auch tot zu sein, wie man an seinen zerrupften Federn und den weißlichen Augen erkennen konnte, sie hatten den Mann noch nicht bemerkt, sie spielten ein Spiel, Schach um genau zu sein, der Vogel machte mit seiner Klaue einen Zug, er stellte den Turm vor den König und sagte, »Schach« und lachte. Der Kopf erwiderte, »ich frag mal mein Gehirn«, neben Hardikus, lag das Organ, welches Peck ihm entfernt hatte, dann sagte er, »nein, noch nicht, du hässlicher Vogel« und das Hirn kroch zum Schachbrett und stellte den Läufer zwischen Turm und König. Peck konnte seinen Augen nicht trauen, das war ja blanker Horror, auf dem Rittertisch standen auch einige Kerzen, er war auch gedeckt mit einem Mahl, es lagen Leichenteile mit Früchten darauf, Peckigan versteckte sich gut in einem Höhlenspalt und beobachtete, was weiter geschehen würde. Der Kopf und der Rabe gerieten in Streit, wegen des Spiels und der Vogel sprang zu Hardikus Haupt und pickte ein Auge heraus, dieser schrie wahnsinnig, plötzlich kam ein unheimliches Gestöhne von den Höhlengängen, es hörte sich an wie das Geschrei von Toten, langsam bildeten sich Schatten und da kamen die hässlichsten Fratzen zum Vorschein, die jemals ein Mensch gesehen hatte, es waren Zombies, einige zerfetzte, vermoderte Körper kamen zum Tisch und setzten sich um zu speisen, sie aßen die Körperteile, die darauf lagen, es gab so viele lebendige Leichen, weil der Dämon, Xabrax Megador, anscheinend schon sehr nah war, denn ein Fluch besagte, das alle Toten in seiner Nähe zum Leben erwachen sollten. Peck spieb sich an, denn das Grauen, konnte kein Mensch aushalten, plötzlich sagte einer der Zombies, »habt ihr das gehört, da ist doch wer.« Peckigan hielt sich den Mund zu und verharrte in absoluter Ruhe, er durfte jetzt keinen Mucks mehr machen, der Mann musste abermals kotzen, aber da er sich den Mund zu hielt schoss die Speibe durch die Nase hinaus. Einer der lebenden Toten ging in Pecks Richtung, der Untote humpelte langsam her, überall standen die Knochen an seiner vermoderten, weißen Haut heraus, mit seinen gelb leuchtenden Augen blickte er unheimlich in Pecks Richtung, dann sagte der

Zombie, »nichts da, war wohl nur ne Maus«, plötzlich schrie der tote Rabe wild auf, er hatte den Mann entdeckt, er war wohl hingeflogen, als der Untote umher suchte, er schrie herrisch, »fangt ihn, tötet ihn«, das war Peckigans Zeichen, er musste sofort flüchten und so machte er sich auf den Weg, die Zombies schrien fürchterlich hinter ihm und stürmten knapp, nach ihm den Tunnel entlang. Da war die Leiter, schnell hinauf, aber da packte schon einer der Untoten, Pecks Hosenbein und riss daran, der Mann blickte nach unten und schlug kräftig mit seinen Beinen her, der Zombie schrie und riss ein Stück der Hose ab, dann stürmte Peckigan geschwind nach oben, er hörte noch die lebenden Toten bestialisch nach ihm schreien. Oben angekommen, rannte der Held so schnell er konnte, er blickte panisch um sich, überall schienen dämonische Augen zu sein, die ihn nur so mit wahnsinnigen Blicken verfolgten, Peckigan stürmte dem Friedhofstor entgegen, aber eines konnte er nicht sehen, der viele Regen hatte den Boden schlammig werden lassen und so entstand ein riesiges Loch in der Erde, in das unser Held schreiend hinab stürzte, alles wurde um ihn herum schwarz, der Mann verlor das Bewusstsein.

3. Ein Wort, Schlangenmensch

Regen prasselte in sein Gesicht, langsam wurde er wach, Peckigan öffnete seine Augen, er musste stundenlang bewusstlos gewesen sein, dachte er, nun blickte der Held verstört nach oben, er sah nur dunkle Schatten vorbeihuschen, es war noch Nacht und der verdammte Regen, er würde wohl nie aufhören, aber wo waren die Zombies. Peck lag auf schön gepflasterten Steinen, es regnete auf ihn herab ungefähr zehn Meter lag der Mann tief unten, ein Wunder, dass er sich nicht stark verletzt hatte, überall ergaben sich Gänge, in alle Richtungen verstreut, modriger Geruch war an den Wänden zu riechen, gelb, rötliches Licht strömte von allerseits her, wie würde er hier jemals wieder herauskommen, neben ihm war ein großer

Saal, der gar nicht so schrecklich aussah, er hatte Steinmauern, mit Fackeln und einen gepflasterten Boden, es stand sogar ein großes Bett und ein Tisch darin. Plötzlich erschien ein grünliches Licht aus einem der Höhlengänge, es kam immer näher zu dem Saal, der Kerl bekam panische Angst, er duckte sich und verharrte lautlos in einer Ecke, mit der Hoffnung das Wesen würde ihn nicht entdecken, ein grässlicher Höllenschrei ertönte und da kam ein unheimlicher Kopf zum Vorschein, es sah aus wie ein grüner Menschenkopf mit einem ungewöhnlich langen Hals, es schlenderte an ihm vorbei, es schien so eine Art Schlangenfrau zu sein, denn man konnte ihre nackten Brüste sehen, dann blieb sie stehen und drehte den Kopf um 180 grad und blickte genau in die Richtung, wo sich Peck aufhielt. Oh mein Gott was war das, sie hatte rot leuchtende Augen, das Wesen öffnete das Maul, weit ging es auf, dann schrie es und drehte seinen Kopf andauernd im Kreis, es hatte einen großen Bauch und schien schwanger zu sein, die Monsterfrau war anscheinend in den Wehen, sie brüllte abermals vor Schmerz auf und gebar etwas auf dem Bett. Peck wurde bewusstlos, als er seine Augen wieder öffnete war es weg, aber das Geborene, lag noch da im Saal im Bett und wackelte wie verrückt umher. Peck ging darauf zu, es war so eine Art Kokon, darin schien etwas zu Leben, was für eine Kreatur aus der Hölle könnte das nur sein, plötzlich platzte das Ding auf, grüne Schleimfetzen spritzten in Pecks Gesicht, er spieb gleich an die Wand, das Wesen in dem Kokon erhob einen Körperteil, es war ein zarter, grüner, menschlicher Arm, dann sah er es, es war ein Schlangenmädchen, sie öffnete die roten Augen und blickte Peck an, dieser schrie sogleich, das Wesen erwiderte den Schrei, dann rannte unser Held panisch davon, das Kind, schoss seine lange Zunge nach und erwischte ihm am Hinterkopf, dieser fiel gleich in einem Rückwärtssalto zurück. Benebelt blickte Peckigan nach oben, es ist weg, dachte er, plötzlich sprang es vor sein Gesicht, er schrie, auch es schrie und schleckte Peck mit seiner Zunge im Gesicht ab, ah es hielt ihn für seine Mutter, bei näherer Betrachtung sah es gar nicht so hässlich aus, es war ein normales Mädchen, nur mit spitzen Schlangenzähnen und einer seltsamen, langen Zunge, grüner Haut und die Augen wirkten eher, wie die einer Schlange und waren rot, aber sonst wirkte sie ganz normal, sie war von der Größe her, vielleicht wie ein fünf Jahre altes Mädchen, dass sie schon bei der Geburt so groß war und gehen konnte grenzt an Zauberei, aber es war so. Auf einmal ertönte der grauenhafte Schrei des Mamamonsters, das vorher das kleine Schlangenmädchen zur Welt gebracht hatte, es kam immer näher, Peck rannte panisch davon, die Kleine folgte ihm, da ergab sich ein riesiger Abgrund vor ihm und der Mann sprang wie er noch nie gesprungen war, er schaffte es, aber nur fast und so hing der Kerl an der gegenüberliegenden Klippe und drohte abzustürzen, das Schlangenmädchen war auf der anderen Seite, sie blickte ihn verwundert an. »Bleib dort, geh zu deiner Mutter sage ich, hörst du?«, schrie er, das kleine Wesen schien nicht zu reagieren, »du sollst zu deiner Mama gehen, du verdammtes Schlangenviech«, sie schoss ihre Zunge heraus, sie klebte an der anderen Seite fest und so zog sie sich hinüber, Peck hob einen Arm in die Luft und packte eines der Beine der Kleinen und hielt sich an ihr fest und so kamen sie beide sicher auf die andere Seite. Der Mann blickte das hübsche Mädchen an und sagte, »warum hörst du nicht auf mich, deine Mutter wird mich jagen, na gut komm halt mit, ich werde dich Sandy nennen, du bist doch ein Mädchen oder, naja wurscht.« Auf der anderen Seite kam die wahre Mutter von Sandy zum Vorschein, schnell huschten die Zwei hinter eine Felswand und versteckten sich, die Mamaschlange blickte suchend umher und brüllte, »wo ist mein Baby«, dann verschwand sie wieder. Peck kam von seinem Versteck hervor und sagte, »endlich ist sie weg, dieses verdammte Schlangenvieh«, plötzlich war die Mutterschlange wieder da, Peck schrie, »scheiße ich dachte du wärst schon weg.« Sie sah ihn genau an. »Gib mir mein Kind zurück, ich bin Penelope und du kannst einer Mutter nicht ihr Kind entführen, na gut dann stirb, wenn du es so willst, hey warte ich, ich kenne dich, was machst du hier du Abschaum«, sprach sie zornig. Der Mann blickte überrascht, »von wo willst du mich kennen, also ich würde mich sicher an dich erinnern«, sagte er. Die Schlangenfrau deutete an hinüberspringen zu wollen, sie nahm Anlauf und sprang, Peckigan schlug ihr mit dem Bein in den Bauch, als sie schon knapp auf der anderen Seite war, so schaffte sie es nicht, sie blickte verzweifelt zu ihrem Kind und fiel schreiend in den Abgrund, man konnte noch den Aufprall und das platzen ihres Körpers hören, aber anscheinend lebte sie noch, denn man hörte noch ihre lauten Rufe, »gib mir mein Kind zurück, Xabrax wird dich holen, er findet dich, du Bastard«, schrie sie. Peckigan rannte mit der Kleinen, die mit Fackeln beleuchteten Gänge entlang, sie führten zu einem großen schön mit Licht beleuchteten Raum, der etwas Magisches an sich hatte, der Boden war mit wunderschönen Marmorfliesen belegt und da ergab sich eine Steinwand vor ihnen, in der sich ein großes, mächtiges, stählernes Tor befand, links davor saß ein Skelett, es hatte eine Kappe auf und eine doppelschneidige Kriegsaxt in den Händen, es saß auf einem Holzsessel und lehnte gegen einen Tisch, hinter ihm an der Wand, war ein Bild von einem Drachen der Feuer spie und ein Poster von einem ausbrechenden Vulkan. Der Held wollte nach der schönen Axt greifen, das Skelett packte seine Hand und sagte, »Peck seid ihr es.« »Wer seid ihr, was ist das für ein riesen Tor«, fragte Peckigan. »Ich bin der ewige Wächter des lymdischen Tores, mein Name ist Bill Meloy, ich bin allwissend, seit hunderten Jahren sitze ich schon hier und beschütze das magische Tor, es wurde von den alten Göttern, die auch die Lymden genannt wurden erbaut, die Mächte des Universums haben mich am Leben erhalten um die Grenze zwischen Realität und Wahnsinn zu schützen, es ist eine Verbindung, zu allen Dimensionen und der Erde.« »Darf man es öffnen und benutzen«, fragte Peck. »Nur Auserwählte dürfen es benutzen, denn es birgt auch ein hohes Risiko, wenn man es zu lange aufhält, hat man einen offenen Durchgang zu der Welt die gerade auf der anderen Seite ist und die Gefahr wäre groß, dass dann alle zwei Welten miteinander verschmelzen würden, die Höllenschlunde des Dämons Xabrax Megador sind schon offen, hinter diesem lymdischen Tor verbergen sich verschiedene Dimensionen, es kann dich überall hinbringen, doch es sind auch unheimliche Wesen dahinter, die hinaus wollen, aber ich lasse sie nicht durch, ich glaube allerdings das der Dämon, der Metall Herr, wie er sich nennt, zu mächtig ist, ich kann nicht, er wird durchbrechen, geh mein Sohn geh«, schrie der Untote. Peck und Sandy gingen zum Tor es öffnete sich wie durch Geisterhand, vielleicht waren sie Auserwählte, man sah darin die verschiedenen Dimensionen, die sich dort im Kreise drehten, plötzlich blieb es bei einer stehen, Meloy stieß die Zwei mit einer Art Zauber durch das Tor, dann schrie er und das gewaltige Tor flog wie vom Teufel selbst geleitet zu, danach kam Rauch aus den Seiten des lymdischen Tores heraus und man hörte kräftige, bestialische Schläge. »Ich weiß, dass du es bist Dämon, was suchst du hier.« »Bald bin ich frei und du kannst nichts dagegen machen, HAHAHAHA«, lachte der Metall Herr. Bill blickte ernst drein und starrte auf seine Axt. Peckigan schaute wild hin und her, er konnte alles nicht glauben, dann noch Bill Meloy, der ewige Wächter des lymdischen Tores und wo verdammt waren sie jetzt, er blickte sich um und schluckte vor Nervosität, er und Sandy waren in Peckigans Hauskeller, aha daran hatte er nämlich gedacht, an das gute Essen in seinem Keller, wahrscheinlich schickte einen das Tor dorthin, an den Ort, an den man gerade dachte, ja so musste es funktionieren.

4. Da ist ein hungriger Mann im Keller

Sandy schnüffelte herum, Peck hatte ja seine Essensvorräte im Keller und so fielen die Zwei wie besessen über das Essen her. Die zwei seltsamen Freunde gingen nach oben und setzten sich ins

Wohnzimmer und sahen sich den Film das große Gruseln an und aßen gemütlich gebackene Hühnerkeulen, die er im Backrohr machte, das war Pecks Leibspeise. Das Mädchen schien ihn sehr zu mögen, es folgte dem Mann überall hin, eine seltsame Freundschaft war entstanden zwischen einem Menschen und einem Schlangenmädchen, aber was war Sandy für ein Lebewesen überhaupt, also so eine Lebensform gab es auf der Erde nicht, da war sich unser Held sicher, aber was sollte er mit ihr machen, könnte sie vielleicht immer hier bleiben, oder gehörte das Schlangenmädchen doch zurück zu ihrer Mutter, naja besser mal darüber schlafen, wenn sie es überhaupt nach so einem Tag konnten, dann legten sie sich hin. In seinem Traum sah er, die Schlangenfrau, die anscheinend Penelope hieß, diesen Namen hatte sie ja, auch einmal gerufen, er sah sie wie sie in den Höhlen umherirrte, sie wurde von Kriegern gejagt, die sich einen Namen mit ihrer Tötung machen wollten, es verfolgten sie einige Soldaten, Penelope war umzingelt, sie flehte um Gnade, die Krieger lachten, sie hatten spiegelnde Schilder, ein Mann mit einem langen Schwert, schlich sich von hinten an und wollte sie enthaupten, plötzlich ertönte ein Knall, ein Blitz schlug in dem Boden ein, der Rauch verschwand und da kniete auf einem Bein ein riesiger Koloss komplett in Rüstung, gewaltige Stahlhörner standen an seinem Kopf empor, Penelope schrie, »der Metall Herr wird euch richten«, dann sprang der Stahlkoloss in die Lüfte und zerfetzte die Soldaten, es war ein Massaker der Extraklasse, dann hob er einen Krieger in die Höhe und zerriss ihn in zwei Teile, nun fetzte er ihn die Gedärme heraus und leerte sich das Blut über seinen Körper und schrie bestialisch. Überall waren so viel roter Lebenssaft und Eingeweide verteilt, dann ging er auf Penelope zu und küsste sie, er sagte, »ich habe meine meiste Kraft verbraucht, ich werde nicht mehr, oft erscheinen können, außer ich durchschlage, dieses verdammte Tor, dann werden die Dimensionen verschmelzen«, dann verschwand der Stahlkoloss. Penelope weinte, nun erwachte

Peckigan wieder, der Traum kam ihm wie eine Vision vor, das kleine Schlangenmädchen blickte ihn ängstlich an. »Alles wieder gut«, sagte er und streichelte die Kleine. Auf einmal hörten die Zwei ein unheimliches klopfen im Keller, sie schauten sich an und schrien. Es hörte sich an als würde unten ein Untoter sein Unwesen treiben, man nahm nur unheimliches Geklopfe und Schritte wahr. Die Zwei gingen zur Kellertür, Peck öffnete sie langsam, dann schlichen sie die Stiegen hinunter, die unheimlichen Geräusche wurden immer lauter und da, plötzlich befand sich da ein hockender Mann vor ihnen, der mit dem Rücken zu den beiden war, er schien etwas zu essen, oder sagen wir zu fressen, so wie der schmatzte. »He du, was machst du in meinem Keller«, flüsterte Peck vorsichtig, die unheimliche Person drehte sich langsam um und es ergab sich ein Bild des Grauens, es war ein Zombie, mit halb weggefressenem Gesicht, dieser begann unheimlich zu kreischen, seine Augen färbten sich rot, ein unheimlicher Wind brauste auf, plötzlich rannte etwas in Lichtgeschwindigkeit an dem Zombie vorbei, man konnte kaum genaueres erkennen, nur als der Blitz stehen blieb, es war der Wächter des Tores, Meloy, er hatte eine Kriegsaxt in der Hand, dem Zombie fiel der Kopf ab. Bill war mit übernatürlicher Geschwindigkeit an dem Untoten vorbeigerannt und hatte ihn sogleich mit der Waffe enthauptet. »Xabrax Megador ist schon sehr nahe, lange kann ich das Tor nicht mehr schützen«, schrie der Wächter, dann öffnete sich der Boden und es zog ihn unter die Erde, man hörte finsteres Gelächter aus dem Höllenloch, es schien von einem Dämon zu stammen. »Hier Peck nimm die Axt, es ist eine lymdische Axt von den alten Göttern, sie hat große Macht«, schrie das Skelett und warf sie Peckigan entgegen, dieser fing sie in einem Salto in der Luft auf, und landete neben Meloy, dann streckte er die Axt in die Höhe, eine mysteriöse Energiewolke umgab die Waffe, dann schlug Peck wie besessen auf den Boden ein, das Loch explodierte und schleuderte das Skelett weit durch die Luft, der ganze Keller war voll Rauch. Endlich lichtete sich die Sicht, Peckigan stand da mit der Hacke auf seiner Schulter und blickte Sandy und den untoten Mann an und sagte, »jetzt sag mir wie wir den Metall Herr aufhalten können.

5. Die Legende von Penelope und des Xabrax Megador

Meloy sagte, »setz dich hin Peck Peckigan, ich werde dir die vergessene Geschichte des Metall Herrn und der Penelope erzählen. Es war vor hunderten von Jahren, da lebte ein stolzer König namens Xabrax Megador, immer war er in einer mächtigen Rüstung, er legte sie niemals ab, denn er liebte sie, sie war ein Teil von ihm, auf dem Helm hatte er mächtige Stahlhörner, damit er furchteinflößender wirkte, sie lebten in einem gewaltigen Schloss, er begab sich andauernd auf blutige Schlachten, jedes Mal siegte er, man nannte ihn auch den Todeskönig, weil in jedem Krieg Millionen den Tod fanden, er liebte seine Königin Penelope, welche die schönste Frau auf Erden war, göttlich, gemeinsam regierten sie die Welt, aber da war noch ein böser Gott namens, Gorr, er liebte seine Frau auch, doch sie erwiderte es nicht, jedes Mal, wenn Xabrax, in einer Schlacht war, verwandelte er sich in ihn. Penelope dachte ihr Mann sei schon zurück und so verführte er sie, dieses wiederholte er immer wieder, wenn ihr Mann weg zu sein schien, war er doch da, sie kam dem Gott auf die Schliche, in der Ablehnung der Frau gegenüber ihm, vergewaltigte er sie mehrmals, Penelope hielt dies vor ihrem Mann geheim, dann gebar sie zwei Kinder, Zwillinge, man konnte deutlich an den Kindern erkennen das Gorr der Vater war, König Megador erkannte dies und außer sich vor Zorn, nahm er sein Schwert und tötete beide mit einem Herzstich, dann ließ er die toten Jungen in einen riesigen, finsteren Wald, der weit weg war und von Monstern und allerhand Kreaturen besiedelt war hinbringen, damit Tiere ihre Körper fressen würden, mit einem hatte er aber nicht gerechnet, die Toten lagen neben einem uralten, heiligen Baum, aus dessen Blüten magischer Nektar rann, es tropfte dem einen Jungen in den Mund und sein Körper absorbierte es, er erwachte wieder zum Leben, der Bub überlebte den Wald nur dank seiner göttlichen Kraft. Megador wartete auf die Ankunft von Gorr der wütend wegen der Tötung seiner Söhne war. Penelope legte sich nackt aufs Bett und Xabrax versteckte sich mit dem Schwert hinter einer Säule, um ihn dann zu erschlagen, aber das würde nicht so einfach funktionieren. Der rachsüchtige Gott erschien und ging auf die nackte Frau zu und sagte, was hast du getan, du hast zugelassen das er unsere Söhne tötet und sie auch noch zum Fraß aussetzen lassen, als Strafe werde ich dich in die abscheulichste Kreatur verwandeln, die je auf Erden wandelte und es geschah. Penelope flehte um Gnade, sie verwandelte sich in eine Schlangenfrau, Megador schrie auf und holte mit seinem Schwert aus, Gorr fing es mit seiner Hand ab und mit Blitzen in den Augen schrie er, ich verfluche dich, du wirst ewig mit deiner Rüstung verschmolzen sein und im Reich der Toten leben, dort kannst du deines Gleichen beherrschen, alle Verstorbenen werden in deiner Nähe wieder zum Leben erwachen und sie sollen deinen Namen rufen. Er verschmolz unter bestialischen Schmerzen mit seiner Rüstung und ab nun war er, der Dämon Xabrax Megador, der Metall Herr, welcher nur mehr Herr über die Untoten für alle Zeiten war, einst ein großer König nun der Herr des Todes, dann verbannte er ihn zu allerletzt noch in eine Höllendimension und Penelope, mit ihrem Schloss, tief unter die Erde. Beide schworen Rache an Gorr, eines Tages werden sie sich erheben und der Tag ist heute Peckigan, da werden sie abermals die Herrschaft über die Welt erringen, wenn man sie nicht stoppt. Der Dämon konnte zwar für kurze Zeit durch seine Kraft auf unserer Erde erscheinen, aber seine Macht war hier nur begrenzt, wenn er das mächtige lymdische Tor zerbricht, würden wahrscheinlich, beide Dimensionen verschmelzen, dann wäre seine Macht unendlich, denn der Metall Herr hat auch noch Gorrs Hammer gefunden, mit dem schlägt er sich nun von der Unterwelt frei, darum tut sich die Erde auf und überall sind Gänge und Höllenschlunde der Verdammnis, das ist alles was ich weiß.« Da hörte man plötzlich ein höllisches Schlagen, es war der Dämon Xabrax Megador, der versuchte das mächtige Tor einzuschlagen, bald würde er es schaffen und frei sein. »Wie können wir ihn stoppen«, fragte der Held. »Du musst dich dem mächtigen Dämon mit der lymdischen Axt der alten Götter entgegenstellen«, antwortete Bill. »Ist sie eben so mächtig wie der Hammer.« »Ja, das ist sie und noch etwas muss ich dir offenbaren, du bist der verlorene Sohn von Penelope und Gorr«, sagte Meloy, »ja du hast als Gorrs Sohn eine übermenschliche Stärke und die Unsterblichkeit vererbt bekommen.« »Aber warum kann ich mich an nichts erinnern«, sagte Peckigan, nachdenklich. »Wegen dem Wald wo du ausgesetzt wurdest, der war so brutal, alles dort ist giftig gewesen, es gab da die unbeschreiblichsten Bestien und Monster, die lassen einen, alle Erinnerungen verlieren, Gorr fand dich Jahre später du warst zu einem wilden Barbaren geworden, er nahm dich und brachte dich zu einer Familie die dich wie ihren eigenen Sohn aufzog und so lebtest du ein neues Leben, aber die Familie hast du dann verlassen, du bist ja dannach viele, viele Jahre lang, es waren an die 70 Jahre, alleine von Stadt zu Stadt gewandert und von einer Arbeit zur anderen immer auf der Suche nach etwas, es hat dich genau hier her geführt, hast du dich nie gewundert warum du so lange lebst.« »Eigentlich schon, habe darüber nie so wirklich nachgedacht, ich suchte einfach irgendetwas, wobei ich selbst nicht wusste wonach, vielleicht meine Mutter, hey aber dann ist ja Sandy meine Schwester«, fragte Peck, »nein Halbschwester«, antwortete der ewige Wächter und grinste. »Wer ist dann ihr Vater?« »Na wer glaubst du, der Metall Herr, als er sich immer wieder für kurze Zeit herzaubern konnte, musste er sie geschwängert haben«, sagte Bill. »Wie sieht das denn aus, wenn es so ein Metallwesen mit einer Schlangenfrau treibt, hat der einen

Eisenschwengel«, ich wills besser gar nicht wissen, redete Peckigan so dahin.

6. Gorrs Hammer

Der Metall Herr alias Xabrax Megador schaffte es durch Meditation eine Astralprojektion von sich in die Himmelsfestung von Gorr zu machen, wie er es schon mehrmals gemacht hatte, um Penelope zu besuchen, nur hielt dies nie lange und seine Macht war dadurch begrenzt. Zwei Dämonen standen um Xabrax, die ihre Magie in den Händen bündelten und sie ins Gehirn des Metall Herrn leiteten um die Astralprojektion aufrecht erhalten zu können. Es wäre das letzte Mal das Megador dies machen konnte, denn die Kraft der Unholde war schon bald verbraucht und es kostete immer Höllenanstrengungen dies zu tun. »Ein letztes Mal, wenn ich den Hammer habe schlage ich mich frei durch dieses verdammte Tor, dann wird die Rache mein sein«, sprach der Metall Herr. Er öffnete die Augen und befand sich in der Himmelsfestung von dem Gott Gorr. Es war eine weite gepflasterte Ebene, umrundet von mächtigen Mauern, mit einigen Türmen, von gewaltiger Größe, in der Mitte lag ein versteinerter, grüner Drache, der umschlossen um eine Säule lag, dort oben flog der Hammer in einem bläulichen Lichtstrahl, knapp darüber. Gorr schien nicht hier zu sein, überall auf der Ebene, wo nicht verpflastert war, waren die schönsten Pflanzen und Sträucher, so weit das Auge reichte, er ging langsam auf das steinerne Wesen zu. Leise schlich er sich vorwärts, überwältigt von der Schönheit hier, überall waren auch zauberhafte Teiche mit Fischen und Elfen schwirrten umher. Xabrax kannte schon ewig, nur seine Hölle und so wurde ihm durch die überwältigende Schönheit ganz warm ums Herz, wenn er überhaupt noch eines besaß, er war ja zum Dämon verbannt worden von diesem scheußlichen Gott Gorr, aber seine Rache würde furchtbar sein. Nur mehr ein kleines Stück und der Hammer wäre sein. Der

Metall Koloss stieg auf das steinerne Wesen und griff zu der Waffe, aber da schleuderte ihn etwas weg. Es war der Drache der zum Leben erwacht war und bösartig pfauchte, dieser erhob sich sogleich in die Lüfte, das Ungeheuer hatte zwei gewaltige Flügel, dann spie es Feuer auf Xabrax, dieser machte eine geschickte Rolle und purzelte genau zu der Säule hin, er umfasste den mächtigen Hammer, aber er konnte ihn nicht so leicht aus dem Strahl ziehen, wie er dachte. Der Drache wendete und schoss abermals einen gewaltigen Feuerstrahl auf Megador, dieser hielt den Hammer fest. Das Feuer brannte wie die Hölle, er stand noch immer direkt drinnen, in den Flammen, seine Rüstung die mit ihm verschmolzen war, drohte zu schmelzen. Mit letzter Kraft riss er den Hammer frei, ein weißer Lichtstrahl erhellte alles und als dieser verschwand, war der Metall Herr weg. Heftig schlug es ihn hin und her und er war wieder in seiner Hölle und hielt den Hammer in seinen Händen, den Xabrax in seine Welt mitgenommen hatte, seine Rüstung glühte förmlich und rauchte furchtbar, die zwei Dämonen die ihn bei der Astralprojektion halfen, waren tot, sie lagen in Stücken da, es hatte sie zu viel Anstrengung gekostet, aber die würde er jetzt sowieso nicht mehr brauchen, da er den allmächtigen Hammer hatte. »Bald bin ich frei und meine Rache wird fürchterlich sein«, sagte er und stand auf und schrie wild in die Höhe und spreizte die Arme.

6. Das Haupt, der Rabe und die Untoten

Peckigan blickte zu Sandy und umarmte sie, »hallo Schwesterchen jubelte er«, sie zischte nur zurück. »Wir müssen zurück zu den Gräbern und Xabrax Megador aufspüren« und so machten sich die Drei auf den Weg zurück zum Friedhof, dort angekommen, ergoss sich noch immer überall Regen, einige Löcher im Erdreich standen offen und rot, grünliches Licht trat dabei heraus. »Los, lass die Show beginnen«, sagte Peck und sprang in eines der Höllenschlunde, unten auf den Pflastersteinen angekommen, packte er seine lymdische Axt und schlich die Gänge entlang, da erblickte er abermals den Ritterraum, mit den Waffen und dem Tisch, dort saßen noch immer Hardikus Kopf, sein Gehirn, der Rabe und einige Untote. Bill Meloy und Sandy waren bereits hinter Peck und warteten nur auf ein Zeichen für den Angriff. »Habt ihr schon gehört Xabrax Megador erscheint heute«, sprach der Rabe. »Ja, er ist mächtiger denn je, er hat den Hammer des Gorr«, sprach Hardikus lachend »und ich habe die Axt der alten Götter«, schrie Peckigan und stürmte auf den Tisch zu und zerschlug ihn mit einem Schlag mit seiner Waffe, sie zerfetzte diesen, so das die Holzstücke wie Geschosse durch die Luft flogen und den Raben und die Untoten alle tötete. Nur der Haupt von Hadikus war noch da, er lag am Boden und sagte, »das ist unmöglich«, schrie der halb zerfetzte Kopf von Pecks ehemaligen Arbeitskollegen, »niemand besiegt den Metall Herr«, »doch wahre Macht«, schrie Peckigen, und zerschlug den sprechenden Schädel, den es in tausend Stücke zeriss, Blut zierte die Wände, wunderschön. »Los gehen wir«, sprach unser Held zu seinen zwei Freunden die ihn sogleich folgten, sie kamen zu dem Abgrund wo Penelope hineingefallen war, aber wie würden sie da hinunterkommen, fragte sich Peck. »Lass das meine Sorge sein«, sagte Meloy, »ich habe zwanzig Jahre die schwarze Magie der Stürme studiert«, dann sprach er einen unheimlichen Zauber, starker Wind, erfüllte den Abgrund, er hatte eine bläuliche Farbe und wurde immer stärker, das Skelett hob es in die Lüfte, seine Augen wurden rot, er schwebte, »kommt meine Freunde«, schrie Bill, »geht in den Wind, er wird euch sanft in die Tiefe geleiten« und die Zwei gingen hinein und schwebten langsam hinunter, von den Tunnelsystemen hörte man schon die Untoten schreien, die immer näher kamen und da waren sie schon, von allen Gängen quollen sie nur so heraus. »Hier muss ich euch verlassen«, schrie das Skelett und lachte, die Zombies kamen näher auf ihn zu, seine Augen leuchteten immer heller, der Sturm wurde immer stärker und Peck und Sandy trieb es langsam in den Abgrund. Immer lauter lachte Meloy dann packten ihn schon die ersten Untoten, plötzlich explodierte er, alle Tunnel stürzten ein, nun waren die Zombies wirklich tot und man kann nur einmal wiederkehren, das weiß jeder. Laute Schläge ertönten am lymdischen Tor, der Dämon hämmerte wutentbrannt mit dem mächtigen Hammer dagegen, es öffnete sich, frei war er, der Metall Herr, langsam durchquerte er die Pforte zur Erde, etliche Dämonen und Untote folgten ihm, aber da, es erschienen zwei rot leuchtende Augen, die Umrisse eines Skeletts kamen zum Vorschein, es war Bill Meloy, er war ja unsterblich, wild stieß er das Tor zu, die restliche Armee des Xabrax konnte nicht mehr durch, er sprach einen mächtigen Bannzauber, blaues Licht umgab ihn und das lymdische Tor, dies war eine Schutzbarriere, kein Dämon konnte es durchdringen, der Metall Herr war jetzt auf der Erde, aber da musste er sich auch, den Gesetzen die hier herrschten unterordnen. Teuflisch stürmte er auf Bill zu und blieb kurz vor der Barriere stehen. »Hier kannst du nicht durch Dämon«, lachte Meloy, »du bist nicht in deiner Welt und hier gelten andere Regeln.« Mit dem Hammer schlug er heftigst dagegen, aber es nutzte nichts, er konnte sie nicht durchdringen. »Der Zug geht an dich, aber eines Tages schaffe ich es und dann bist du vernichtet, hörst du«, dann verschwand der mächtige Dämon. Peck und Sandy kamen unten am Grund der Schlucht an, überall leuchteten rotschimmernde Fackeln, an den Felswänden, da war noch grünes Blut von der Schlangenfrau die in den Abgrund gestürzt war, man sah wie sie sich weggeschliffen hatte.

7. Xabrax Megador, Penelope und Sandy vereint

Die Zwei folgten der Spur und da lag sie, sie war leicht verletzt und lehnte gegen die Felsen. Peckigan musste aufpassen, denn sie konnte ihn mit ihren Zähnen verletzen, »also das ist unsere Mutter«, sagte Peck, plötzlich öffnete sie die Augen, sie starrte den Helden ernst an, sie erkannte ihren verhassten Sohn wieder, und schimpfte, »was machst du hier du lebst noch, wie ist das möglich, geh zu Gorr zu deinem scheiß Vater, ich hasse dich.« Sie wollte ihn sofort umbringen und so umfasste sie seinen Hals mit unmenschlichen Hass und drückte zu, er fiel auf die Knie, sie hatte ihn ganz in ihrem Bann, er bekam keine Luft mehr und drohte zu ersticken, seine Augen quollen schon langsam hervor, plötzlich griff Sandy ihre Mutter an und schlug mit beiden Armen wie besessen auf sie ein. Sie ließ Peck los, dieser hustete und kam langsam wieder zu sich, Penelopes Augen wurden sanfter, sie sagte, »komm her Baby, wo warst du, komm zu deiner Mutter.« Das Schlangenmädchen blickte zu Peckigan und sah ihn fragend an, dieser sagte, »na geh schon hin du kleiner Racker, sie ist deine verdammte Mutter« und Sandy tat dies. Sie umarmten sich liebend, dann blickte Penelope zu dem halb erwürgten Helden und sagte, »ich vergebe dir Sohn, du hast mir mein Kind wieder zurückgebracht, ich sehe auch, dass es dich sehr mag. Das was dein Vater, mir angetan hat, ist unverzeihlich, ich habe dich gehasst, weil du mich an Gorr erinnerst, du bist sein Ebenbild, aber ich sehe, du bist nicht so böse wie er, wir hätten dich und deinen Bruder nicht töten sollen, aber Xabrax, tat es, ich konnte ihn nicht davon abhalten«, plötzlich blitzte es wie wahnsinnig hinter den Dreien und dunkler Rauch kam zum Vorschein, als sich dieser lichtete stand da Xabrax Megador, der Metall Herr, er musste das lymdische Tor schon durchschlagen haben, er blickte kurz zu Penelope und Sandy, dann grinste er und fixierte Peckigan, und sagte, »Du, du verdammter Bastard wirst sterben und der nächste ist dann dein Vater, dieser verfluchte Gott, er hat meine geliebte Königin vergewaltigt«, dann hob er seinen Hammer und streckte ihn erschreckend unseren Helden entgegen, dieser erwiderte ebenfalls mit seiner lymdischen Axt, dann sprangen beide weit in die Luft und

159

schlugen mit ihren Waffen gegeneinander, die Erde bebte, Blitze und Rauch verdunkelten die Sicht und ein wilder Kampf war ausgebrochen. »Ich kann nichts für die Sünden meines Vaters«, schrie Peck, Xabrax Megador lachte und spottete, »das ist mir scheiß egal«, dann schmetterte er Peckigan gegen die Felswand, er verlor seine Axt, nun holte der dunkle Dämon aus und drohte sein Gegenüber mit dem Hammer von Gorr zu zerschmettern, während des Schlages sprang plötzlich Sandy dazwischen, sie wurde sofort, wegen der Wucht des Kriegshammers gegen die Felsen geschmettert. »Sie ist unsere Tochter«, schrie Penelope, »du bist ihr Vater.« Xabrax Megador stieß einen schmerzerfüllten Schrei aus und ging auf sie zu und hob sie schützend auf, »warum hast du das getan«, sagte er, sie blickte ihren Vater nur verzweifelt an, dann verlor sie das Bewusstsein, Penelope kam weinend zu ihrer Tochter, der Dämon nahm die Kleine in den Arm, dann blitzte es überall und die Drei waren verschwunden, jetzt war die Familie vereint, aber was ist mit Sandy, meiner Halbschwester, dachte Peck, würde er sie jemals wieder sehen, dann stieg er den Abgrund empor und grub sich durch die Gänge nach oben, die teuflischen Höllenschlunde verschlossen sich alle wieder hinter ihm, nun ging er nach Hause und schlief drei Tage und drei Nächte durch, dann trainierte er mit seiner Hantel und so vergingen Wochen, als er dann eines Tages beim Film die große Vernichtung saß, klopfte da jemand an der Tür, er öffnete, es war Sandy, die Kleine sprang ihm in die Arme, beide lachten. Peck sagte, »hey Schwesterchen, ich habe schon gebackene Hühnerkeulen gemacht, wie wäre es«, die Zwei aßen gemütlich und so war es auch weiterhin in der Zukunft, ab und zu kam Sandy in Peck Peckigans Haus und sie schauten Horrorfilme, sie erlebten noch viele Abenteuer. Der Metall Herr und Penelope verbargen sich im Untergrund um Pläne für die Eroberung der Erde und der Rache an Gott, Gorr zu schmieden, aber das ist eine andere Geschichte.

Xemestro

Der Kämpfer mit dem Feuerherz

1. Das Jahr der Okupiden

Dies ist die Legende von Xemestro, er wurde von Melet einem Bauern im verfluchten Tal der Okupiden gefunden. Die Okupiden waren die Dämonen der Schöpfung sie hatten unglaubliche Macht, noch nie zuvor sah jemand diese Kreaturen, man erzählte sich das sie die Kraft der Elemente besitzen. Die Welt war noch jung, böse Zauberer, Dämonen und Monster, hielten die Erde in Angst und Schrecken, es war eine dunkle Zeit, die Menschen lebten in großer Furcht. Melet ein armer Bauer aus Korm, ein kleines Dorf, ging eines Tages in das naheliegende Tal, um nach Moorpilzen zu suchen und auf einer Lichtung fand er ein kleines Baby, er nannte es Xemestro und zog es auf wie seinen Sohn. Doch war der Junge mit einer übermenschlichen Kraft gesegnet, die ihm die Stärke von zehn Männern gab. So vergingen zwanzig Jahre und der Bursche entwickelte sich zu einem stattlichen Mann, er war um die ein meterachtzig groß, hatte schulterlange, blonde Haare, ein glatt rasiertes, männliches Gesicht und war mit kräftigen Muskeln bespickt, nun ging er in die Ausbildung der Kriegskunst. Sein Vater, Melet arbeitete hart um seinen Sohn diese, zu finanzieren. Alle sieben Jahre wurde vom Dorf ein Opfer für die Okupiden erbracht, um sie sanft zu stimmen, es musste immer eine Jungfrau sein. Bald war es wieder so weit. Xemestro übte gerade mit seinem treuen Freund Meninglaus, sie kannten sich schon seit eh und je und besuchten beide die gleiche Ausbildung. Die Zwei waren in Tara, die des gleichen Alters wie sie waren verliebt. »Komm her Meninglaus«, sagte Xemestro. »Diesesmal gewinne ich«, antwortete sein Freund und sprang zu unserem Helden, dieser hob ihn mit einer

Hand in die Höhe und lachte. »Gibst du auf«, »nein niemals«, dann schüttelte er ihn wild durch. »Ok, ok, Xemestro du hast gewonnen«, sagte Meninglaus. Tara beobachtete die Zwei und schmunzelte. Die Dorfglocke läutete, der Bürgermeister Leob, hielt eine Ansprache. »Nun ist es wieder soweit die Okupiden fordern ein Opfer«, die Dorfbewohner beobachteten das Geschehen, denn gleich sollte die Verlosung beginnen. Alle weiblichen Jungfrauen, hatten einen Zettel, in einer großen Urne und ein Opfer wurde gezogen. »Es ist Tara«, sprach der Bürgermeister. Unsere zwei jungen Krieger waren geschockt, Tara fiel in Ohnmacht und die Dorfwache führte sie ab. »Morgen soll sie zur Opferung, für die Okupiden an einen Baum im Tal gebunden, werden«, sprach Leob. Xemestro war vor Zorn angespannt und rannte zu Tara und schlug der ersten Wache die Zähne hinaus, er flog weit durch die Luft. Ein Bewacher packte ihn von hinten, der junge Krieger schlug flink mit dem Ellenbogen zurück, die Wache zuckte zusammen und spieb Blut, den Nächsten packte Xemestro am Genick und riss ihn nieder. Die Wachleute wurden immer mehr und gingen auf den Jungen los. Wie in Rage wehrte sich unser Held, und brach Beine und Knochen, es war ein Gemetzel, überall lagen Verwundete. Tara weinte und plötzlich wurde Xemestro ohnmächtig, Leob hatte einen Felsen von hinten auf ihn geschleudert, »in den Kerker mit ihnen befahl er.« Der junge Krieger öffnete langsam die Augen und erblickte Tara, die ebenfalls im Kerker war. Sie hatten ihn mit hunderten Ketten gefesselt und da hing er an der Mauer. »Ich muss die Opferung verhindern«, sprach der Held. Tara, nahm Xemestro am Kinn und sagte, »mein Freund nur so können wir verhindern das die Okupiden die Erde zerstören, es muss sein.« Die Wachen schleppten die junge Frau weg, um ihr Werk zu vollbringen. Er schrie ihr wild nach, aber es half nichts. Stunden vergingen, der Junge musste Kraft sammeln und spannte alle Muskeln an, um die Ketten zu zerreißen. Sie fetzten von seinem Körper ab, nun war er frei und voller Hass. Eine Stahltür trennte ihn

162

noch von seiner Freiheit, der junge Krieger schlug sie mit einem Schlag ein, eine Wache kam auf ihn zu, er packte sie am Kopf und schleuderte diesen gegen die Mauer, der Mann war sofort bewustlos, dann schlug Xemestro die Wand ein und rannte ins Tal, zu dem Opferplatz, dort versteckte er sich in den Büschen. Er sah die Dorfbewohner die gerade seine Freundin an einem Baum fesselten. Leob sagte, »nun ist es wieder so weit das Jahr der Okupiden ist gekommen und es fordert ein Opfer«, dann gingen die Menschen wieder ins Dorf zurück, nun war es Zeit seine Süße zu befreien und der junge Krieger stürmte zum Baum, er würde nicht mehr lange Zeit haben, der Boden bebte und die Luft wurde heiß, der Himmel veränderte sich. Unser Held, riss die Fesseln auf, Tara war frei, sie fiel ihm um den Hals, dann flüchtete, die Schöne, nach zureden des Helden in den Wald, er blieb um gegen die Okupiden zu kämpfen, aber was würde jetzt mit ihm geschehen, die Luft wurde so brennend heiß, dass er kaum noch atmen konnte, der Himmel färbte sich rot wie ein Höllenfeuer und der Boden glühte förmlich.

2. Xox, Xaxviar und Ximon

Es öffnete sich ein Tor wie zu einer anderen Dimension und daraus kamen drei Kreaturen, die Okupiden, Herrscher der Schöpfung, mächtige Wesen, sie umzingelten Xemestro. Die Dämonen sahen wie mutierte Krieger aus, sie waren alle um die drei Meter groß, der Erste hatte gelb leuchtende Augen, die unter einem Helm versteckt, heraus leuchteten und bestand nur aus Haut und Knochen, die mit Eis überzogen waren, außerdem hatte er einen langen Eisbart und hielt eine mächtige Doppelkriegsaxt in den Händen, der Zweite hatte rot leuchtende Augen, runzelige alte, rissige Haut, auf der Flammen brannten, außerdem kam unter dem Helm ein langer Feuerbart zum Vorschein, er war auch komplett in Rüstung, man konnte nur spitze Krallen an den Händen erkennen, er trug ein riesiges Schwert, der

Dritte war auch um die drei Meter groß und hatte grün leuchtende Augen und erschien so als wäre er von Blut umgeben, er trug einen Kriegshammer, alle Drei hatten mächtige Rüstungen an. »Wie kannst du es wagen dich uns entgegen zu stellen«, sprach der eine. »Er ist einer von uns«, sagte der andere. »Nein unmöglich«, brüllte der Dritte und sprühte einen Eissturm auf Xemestro, dieser stellte sich dem Sturm entschlossen entgegen. »Er lebt noch, also ist er einer von uns, kein Mensch kann das überleben«, sagte eine der Kreaturen. »Ist er unsere Schöpfung, ist er es wirklich?«, sprach der eine mit der Kriegsaxt, »wo ist das Zeichen?« An der linken Schulter hatte Xemestro ein Zeichen, in Form eines Ybsilons. »Ja, er ist unsere Schöpfung«, sprachen die Kreaturen. »Wir sind Ximon, Xox und Xaxviar«, erzählte einer der Dämonen. »Wir haben dich erschaffen, wir gaben dir Stärke und übermenschliche Kräfte, die in dir noch Ruhen, dass du noch lebst grenzt an ein Wunder.« »Es ist zu spät für ihn«, sagte Xox, »er muss jetzt sterben.« »Ja, leider haben wir keine Wahl Junge«, sprach einer der Okupiden. Ximon formte einen Blitz in seiner Hand und schoss diesen auf unseren Helden, der kräftige Mann, flog durch die Wucht einige hundert Meter weg und wurde ohnmächtig.

3. Der Dunkelwald

Xemestro öffnete die Augen, er sah überall nur Bäume und Wald. Eine Stimme sagte, »wer seid ihr.« Der Krieger richtete sich auf und sah einen alten Mann und sagte, »ich bin Xemestro, wo bin ich hier.« »Ihr seit im Dunkelwald, was sucht ihr hier.« »Ich wurde durch einen mächtigen Blitz von den Okupiden in diesen Wald geschleudert«, antwortete unser Krieger. »Du bist es, ich kenne dich, also lebst du noch, seit dem Tage als die Okupiden ihr Opfer nicht bekamen warst du verschwunden.« »Was, ich erkenne dich auch, du bist mein alter Freund Meninglaus, was ist geschehen du siehst aus wie ein Hundertjähriger«, sagte Xemestro. »Das bin ich auch, ich bin hundert Jahre alt«, antwortete der Alte. »Das ist unmöglich, hat mich der Blitz achtzig Jahre in die Zukunft geschickt?« Meninglaus erzählte ihm die Geschichte, »die Dämonen haben die Welt an sich gerissen, ich musste in den Dunkelwald flüchten, alle sind tot, seit achtzig Jahren bin ich nun hier, sie haben alle Menschen gehäutet und aufgehängt und zu Untoten Kriegern gemacht, nur hier im Dunkelwald ist es noch sicher, die Wälder sind zu groß um das sie mich jemals hätten finden können, die Okupiden schicken Mördertruppen von Untoten durch die Wälder, um die restliche Menschheit die sich hier noch versteckt zu eliminieren.« »Wie viele seid ihr hier.« »Nur eine Hand voll, meine Frau Tara und ich sind mit ein paar Kriegern hier im Wald versteckt.« »Tara ist deine Frau«, fragte Xemestro. Ja, ich fand sie im Wald nachdem du sie befreit hattest, ein Stück außerhalb des Dorfes.« Meninglaus führte den Krieger in das geheime Versteck, es waren genau sieben Leute, sie lebten in einem riesigen Baum und da sah Xemestro Tara und sie blickten sich an. »Du lebst«, eine Träne rann ihr hinunter, sie war uralt geworden. Die paar Überlebenden feierten die Rückkehr von Xemestro mit einem kleinen Fest, bis in die frühen Morgenstunden, plötzlich ein dämonischer Schrei. »Los löscht das Feuer«, schrie Meninglaus, »ein Drachenreiter ist im Anflug«, schnell löschten sie es und versteckten sich. Im Dunkeln, beobachteten sie den Himmel, da erschien ein hässlicher Riesendrache auf dem ein kräftiger Krieger saß. Wie eine Kreatur der Nacht überflog sie den Wald auf der Suche nach Menschen. Die Bestie war von dichtem Nebel verfolgt. Endlich war sie vorbeigeflogen, »was ist mit meinem Vater«, fragte Xemestro. »Er kämpfte tapfer und fiel in einer der Schlachten gegen die Armeen der Okupiden, er wurde bei lebendigem Leib gehäutet.« »Oh, Gott, diese Bestien, ich werde sie alle töten, mein armer Vater, er war immer so gut zu mir, so einen Tod, hatte er nicht verdient«, sprach Xemestro in traurigen Ton.

4. Die Höhle des Herzfeuers

Meninglaus erzählte Xemestro seinen Plan um aus dieser aussichtslosen Situation zu entkommen. »Du musst in die Höhle des Herzfeuers, wo die Feuerbestie lebt und ihr dort dieses stehlen, damit kannst du in der Zeit herumreisen, in die Vergangenheit, wo du dann das Opfer erbringst, durch das die Okupiden besänftigt sind und es niemals zu so einer Vernichtung kommt.« Xemestro machte sich auf den Weg nach den Angaben seines alten Freundes, er marschierte einige Zeit durch Wälder, Sümpfe, über Berge und durch Täler und da war sie die Höhle, sie war umgeben von dampfenden Steinen und Lava. Ehrfürchtig ging er hinein, je tiefer er hinein drang desto heißer wurde es. Die Stimme einer Frau ertönte. Er ging ihr nach und drinnen befand sich ein riesiger Höhlenraum, in dem ein heißer See war, Lava sprühte es von allen Seiten, aus dem großen Teich, stieg eine Schönheit heraus, sie war total nackt und zwischen ihren wunderschönen, zarten Brüsten strahlte ein Feuer so hell das es Xemestro gleich blendete. »Ich bin Julana die Hüterin des Feuers«, sagte sie und ging auf den Krieger zu, sie umkreiste ihn immer wieder und streifte erotisch mit der Hand über seinen Körper. »Was willst du hier Krieger«, sprach sie. »Ich möchte die Okupiden vernichten, dafür brauche ich dich«, sagte er. Sie lachte, »die Dämonen töten, du Narr, das schaffst du niemals, na gut ich werde dir helfen, aber das kostet dich was.« »Was wollt ihr«, »ich will ein Stück von euch« und so entledigte sich Xemestro seiner Kleider und küsste die Schönheit und schlief mit ihr, immer wieder, Zeit schien hier keine Bedeutung zu haben und so vergingen Jahre, die der Krieger bei Julana verbrachte. Eines Tages sagte der Held, »ich muss gehen«, sie wollte das natürlich nicht, aber sie konnte ihn nicht aufhalten, das Feuer in ihrem Herzen flammte auf, es löste sich eine kleine Flamme ab, die langsam über ihre Brust tänzelte, dann weiter zu ihrer Hand vor drang und schließlich auf ihrer Handfläche stehen blieb, sie umschloss die Flamme mit ihrer Faust, dann öffnete sie diese wieder und schoss sie in Xemestros Herz. »Jetzt geh«, sagte sie, »ich werde dich nie vergessen«, erwiderte er, das kleine Feuer leuchtete, hell durch seinen Brustkorb, dann ging er. Als Xemestro aus der Höhle draußen war, erblickte er einen bösen Kämpfer der mit seinem Drachen in den Höhen flog. Der Krieger schrie wild, die Kreatur erblickte ihn, wegen des Herzfeuers, da es so hell strahlte, dann sprang unser Held weit in die Luft und stieß den Feind vom Drachen, dieser ließ auch seine doppelschneidige Kriegsaxt fallen, die sich Xemestro schnappte und ausholte und auf ihn einschlug, es zerteilte ihn in zwei Teile, das Blut spritzte aus dem offenen Körper, dann packte er den Drachen und setzte sich auf dessen Rücken, die Bestie schrie bestialisch und flog umher.

5. Xemestro gegen Xemestro

Xemestro, riss stark an des Drachens Hals und beherrschte ihn, dann brüllte der Krieger und die Flamme in seinem Herzen entflammte, plötzlich schlug ein Feuerblitz in ihnen ein und sie waren achtzig Jahre in der Zeit zurückgereist. Er überflog das Dorf Korm, dort sah er wo sie Tara und ihn gerade festnahmen, dann flog er zu dem Versteck, beim Opferungsplatz, wo er wusste das sein zweites ich hinkommen würde. Xemestro, wartete eine Nacht, dann brachten die Dorfbewohner, mit Bürgermeister Leob, Tara zum Opferplatz um sie an den Baum zu binden. Er brauchte sich selbst jetzt nur auf zu halten, denn würde er sie nie befreien, hätten die Okupiden ein Opfer und die Menschheit würde nie vernichtet werden. Er hörte Schritte und versteckte sich, da kam er sein eigenes ich aus der Vergangenheit. Der Krieger schlich sich leise an, holte mit seiner Axt aus und schlug, mit der Seite der Waffe zu, er hatte seinen Doppelgänger bewusstlos geschlagen, jetzt wartete der Starke ab, bis die Dorfbewohner weg gingen. Tara hing weinend am Baum, Xemestro ging zu ihr hin und sagte, »es tut mir leid.« Sie antwortete, »ist schon gut, es muss sein, das ist der einzige Weg«, dann ging er wieder ins Versteck. Die Luft wurde heiß und der Himmel färbte sich rot und die Erde begann zu dampfen, das Portal öffnete sich und die drei Okupiden kamen zum Vorschein, sie gingen auf Tara zu. Sie streiften wild über ihren Körper, die Frau weinte, Ximon, kam mit einer Art Spritze mit einem langen Schlauch und mehreren Gefäßen zu ihr und stach ihr diese in die Adern, das Blut floss in die Behälter, sie ließen sie ausbluten, Xaxviar, riss ihr den Bauch auf und umfasste ihr Herz, Tara blickte in Richtung Xemestros Versteck, es schien so als könnte sie ihn sehen, aber ihm waren die Hände gebunden, ein Menschenleben für die Menschheit, dachte er. Dann riss ihr Xaxviar das Herz heraus. Xox, nahm ein Messer und häutete die Frau und Ximon kam mit einer Säge und öffnete die Schädeldecke und entfernte ihr Gehirn, die Drei schnitten ihr noch das Fleisch von den Knochen und packten es in Säcke, nun sprühte Xaxviar noch eine Flüssigkeit über sie und die Frau begann zu brennen, dann öffnete sich das Portal wieder, die Okupiden verschwanden, so schnell wie sie gekommen waren, übrig blieben nur mehr grauenhafte Überreste. Xemestro schrie laut in den Himmel, der Schrei weckte sein bewusstloses ich auf, das sofort auf ihn zu kam. »Was ist hier los, warum hast du mich sie nicht retten lassen.« Der Krieger aus der Zukunft schlug seine doppelschneidige Axt in einen Baum und erklärte ihm alles, aber es machte ihn nur wütend. Der Kämpfer aus der Vergangenheit sagte, »nein du bist nicht ich, ich hätte sie gerettet«, dann schlug er mit der Faust zu, er ging zu Boden und so kämpften sie wie wild umher, der Xemestro aus der Vergangenheit stürmte wie wahnsinnig auf sein Gegenüber zu, dieser, wich schnell aus und stieß ihn mit dem Fuß weg, er fiel so unglücklich und stürzte in die Axt die im Baum steckte, er spuckte Blut und verstarb. Oh, nein, wenn der Xemestro aus der

168

Vergangenheit tot ist, kann der aus der Zukunft doch nicht Leben und so schmiss es ihm auch zu Boden, ein weißer Geist drang aus seinem Körper, es war die Seele, aber er lebte noch, doch ohne diese, würde er kein Gewissen mehr haben und zu den dunklen Wesen gehören. Der Krieger stand auf, sein Blick war starr geworden, er hatte solch einen Hunger und viel gewaltige Wut in sich, er blickte seine Leiche die am Baum steckte an und nahm sie und schoss sie in die Luft, wo der Drache, den er aus der Zukunft mitgebracht hatte sie fraß, er nahm, die Axt, dann sprang er weit in die Höhe und landete auf dem Ungeheuer und flog zum Dorf Korm.

6. Der Untergang von Korm und Xemestro

Xemestro überflog das Dorf, die Dorfbewohner stürmten vor Angst in die Häuser, dann sprang er in einem Satz vom Drachen auf den Dorfplatz, die Bestie spie Feuer auf die Häuser. Der Krieger kniete am Boden, die Leute beobachteten ihn, Meninglaus, erkannte ihn und ging auf ihn zu. »Was ist los mein Freund«, sagte dieser. Xemestro, holte mit seiner Axt aus und schoss sie in Richtung seines alten Freundes, dieser wurde gleich in zwei Teile zerfetzt und so marschierte der Krieger von Haus zu Haus und tötete einige Dorfbewohner, die meisten konnten noch flüchten, die Toten spießte er dann im Dorf auf Pfählen auf, der Drache hatte ein paar Häuser in Schutt und Asche gelegt, überall brannte Feuer. Xemestro war von Blut übergossen, der Verlust seiner Seele hatte seine dunkle Seite erweckt. In all dem Feuer kam eine wunderschöne, nackte Frau zum Vorschein, sie ging durch die Flammen, unser Krieger blickte sie wild an. Die Schöne ging auf ihn zu und umkreiste den Seelenlosen, dann stand sie vor ihm und küsste den Mann. Nun ging sie einen Schritt zurück, sie spreizte die Arme, es war Julana, das Feuer zwischen ihren prallen Brüsten loderte auf. Xemestro wurde ganz schwindelig, denn das kleine Flämmchen in seinem Herzen,

169

wollte wieder hinaus und da schoss es durch seinen Brustkorb, zwischen die zwei Busen der Julana, er ging sofort zu Boden. Geschwächt blickte er sie an, für eine Sekunde war wieder Menschlichkeit in ihn gefahren, mit entflammter Wut schoss er seine Axt in die Lüfte und durchschlug den Drachen, der sofort auf den Boden abstürzte. Julana beugte sich zu dem Krieger und sagte, »ich habe dir gesagt, dass, das Herzfeuer sehr mächtig ist, es fordert seinen Tribut«, sie blickte in Richtung Feuer und sagte, »komm her Kleiner« und ein Kind kam zu ihr, »das ist dein Sohn«, sagte sie, dann rannte er mit letzter Kraft in die naheliegenden Wälder und brach dort zusammen. Julana nahm ihren Sohn auf die Hand und sagte, »ja du bist ein guter Junge Xtro«, dann verschwand sie mit ihm.

7. Blut bedeutet Leben

Wolfsgeheule weckte Xemestro auf, was war mit ihm passiert, es war nachts, er konnte wieder klarer denken, nur komisch er hatte plötzlich so einen riesigen Hunger. Er stand auf und ging ins Dorf, dort lagen die Toten schön nebeneinander geschlichtet, mit Tüchern bedeckt, wahrscheinlich waren es die überlebenden Dorfbewohner gewesen, die die Ermordeten sammelten um sie am nächsten Tag zu begraben, man sah viel Blut durch die Tücher sickern, irgendetwas ließ ihn nicht davon los, er musste hingehen und schmiss ein Tuch beiseite, er beugte sich zu der Leiche, gedankenlos führte er seinen Mund zum Hals des Leichnams und biss hinein und riss einen großen Fleischfetzen heraus. Der Verlust seiner Seele hatte ihn zu einer bösen Kreatur gemacht, darum wurde er wahnsinnig und löschte fast das halbe Dorf aus, so fraß er sich durch alle toten Körper, dass er wieder zu vollen Kräften kam, seine geistige Gesundheit verbesserte sich sehr, bis er abermals Hunger bekommen würde. Egal was er anstellte Korm war so und so dem

Untergang geweiht, seien es die Okupiden oder er, die es vernichten würden, in sieben Jahren müssen die Einwohner von Korm erneut ein Jungfrauenopfer bringen. Also sieben Jahre hatte er Zeit um die Okupiden zu zerstören, dies ging aber nicht in dieser dämonischen Verfassung in der er war, vielleicht, konnte Julana ihn helfen und so machte er sich auf den Weg. Bei der Höhle angekommen, stieg er gleich hinein, sein Sohn Xtro stand vor ihm, er sah seinem Vater sehr ähnlich. »Komm zu mir mein Junge«, sagte der Krieger, das Kind gehorchte, aber wie war das möglich. Xemestro und Julana, waren doch erst in der Zukunft zusammen, wie konnte sein Sohn jetzt schon existieren, da erschien auch schon die Wächterin des Feuers und erklärte das hier in der Höhle, Zeit und Raum keine Bedeutung haben. »Du bist ein dunkles böses Wesen, halte dich von uns fern, wenn du wieder Hunger bekommst, würdest du sogar deinen eigenen Sohn anfallen«, sprach sie. »Wie krieg ich meine Seele wieder«, fragte er, »ah ich weiß, gib mir das Herzfeuer und ich reise in die Vergangenheit und versuche mein ich, welches auf die Axt fiel zu retten.« »Na gut«, sprach sie, »aber das Feuer, ist sehr mächtig, vergiss das nicht« und so fasste Julana in ihr Herz und packte die Flamme und stieß sie Xemestro in die Brust. Xtro fragte seinen Vater, »bist du mein Papa«, dieser sagte stolz, »ja bin ich, gib immer acht auf deine Mutter und eines Tages bist du auch so ein mächtiger Krieger wie ich.« »Jetzt geh du Wesen der Nacht«, sagte sie und der Krieger ging, sein Sohn winkte noch nach. Xemestro schrie wild und sein Herzfeuer flammte auf und abermals schlug ein Feuerblitz in ihm ein, er kam in eine andere Zeit.

8. Zurück in die Vergangenheit

Der Mann sah gerade, wie er gegen sich selbst kämpfte, wau, drei von seiner Sorte in der gleichen Zeit, das konnte nicht gut gehen. Er schlich sich leise zum Baum wo die Axt steckte, zog sie heraus und warf sie weg, die zwei Streithähne bemerkten ihn nicht und schon prallte der eine gegen das Holzgewächs, er war nicht tot, gut gemacht. Plötzlich erschien die Seele und drang in Xemestro ein, er war wieder menschlich, fühlte sich das gut an, dann schrie er und sein Herzfeuer brannte wieder, es schlug abermals der Feuerblitz in ihn ein, die anderen Zwei bemerkten es, sahen aber nur ein helles Licht und schon war der Krieger wieder in der normalen Zeit und ging zu Julana und küsste sie. Endlich geschafft, sie entnahm ihn die Flamme wieder, aber wie halte ich die Okupiden auf, dachte er. »Du bist so hübsch, aber warum sagt man von dir du seist eine Bestie«, fragte er sie. »Weil die Menschen, von allem was sie nicht kennen Angst haben und ich bin die Wächterin des Feuers und das Feuer fürchten sie, es lässt nur würdige Menschen eintreten.« Xemestro blieb zwei Jahre bei seiner Geliebten und seinem Sohn, aber Lösung, wie er nun die Bestien einsperren oder vernichten könnte gab es noch nicht. Nur noch ein paar Jahre und wenn die Okupiden kein Opfer bekommen, würden sie die Erde unterjochen. »Vielleicht habe ich eine Lösung«, sagte Julana, »Du bist ja von ihnen erschaffen worden, wahrscheinlich hast du auch deren Stärke und kannst sie vernichten, man müsste nur herausfinden, wo sie leben, vielleicht kann man sie einzeln ausschalten.« »Es wäre möglich, sie haben mich erschaffen, wofür auch immer, aber wie soll ich sie finden«, dachte er. »Ja, mit dem in mir brennenden Feuer, du musst dich konzentrieren und genau hineinsehen und an den denken, den du finden willst, es offenbart dir dann den Ort.« Xemestro hockte sich hin und blickte direkt zwischen Julanas schöne Busen ins Feuer, es flackerte hell auf. »Wo ist Xox der Okupide«, fragte er das Herzfeuer und darin ergaben sich Bilder, er sah einen Berg, aus Eis, oben ein Schloss, das ebenfalls aus Eis bestand, das musste der kalte Berg, oben im Norden sein, also hier würde er ihn finden, wenn der Okupide, dort alleine sein würde, hätte er eine reale Chance. »Ich brauche Waffen und eine Rüstung«, sprach er. »Die kann ich dir geben, aber die werden von einem riesigen Monster bewacht, dem Kandraksur, es ist ein Drache, er lebt im höllischen Tal, in dessen Zentrum ein kleiner Hügel ist, auf diesem steht eine riesige Truhe, in dem die besten Waffen und Rüstungen liegen, wenn du dich gleich auf den Weg machst, bist du in drei Tagen dort.« »Und mit was soll ich gegen die Kreatur kämpfen, mit den Händen, wenn die Feuer speiht.« »Du musst dich leise anschleichen, vielleicht schlaft der Drache und du bist ja auch sehr flink«, sprach sie.

9. Im höllischen Tal von Kandraksur

Sofort machte sich der Held auf den Weg, es erhoben sich viele Berge vor ihm, die Wälder waren dicht, aber nach einer Zeit konnte er schon Flammen sehen, die aus der Erde schossen, der Krieger war dem höllischen Tal schon sehr nahe und da sah er es, eine weite Ebene die nur mit Steinen und Lava befüllt war, Kandraksur, sah der Mann nirgendwo, aber dafür den kleinen Hügel mit der Truhe. Er musste sich eine gute Strategie überlegen, denn er könnte ja auch sogleich losstürmen, dachte der Held, der Drache war nicht zu sehen. Auf einmal sah er einen Mann auf der anderen Seite, dieser schien auch an dem Schatz interessiert zu sein, der machte sich schon auf den Weg dorthin. Gespannt blickte Xemestro zu, würde er jetzt leer ausgehen? Der Mann war schon direkt vor dem Hügel und nichts geschah, aber da auf einmal, einer der Lavaflecken, blubberte und daraus schoss, ein riesiger, roter Feuerdrache, er war an die vierzig Meter lang, hatte einen langen Hals, zwei riesige Flügel und messerscharfe Zähne, seine Haut war rot, schuppig, über seinen Kopf hatte er eine riesige Narbe, genau über ein Auge, welches auch verschlossen war, er flog direkt in den Himmel empor, mit heftigen Gebrüll schoss er durch die Lüfte, der Mann schrie und rannte panisch davon, dies war sein Zeichen, Xemestro stürmte von der anderen Seite auf den Hügel zu. Der flüchtende Mann versteckte sich in der Zwischenzeit hinter einem Felsen in der Hoffnung Kandraksur, würde ihn nicht sehen, aber falsch gedacht, der Drache flog einen weiten Bogen und war genau vor dem Mann, dieser weinte, aber da erwischte ihn schon ein höllischer Feuerstrahl und übrig blieb nur mehr Asche. Die Truhe fiel zu, schnell blickte Kandraksur in die Richtung. Xemestro hatte sich schon eine Rüstung übergestreift, dazu einen coolen Helm und ein langes Schwert besaß er nun auch, aber nur war er jetzt in der Truhe versteckt, wie könnte er da entkommen, so verweilte er eine Zeit lang. Der Drache streifte noch eine Weile, laut brüllend und feuerspeiend durch die Luft, er durchsuchte die ganze Gegend, das Ungeheuer vermutete, dass da noch jemand sei, nun tauchte es wieder in einen kleinen Lavasee ab. Brennende Hitze umgab den Helden, das höllische Tal war sehr heiß und dann noch in der Truhe, bald würde er ohnmächtig werden, aber da, die Götter mussten gnädig sein, der Himmel verdunkelte sich, es begann zu donnern und Regen strömte in Massen vom Himmel herunter, überall blitzte es, es war ein richtiges Unwetter. Das war die Chance, leise öffnete er die Truhe, langsam schlich er davon, durch den Donner und den Regen, konnte ihn die Bestie nicht hören und so verschwand der Krieger, so wie er gekommen war, ohne dass ihn jemand bemerkte. Zum Glück entkam er dem Drachen, ohne einen Kampf, denn er wusste nicht, ob er diesen bezwingen hätte, können. Das Unwetter verzog sich und die Sonne kam zum Vorschein und seine Rüstung funkelte, herrlich in den Strahlen.

10. Der kalte Berg

Jetzt machte er sich auf den Weg zum kalten Berg, dort lebte anscheinend die Kreatur Xox, das hatte ihm das Herzfeuer weiß gesagt. Nach stundenlangem Marsch kam er endlich an. Riesig erhob sich der gigantische Eis Koloss vor ihm. Der Berg war an der untersten Stelle steinig, mit riesigen Felsen bespickt, weiter oben wurde er immer weißer, es musste der Schnee und das Eis sein, noch höher sah man nur mehr Wolken, die von dem gewaltigen Riesen durchschnitten wurden. Xemestro machte sich auf den Weg in unbekannte Höhen, er fragte sich ob er dies überhaupt schaffen würde, es war sehr steil, aber langsam arbeitete er sich nach oben. Schön eine Hand nach der anderen, nach einigen Stunden, ermüdender Kletterei kam er endlich zum Eis und Schnee bedeckten Teil. Es war eisig kalt, seine langen, blonden Haare waren eingefroren, jeder kleine Windzug peitschte auf seine Haut, die Finger waren so kalt, als würden sie jederzeit abbrechen können, der Held gab nicht auf, aber da kam er schon zum Wolkenschleier. Er hörte Stimmen und wildes Geschrei, es waren böse Geister, sie flogen im Nebel herum, sie versuchten den Mann zu beeinflussen. »Komm spring«, sagten die unheimlichen Stimmen. Er blickte in den Abgrund, gleich würde der Krieger in den Tod springen. Der Mann schloss verzweifelt seine Augen, er erblickte ein Feuer, es strahlte Wärme aus, um die Flamme bildeten sich zwei wunderschöne Brüste und ein Körper, es war Julana, sie befahl ihm, »geh, geh nach oben, blicke nicht hinter dich« und so tat es der Held, er kletterte weiter, ließ die Geister einfach hinter sich schreien, dann durchbrach er das Nebelband. Es erschien ein blauer, klarer Himmel und der Kämpfer verschnaufte für kurze Zeit, nur mehr ein Stück und er hatte es geschafft. Nach nochmals einigen Stunden, des schweren Kletterns, erreichte er erschöpft den Gipfel, der Mann fiel zu Boden und atmete kräftig durch. Er erblickte die Eisfestung von Xox, sie war groß und mächtig, sie wirkte wie eine Burg und schien komplett aus Eis zu bestehen, sie war umgeben von Mauern und Türmen, in der Mitte war ein riesiger Turm, alles hatte eine fast weißliche, eisige Farbe und passte perfekt zu der Umgebung. Vorsichtig ging er darauf zu und gewaltige Tore der Festung kamen zum Vorschein. Sollte er da jetzt anklopfen, oder doch lieber irgendwo versuchen hinein zu schleichen, der leise Weg ist besser,

175

dachte er, aber da öffneten sich die Tore. Er packte sein Schwert fest mit den Händen und ging hinein, überall standen eingefrorene Menschen herum, sie hatten erschreckende Gesichtsausdrücke, so als wären sie in großer Angst erfroren. Der Held ging weiter, der Boden war von Schnee bedeckt und es rieselte Eiskristalle vom Himmel, er kam zum großen Turm in der Mitte, der ebenfalls die Tore weit offen hielt. Xemestro ging sachte hinein, drinnen kam er in eine riesige, erschaudernde Halle, in allen Richtungen wo er hinsah, hingen Häute von Frauen, sie waren aufgespannt worden, in jedem Körperteil hing ein Hacken, der wiederum, wo befestigt wurde und die Häute schön auseinander spannte, die Haare befanden sich ebenfalls noch darauf, es sah grässlich aus. Es mussten die geopferten Jungfrauen sein, plötzlich traf ihn der Schlag, er erblickte die Haut von Tara, er erkannte sie genau, sie hatte ein kleines Muttermal an der Wange, aber auch ohne dies, hätte der alte Freund, sie erkannt. Was für eine Bestie konnte das nur tun. »Xox ich werde dich umbringen«, schrie er und umklammerte sein Schwert. Plötzlich erschien dieser, er war auf einmal, einfach da gewesen. »Du hast es also hierhergeschafft, meine Brüder werden erfreut sein, du bist wirklich stark, genau so wie wir dich erschaffen haben.« Xemestro stach mit seinem Schwert zu, genau ins Herz, der Okupide zerbrach, nur um gleich im nächsten Moment wo anders wieder zu erscheinen. »Denkst du, dass es so einfach wäre, mich Xox, der schon ewig lebt zu töten, ich war sogar bei der Schöpfung dabei, du Narr.« Abermals stach er auf den Dämon ein, wieder zerfiel er, nur um kurz danach wieder zu erscheinen. »Vielleicht haben wir uns in dir getäuscht, ein jeder von uns hat dir einen Teil seiner Stärke gegeben, aber du bist zu schwach und unfähig sie zu nutzen«, sagte Xox. »Erinnerst du dich noch an sie«, er zeigte zu der aufgespannten Haut von Tara, »sie hat mir die meiste Freude bereitet, sie schrie so heftig, als wir sie zerlegten, mein Herz wird heute noch ganz kalt, wenn ich daran denke«, dann lachte er. Xemestros Wut entbrannte,

Feuer erschien in seinen Augen, es bündelte sich durch die Energie seines stählernen Körpers im Schwert, dieses begann rot glühend zu leuchten, dann schlug er mit all seinem Hass zu, genau quer durch den Bauch, zerschnitt der Kämpfer den Okupiden, wegen der gewaltigen Hitze des Schwertes, löste er sich in kochend, heißes Wasser auf und verdampfte, höllisch schrie der Dämon. Was für eine Macht, dachte Xemestro, er machte sich auf den Weg zurück zu Julana. Nach Tagen des Abstiegs und der Wanderung, gelangte er endlich zu ihr. Sie fielen sich in die Arme und küssten sich. »Julana ich habe Xox besiegt, es muss noch etwas Herzfeuer in mir gewesen sein, ich hatte so eine Macht.« »Nein, dies war deine innere Kraft, sie musste nur erweckt werden.« Plötzlich kam Xtro, er rannte zu seinem Vater und umarmte ihn, er war schon an die zwanzig Jahre alt, die Zeit hier in der Höhle war anders, es konnte ein Jahr wie zehn sein und umgekehrt, hier war alles möglich, es war wahrscheinlich wegen des magischen Herzfeuers in Julana. »Ich möchte dich um etwas bitten, Julana«, sprach Xemestro. »Lass mich noch einmal ins Herzfeuer schauen um Xaxviar zu finden.« Sie willigte ein und packte jeweils mit einer Hand, einen ihrer Busen und schob sie auseinander, damit der Held eine gute Sicht in das Herzfeuer hatte. Es flammte auf, er sah abermals einen gewaltigen Berg, der Feuer schoss, er erkannte das es der Feuerkogel war, ganz oben von Lava umschlungen stand eine Festung, dort musste Xaxviar sein. »Feuer das ist gut, weil wie heißt der Spruch, bekämpfe Feuer mit Feuer, ich frage mich immer wieder warum mich die Okupiden erschaffen haben, es scheint mir fast so als wollten sie das ich sie vernichte.«

11. Der Feuerkogel

Zum Feuerkogel war es ein langer Marsch, durch dichte Wälder, raue Sümpfe und wilde Felslandschaften, es würde einige Wochen, oder sogar Monate in Anspruch nehmen, dort hin zu gelangen. Eine

Zeit lang blieb er bei Julana und seinem Sohn um zu Kräften zu kommen, dann wanderte er los. Die Wälder wurden immer dichter, bald schaffte er es gar nicht mehr durch das Dickicht, der Mann setzte sich hin, machte ein Feuer und grillte ein Kaninchen, welches er Stunden zuvor erlegt hatte. Er blickte in die Flammen, da schoss das Feuer in die Höhe und Xaxviar stand darin. »Du bist es also, schon wieder, du hast es geschafft meinen Bruder Xox zu besiegen, aber bei mir wirst du sterben«, dann lachte er und verschwand in den Flammen. Am nächsten Morgen kämpfte sich der Held durch das Gestrüpp, die Bäume wurden immer weniger, bis sie nun ganz verschwanden, jetzt kam der verräterische Sumpf, den konnte er leicht umwandern, dann musste der Held noch die wilden Felslandschaften bezwingen und da erhob er sich schon, der feurige Berg, der Feuerkogel, er spuckte Lava, es rann von allen Seiten hinab, wie könnte er nur diesen Berg erklimmen, da entdeckte er eine Höhle, links und rechts von ihr floss die heiße Brühe vorbei. Vielleicht würde sie bis nach oben auf den Gipfel führen, anderen Weg gab es keinen. Xemestro trat in diese dunkle Grotte ein und wahrhaftig, sie führte hinauf, immer weiter stieg er empor, an allen Seiten wurde sie von glühend, heißer Lava durchflossen, die ihr ein magisches Aussehen gaben. Nach Stunden des Aufstiegs kam er zu einem großen Tor, es musste zum Schloss führen. Er pochte daran, eine Stimme sprach, »wer ist da?« »Ich bin Xemestro, lass mich zu Xaxviar, ich muss mit ihm reden.« Das Tor öffnete sich und sie sagte, »tritt herein«, dies tat der Held. Die Stimme war die von Xaxviar, er musste über Telepathie mit ihm sprechen, denn der Okupide war nirgend wo zu sehen. In einem dahinterliegenden Raum, sagte die seltsame Stimme, dass er sich setzen möge. Der Mann setzte sich auf einen Felsen, plötzlich kamen Lavastrahlen von der Decke im Abstand von fünfzehn Zentimeter und sie flossen in geraden Linien zum Boden, wo sie versickerten. Xemestro war gefangen, höllisch lachte die Stimme. Der Held kauerte verzweifelt in einer Ecke und dachte nach, andauernd hatte er das Gesicht von Xox vor den Augen, dieser hatte gesagt, »ein jeder von uns hat dir einen Teil seiner Stärke gegeben, aber du bist zu schwach und unfähig sie zu nutzen«, immer wieder, spielte sich diese Szene in seinem Kopf ab. Wenn er Xox mit dem Feuer vernichten konnte, diese Stärke hatte er sicher von Xaxviar, dann würde er doch auch den anderen Okupiden, mit Eis besiegen können. Der Kämpfer ging zu den Lavastrahlen und fasste sie an, höllisch brannte es auf seinen Handflächen, er konzentrierte sich, sein Herz und seine Haut wurden ganz kalt, er spürte es, die Kälte durchdrang ihn. Der Mann leitete all seine Gedanken in die Hände und die darin befindlichen Lavaströme, es gelang, langsam erstarrten diese zu Eis und Xemestro durchschlug sie, frei war er. Die dunkle Stimme von Xaxviar, war abermals zu hören, »du hast mein Lavagefängnis durchbrochen, gut mein Junge, aber weiter schaffst du es nicht, hahaha.« Der Mann kam in einen riesigen Saal, das musste das Zentrum des Schlosses sein, am hinteren Ende auf einem Podest, schwebte eine riesige Feuerkugel, sicher fünf Meter groß, darin befand sich Xaxviar der Okupide, er flog in ihr auf und ab, er war in Trance, die Augen waren verschlossen, die Beine überkreuzt, die Arme hielt er leicht nach oben, die Daumen und die Zeigefinger, waren mit den Fingerspitzen übereinandergelegt, sitzend war er dort drinnen. »Du hast mich gefunden und was hast du jetzt vor«, sprach der Okupide, obwohl er den Mund verschlossen hatte, er redete mit Telepathie zu ihm. »Das wirst du schon sehen«, Xemestro ballte die Fäuste, sie wurden zu Eis, dann streckte er sie der Feuerkugel entgegen, sie fror ein. Er hatte es geschafft, doch sie begann zu wackeln und explodierte, die Eisschicht war fort, abermals stellte sich der Held, mit seinen Eisfäusten entgegen, sie fror wieder ein, diesmal ließ er seine Hände länger oben und als, von der Kugel schon eisiger Frost aufstieg, sprang er wild in die Luft und trat mit beiden Beinen dagegen, sie schoss gegen die Wand und zersplitterte, der Mann sah Stücke von Xaxviars Kopf, dann fand er sein Herz, er nahm das eingefrorene Ding und hielt es fest in den Händen, der Held hatte gesiegt, das Herz würde er an einen eisigen Ort bringen, damit es ewig gefroren blieb, dass der Dämon niemals wieder erwachen würde. Plötzlich ein lauter Knall, der Berg drohte zu explodieren, die Wände der Festung brachen ein, er musste jetzt schnell sein, wie der Blitz, rannte er durch das Tor in die Höhle, die Lava schoss durch alle Mauern und schien ihn zu verfolgen, immer näher kam sie, man hörte lautes Beben, der Feuerkogel spuckte so viel Lava wie nie zu vor. Nach einer Ewigkeit erreichte der Mann den Ausgang der Höhle, vom heißen Lavastrom dicht verfolgt, er rannte bis in die dicht bewaldeten Wälder, jetzt war Xemestro endlich in Sicherheit. Er rastete und versuchte etwas Nahrung aufzutreiben, der Held erwischte einen Fasan, diesen grillte er so gleich, das Herz von Xaxviar, dass der Mann immer wieder einfrieren musste, brachte er zum kalten Berg, dort würde es ewig im Eis gefroren bleiben, er grub ein tiefes Loch und legte das Organ dort hinein, sodass es niemals jemand finden werde. Nach einigen Wochen der Reise, kehrte der Abenteurer, zu der Höhle von Julana zurück.

12. Meklaklamur

Sie küssten sich, aber Julana schien traurig zu sein. »Was hast du meine süße Blume, wo ist Xtro«, fragte er sie. »Das ist es ja er ist weggegangen um Abenteuer zu erleben.« »Hat er gesagt wohin er geht.« »Nein er wollte nur in die große, weite Welt hinaus.« »Ich werde ihn finden, das verspreche ich dir, gewähre mir doch bitte nur noch einen Blick in das Herzfeuer, ich muss Ximon finden und ihn töten.« »Gut Geliebter.« Sie streifte ihre Brüste beiseite und das Feuer entflammte, er sah einen See von Blut, in der Mitte war eine rote Insel, mit einer blutroten Festung darauf, das musste Phalor sein, doch das existierte nur in Geschichten, also gab es die Blutburg wirklich, aber wo befand sie sich, niemand kannte den Ort. Die Flamme erlosch und war nur mehr winzig an Julanas Brustkorb zu sehen, die Frau wirkte schwach, weiße Haarsträhnen kamen auf ihrem Kopf zum Vorschein. »Was hast du«, fragte er. »Das Feuer fordert seinen Tribut, jedesmal, wenn es benutzt wurde, war ich schwächer geworden und jetzt geh, hol unseren Sohn und töte das Scheusal in Phalor.« Der Held küsste die schöne Wächterin noch, die schwach auf einem Felsen lag, dann ging er los, er blickte noch einmal zurück, sie lag da wie eine Tote, hoffentlich würde sie wieder zu Kräften kommen, denn eigentlich war es seine Schuld gewesen, wie oft hatte er das Herzfeuer von ihr benutzt. Als der Mann aus der Höhle draußen war, überlegte er wie er Phalor finden könnte, der Abenteurer musste nach Meklaklamur, dies war ein magischer Ort, errichtet von uralten, mächtigen, unbekannten Wesen, es war direkt am Meer, in zwölf Tagesmärschen, könnte er dort sein, der Mann machte sich auf den Weg. Nach Tagen der schlimmsten Anstrengungen, erblickte er auf einem großen Hügel, direkt am Meer, die gewaltigen Steinsäulen von Meklaklamur. Es bestand aus hunderten, ungefähr sieben Meter hohen und fünf Meter breiten Säulen, die in mehreren Kreisen aufgestellt waren. Man sagte, wenn man des nachts, im Mondschein, im Zentrum in absoluter Meditation war, konnte man die Stimmen der alten Wesen hören, die allwissend waren. Xemestro hatte die gewaltigen Steinkreise erreicht, er ging in den Ersten und dann immer weiter, es waren genau Sieben, im letzten war ein steinernes Podest, genau in der Mitte, auf dieses setzte sich der Held und versuchte die stundenlange Meditation, es wurde schon langsam dunkel. Der Mond erschien, er begann immer größer zu werden, es schien fast so als würde er auf den Steinsäulen aufliegen. Der Mondschein erhellte die Nacht, dunkle Schatten und Geister kamen zum Vorschein, es waren Krieger und Lebewesen einer längst vergangenen Zeit, es schien so als würden sie tanzen, er sah Frauen mit langen Röcken, die durch die Nacht liefen und Kämpfer mit prallen Rüstungen, die gegeneinander antraten, es war ein richtiges Schauspiel, dies zu sehen. »Wer bist du, was suchst du hier«, sprach eine Stimme. Der Held blickte nach oben zum Mond, da waren die Umrisse eines Gesichtes darin zu erkennen, es hatte große, hohle Augen, ein riesiges Maul mit spitzen Zähnen und so blickte dieses, auf den Mann herab. »Ich bin Xemestro und suche den Weg nach Phalor und meinen Sohn, bitte hilf mir.« »Du musst den Ozean durchqueren und eine Insel, die umrundet von gewaltigen Felsen ist finden, in ihr drinnen ist der See des Blutes und auf dessen erhebt sich die Festung von Ximon, dort wirst du alle Antworten finden.« »Danke, oh du allmächtiges Wesen«, sprach Xemestro.

13. Phalor

Am nächsten Morgen ging der Mann hinunter zum Meer, er blickte sich um, um vielleicht etwas Brauchbares zu finden, mit dem er das Meer überqueren könnte, das Glück war auf seiner Seite, hinter dem Schilf befand sich ein altes Boot, es hatte sogar ein Segel. Ein paar Tage verweilte Xemestro am Ufer um Vorräte anzusammeln, und das kleine Schiff, wieder seetauglich zu machen. Lehm gab es genug, um es abzudichten, dann sprang der Mann auf und los ging es, tagelang blies ihn der Wind voran, er konnte nur mehr das Meer sehen und die brennend heiße Sonne, da sah sie der Held in der Ferne, die Felseninsel, sie musste es sein. Auf der anderen Seite wurde der Himmel schwarz, es drohte ein Unwetter zu kommen, man hörte schon das donnern und die Blitze sah man in der Weite, bald würde es da sein, zu allem Übel stieß noch etwas gegen das Boot, es schaukelte gefährlich hin und her. Der Held blickte ins Wasser und da kam es zum Vorschein, eine zwanzig Meter lange Seeschlange, schlängelte sich knapp unter der Oberfläche durchs

Wasser. Sie war grün hatte große Schuppen und einen Kamm auf dem Rücken. Wild umkreiste sie das Boot und starrte bösartig auf den Mann, mit ihren gelben Augen. Sie schoss aus dem Wasser und schlug auf das kleine Schiff nieder, welches sogleich schwer beschädigt war, es drohte zu sinken, er musste jetzt schnell handeln. Der Held nahm sein Schwert und stach es ihr, immer wieder, in den Schädel, sie ließ ab und tauchte unter. Das Boot war nun voll mit Wasser und das Unwetter schlug gewaltig, wie die Pranken einer Bestie zu. Der Donner war so laut, dass es ihn jedes Mal zusammenzucken ließ, der Sturm kippte das Boot, nun schwamm Xemestro um sein Leben, kräftig schossen ihn die gewaltigen Wellen durchs Meer, er kam knapp vor die Felseninsel, aber würde der Mann einen Aufprall an den kantigen, riesen Steinen überleben? Der Abenteurer holte tief Luft und tauchte in die Tiefe, so weit er nur konnte, Xemestro blickte angespannt umher und da sah er sie, eine Höhle, weit unter den Felsen, dort tauchte der Kämpfer hinein. Es fühlte sich so an, als wäre da etwas hinter ihm, er drehte sich kurz um und da war die verdammte Seeschlange, mit weit aufgerissenem Maul, kam sie immer näher. Der Held tauchte um sein Leben, nun kam es zu einer starken Steigung, da war eine große Luftkammer, wo rundherum Felsen waren, er sah auch einen Gang. Der Mann kletterte aus dem Wasser, schnell konzentrierte er sich und ließ seine Fäuste zu Eis werden und fror die Wasseroberfläche ein, geschafft, freute sich der Held. Ein lautes pochen erklang in der Höhle und die Seeschlange durchschlug die Eisschicht, wild streckte sie sich nach oben. Xemestro packte sein Schwert, die Waffe wurde durch seine innere Kraft feurig rot, gnadenlos schlug er zu und das Haupt der Schlange stürzte zu Boden und blieb am Eis liegen. Jetzt machte er sich auf den Weg und durchstreifte die Höhle. Sie führte immer weiter nach oben, da sah der Krieger schon das Licht, er war wieder draußen. Xemestro blickte von den Felsen oben, direkt auf den Blutsee und die Festung. Der unheimliche See blubberte immer wieder. Vorsichtig stieg der Held hinab und kam beim Ufer an. Könnte er da durchschwimmen, fragte er sich, oder würde er da gleich sterben. Es gab nur eine Möglichkeit dies herauszufinden, vielleicht hatten die Okupiden ihn ja so stark gemacht, um den See durchqueren zu können. Der Mann sprang hinein, es brannte wie Feuer auf seiner Haut, bestialische Schmerzen umringten ihn, es wurde unerträglich, dann hörte es plötzlich auf. Er schwamm bis zur kleinen Insel, wo die Festung oben war und stieg aus dem Blutwasser. Xemestro blickte seine Haut an, die zuvor noch wie die Hölle brannte, er erkannte das ihn der Blutsee komplett geheilt hatte, alle Abschürfungen, jegliche Kratzer waren verschwunden. Der Held blickte sich einmal um, alles hier hatte eine rote Blutfarbe und schien irgendwie zu leben, es gab hier viele Pflanzen, auch hohe Bäume, wenn man etwas berührte, bewegte es sich, so als würde es leben. Es rann eine dünne Blutschicht an allem herunter, sogar an den Wänden des Schlosses, floss Blut herab. Die Festung bestand aus vier kleinen Türmen, die eng an einander gebaut waren und in ihrer Mitte war ein Riesiger, sie hatte ein großes Tor am Eingang, es sah eher wie ein großes Maul eines Monsters aus, welches immer wieder leicht, auf und zu ging. Er stapfte durch, der Boden war matschig und von einer fünf Zentimeter dicken Blutschicht überzogen, der Held ging weiter, da kam er in eine große Halle, an deren Ende ein gewaltiger rot leuchtender Blutstrudel war, der sich hypnotisierend drehte und an der gesamten hinteren Wand erstreckte, davor gab es ein Podest mit einem Thron darauf, auf dem jemand saß, wahrscheinlich Ximon. In Xemestro regte sich purer Hass, der sich langsam aufstaute und in ihm zu explodieren drohte, der letzte der Okupiden, was würde dies für eine Freude und Genugtuung gegenüber der Menschheit sein, ihn zu töten. Xemestro packte sein Schwert und ließ es durch seine Kraft glühen. »Dich Schwein enthaupte ich jetzt«, schrie er und stürmte auf den Okupiden zu. Knapp vor dessen Kopf hielt er geschockt inne.

14. Das gnadenlose Ende

»Hallo mein Vater, hast du mich vermisst.« Auf dem Thron saß sein Sohn, er blickte stolz und überlegen seinen Papa an. »Du, warum, was machst du hier, wo ist Ximon?« »Ich bin Ximon und dein Sohn, wir sind miteinander verschmolzen.« »Warum.« »Um das mächtigste Wesen, des Universums zu werden, Vater gib mir Zeit es dir zu erklären.« Xemestro setzte sich und hörte geschockt, aber auch interessiert zu. »Wir drei Okupiden hatten den Plan ein menschliches Wesen zu erschaffen, das uns vielleicht sogar vernichten könnte, da uns die Ewigkeit zu langweilig wurde und wir keinen ernstzunehmenden Gegner hatten, also erschufen wir dich, dann setzten wir dich aus, damit du selbst durch die Härte des Lebens zu deiner Stärke kommst und du siehst dein Schicksal hat dich hierher geführt. Ich habe dich aus meinem eigenen Blut geformt, du bist wie ich, Xox und Xaxviar gaben dir ihre jeweilige Stärke, Feuer und Eis, wie du ja weißt, aber mein Plan war noch weit größer, ich wollte noch mehr Macht, damit ich der größte, mächtigste Dämon aller Zeiten bin, dazu brauchte ich die Kraft des Herzfeuers, ich wusste das dich die Menschen zu Julana schicken und auch das du mit ihr, ein Kind zeugen würdest, dieses Kind, also ich besitze auch einen Teil des Herzfeuers und schlussendlich haben wir uns dann vereint, ich bin Xtro und Ximon in einer Person, ist das nicht sagenhaft?« »Dann bist du ja mein Vater und mein Sohn, du Wahnsinniger«, fluchte Xemestro, sogleich holte er mit seiner Hand aus und schlug ihm ins Gesicht. »Was ist mit deiner Mutter, als ich sie verließ, war sie dem Tode Nahe?« »Sie ist hier an meiner Seite, dank ihr besitze ich nun das ganze Herzfeuer, komm Mutter«, sprach Ximon. Von einem Nebenraum kam Julana daher, ihre Haare waren wieder perfekt, sie war wieder gesund, das Herzfeuer brannte stark zwischen ihren Busen, splitternackt stellte sie sich neben den Thron ihres Sohnes. Xemestro ging zu ihr und küsste sie. »Ich habe dich so vermisst, aber warum bist du hier?« »Xtro unser Sohn hat mich geholt und geheilt, ich verdanke ihm mein Leben.« »Aber er ist böse, er ist jetzt Ximon, der Okupide.« »Eine Mutter hält immer zu ihrem Sohn«, sagte Ximon bestimmend. »Komm Vater zu dritt beherrschen wir das Universum, alle Völker werden uns anbeten, du brauchst mir nur die Hand zu reichen?« »Ich kann dich nicht töten, da du mein Sohn bist und ich kann auch nicht bei euch bleiben.« Julanas Augen bekamen Tränen. »Warum Vater?« »Was ist mit den geopferten Jungfrauen, die brauchst du doch um den Dämon in dir ruhig zu stellen?« »Was ist schon eine Jungfrau?« »Ich verlasse euch und komme niemals wieder zurück.« Er gab Julana noch einen Kuss, sie weinte. »Bitte bleib«, flüsterte sie. »Ich kann nicht«, er drehte sich um und ging. Er hörte sie noch weinen und nach ihm schreien, aber der Mann ging einfach weiter. Der Abenteurer wanderte zurück nach Korm, dort traf er seinen Vater, Melet, sie fielen sich in die Arme. Der alte Mann und der Held feierten gemütlich in ihrem Haus, bei einem köstlichen Mahl und Wein in Überfluss, dann erschien noch Meninglaus und sie feierten die ganze Nacht hindurch. Xemestro und sein treuer Freund halfen den Menschen, immer wenn es Schwierigkeiten mit Monstern oder Dämonen gab, waren sie zur Stelle, ab und zu, in kalten Nächten, sah er Julana und seinen Sohn, in den Träumen.

Teufelsbaum der 1000 Toten

1. Der ewige Wald

Es war die düsterste Nacht, aller Nächte, Nick Gordon, war gerade in den Wäldern, von Königswald unterwegs, als er sein Lager aufschlug, mit Baumästen, zusammengestapelt zu einem Spitz, baute er sich eine Unterkunft, in die er sich gemütlich hineinlegte. So ein kuscheliges Häuschen, dachte er sich. Es drohte zu regnen zu beginnen, ein gewaltiger Donner erschütterte die Nacht, gefolgt von einigen Blitzen. Zum Glück hatte er schon des Öfteren im Wald geschlafen und keine Angst, sein selbstgebautes Zelt, würde ihm einiges an Schutz bieten. Der Königswald, ist ein riesiger Wald, der noch teilweise unerforscht war, wegen seiner Größe, viele Menschen hatten sich hier schon verirrt und den Tod gefunden. Nick blickte sich um, er sah nur Bäume die wild umherschaukelten, wegen dem Sturm, des kommenden Unwetters und da war es schon. Regen ergoss sich wie in Strömen, ein paar Tropfen, kamen dennoch durch das Baumzelt. Gordon, lag regungslos da und schloss die Augen um zu schlafen, er war das raue Wetter in Königswald gewohnt, morgen würde er weiter gehen. Sein Ziel war es den riesigen Wald, als Erster Mensch auf der Erde, geradlinig zu durchqueren, so würde er durch einige unerforschte Gebiete streifen, was alles noch interessanter machte, denn vielleicht würde er ja neue Lebensformen, oder Pflanzen entdecken. Nick war schon neun Tage unterwegs und würde nun bald das Zentrum des Waldes erreichen. Heftig brauste das Unwetter über ihm, Blitze erhellten die Gegend ab und zu. Der Mann öffnete kurz ein Auge, plötzlich sah er ein blinken, durch die Äste der Bäume hindurch, es war rot, gelblich, was konnte das nur sein, es schien Meilenweit entfernt, es blinkte immer wieder, es musste von einem Berg, oder einem riesigen Baum kommen, aber wer würde bei so einem Wetter, mit dem Licht blinken, vielleicht ein Verirrter, es wirkte fast unmenschlich. Es leuchtete genau zum Lager, als würde es ihn sehen, aber dies war unmöglich. Gordon schaute auf den Kompass, um sich die Richtung zu merken, denn am nächsten Morgen, wollte er dem Unheimlichen entgegen gehen, aber heute, bei diesem Wetter, war dies unmöglich und so legte er sich wieder hin und schlief sofort ein, egal ob Blitz, oder Donner, oder das Licht, alles störte ihn nicht, bei seinem Schlaf. Unheimliche Geräusche durchflogen den Wald, wie das heulen von Toten, bis zum Morgen, da hatte sich das Wetter verbessert, es war aber trotzdem noch sehr bewölkt und es regnete leicht, aber der Sturm hatte nachgelassen.

2. Flucht von dem Mutantenbär

Nick streckte sich, er war gerade aufgewacht, das blinkende Licht der Nacht, war erloschen, aber er wusste die Richtung und auf gings, vielleicht brauchte jemand seine Hilfe und so machte er sich auf den Weg. Er durchstreifte den dunkelsten und düstersten Wald, den je, ein Mensch zu Gesicht bekommen hatte. Der Mann musste in einem unerforschten Gebiet angelangt sein, die Bäume wurden immer grösser und immer dichter. Da, ein kleiner Bach schlängelte sich durch das Dickicht, er schien voll mit Fischen zu sein, die Chance nutzte Nick um zu angeln, er hatte immer eine Angelschnur mit Haken bei seiner Ausrüstung mit dabei, nur noch schnell einen Wurm für den Köder ausgraben, und los gings. Würmer waren leicht aufzuspüren, es lebten Milliarden, knapp unter der Erde. Nun war er soweit, Gordon, warf den Haken mit Köder ins Wasser und schon biss etwas und riss wie wild an der Schnur. Er musste all seine

Kraft bündeln um gegen den Fisch anzukämpfen, was für eine Stärke der hatte. Die Schnur schnitt dem Mann, tief in die Hände, aber er konnte nicht nachgeben, da er sonst ohne Essen auskommen müsste und das wollte er nicht dulden. Er bündelte seine gesamte Energie um den Fischteufel zu bändigen und riss voll an der Angelschnur an und da kam er, ein riesen Monster von einem Fisch, er schoss genau auf ihn zu und landete auf ihm. Der Prachtkerl, hatte locker eine Länge von eineinhalb Metern, schnell wand sich Nick unter dem Fisch hervor, der wie verrückt zappelte, nun schlug der Mann, mit einem Ast der da lag, auf das Vieh ein bis es tot war. So ein Tier hatte er noch nie gesehen, es sah aus wie eine riesen Forelle, nur hatte es Fell statt Schuppen und scharfe, fleischzerfetzende Zähne und dann noch die Größe, vielleicht stammte das Ungetüm aus einer anderen Epoche, es schien so als wäre es die Urforelle, aber macht ja nix, schmecken würde sie trotzdem. Gordon zerlegte den Fisch, dann machte er ein Feuer, es würde ein Festmahl geben. Nach Stunden der Gemütlichkeit und einem guten Mahl, checkte er die Lage und blickte auf den Kompass. »Aha in die Richtung also«, sagte er sich leise, plötzlich hörte er ein seltsames Grunzen, was ist das, dachte er und versteckte sich in einem riesigen Schilf das neben dem Bach war. Das Gegrunze, wechselte sich mit unheimlichen Gepfauche ab, was würde das für eine Kreatur sein, wild und angespannt blickte er in die Richtung der Laute, die genau daherkamen, wo er hinmusste. Ein Schatten bildete sich, sah aus wie der von einem Bären, er war viel zu groß, aber auch der Fisch war es gewesen und da kam die Kreatur. Leibhaftig stand sie ein paar Meter vor dem Mann, es war ein abscheuliches Wesen, ungefähr, drei Meter Schulterhöhe, im Stand auf den Hinterbeinen um die sechs Meter hoch. Ein Mutantenbär, dachte Nick, er sah aus wie ein riesiger Bär, aber er hatte fleischliche Haut und war mit ein paar Fellfetzen am ganzen Körper geschmückt, der Kopf, hatte riesige, gigantische, knochenzerschmetternde Zähne, die Augen, waren rot, gelb, immer näher kam er und schnüffelte herum. Sein Gegrunze war so unheimlich, dass Gordon ein kalter Schauer über den Rücken lief. Wahrscheinlich wurde die Bestie von dem gebratenen Fisch angelockt, oder sie kam um selbst welche zu fangen, aber das wäre jetzt sowieso egal, denn gleich würde sie ihn finden und zerreißen. Die Kreatur entdeckte die Überreste der Urforelle, die Nick gefangen hatte, wo noch ein riesen Stück übrig war und fraß sie sofort, das konnte unser Held nutzen um weg zu rennen, denn der Mutantenbär war jetzt sowieso von dem Mahl abgelenkt. Der Mann sprang panisch auf und stürmte durch den Bach, aber das Ungetüm sah ihn sofort und stieß einen gewaltigen Angriffsschrei aus und rannte wie wahnsinnig auf den Mann zu. Gordon würde nicht mehr viel Zeit haben, die einzige Chance, er musste die großen Bäume erreichen und schnell hinaufklettern, genau das versuchte er. Der Bär war schon sehr Nahe und bald würde er ihn zerfleischen. Nick stürmte wie vom Teufel gejagt durch den Bach und hüpfte zu den Lianen, die zu Tausenden von den Bäumen hingen, die Kreatur öffnete das Maul, dann streckte sie dieses in die Richtung, von Gordons Genick um dort hineinzubeißen und es zu brechen, aber da brach der Mann, plötzlich mit den Lianen in der Hand im Boden ein und stürzte in die Tiefe. Der Bär, konnte noch kurz zuvor stehen bleiben, so stand dieser vor dem Loch und brüllte bestialisch. Unser Held wurde bewusstlos und die Bestie machte sich wieder auf den Weg und durchstreifte die Wälder, aber sie würde wahrscheinlich wieder zurückkehren. Nun öffnete er langsam die Augen, sein Kopf schmerzte bestialisch, zuerst checkte der Mann seine Verletzungen, zum Glück nur ein paar Prellungen und Schürfwunden, dann blickte er sich um. Die Grube war ungefähr fünf Meter tief, die Wände bestanden aus Erde, Schlamm und Stein, die einzige Möglichkeit zu entkommen wäre über die Lianen, die Nick mit nach unten gerissen hatte, diese musste er emporklettern, aber was war mit dem Mutantenbär, immer wieder hörte er ihn brüllen. Wahrscheinlich würde die Bestie warten, bis er aus dem Loch draußen sein würde, um ihn dann zu zerfetzen. Mit Hilfe von Zweigen und kleinen Ästen, die in der Grube lagen, machte er sich ein Feuer und wartete einmal ab, bis er den Bären nicht mehr hören würde und wieder wurde es Nacht. Es schien hier sehr gemütlich, das Feuer schaffte eine angenehme Atmosphäre, Nick lag auf dem Rücken und schaute in den Himmel, die Sterne leuchteten so schön. Ah, eine Sternschnuppe, plötzlich ein seltsames Krabbelgeräusch, schnell blickte sich Gordon um, was war das, er nahm ein brennendes Holzstück und ging zu den Wänden, hunderte Tausendfüßer und Ungeziefer krabbelten umher. Lecker, dachte der Mann und hatte somit schon sein Abendessen, gegrillte Insekten, ein Festmahl. Die Nacht verging so schnell, wie sie gekommen war und es wurde langsam Morgen. Jetzt konnte er endlich probieren die Lianen empor zu klettern um diesen Teufelsschlund zu entkommen. Gordon, war ein sehr durchtrainierter Mann, schon seit seinem fünfzehnten Lebensjahr stemmte er Gewichte. Der kräftige Kerl packte die dickste Liane und zog sich langsam hinauf, seine Muskeln waren angespannt, Schweiß rann ihm die Stirn hinunter und so zog er sich, schritt für schritt hinauf, in der Höhe des Erdbodens angekommen, verharrte er kurz und blickte ins Gelände, ob der Mutantenbär noch da war, aber wie es aussah, war dieser weg. Oh Gott, doch nicht weg, da stand das Monster zwanzig Meter von dem Schlund entfernt und starrte nur aggressiv her, Sekunden wirkten wie Minuten. Der einzige Weg zu entkommen war, Nick musste die Lianen nach oben bis zu den Baumgipfeln klettern, so spannte er seine Muskeln abermals an und zog sich schleppend nach oben, die Bestie rannte schon her und packte die Lianen unterhalb von dem Mann mit dem Maul und riss sie stark zurück, er kletterte panisch immer weiter nach oben, seine Muskeln tanzten wie verrückt umher, da rissen die Lianen schon ab und der Held schwang, acht, neun Meter über dem Erdboden, dem Baum an dem sie hingen entgegen und schlug stark auf diesem auf, aber Nick konnte sich festhalten. Immer weiter stieg er den Waldriesen hinauf und der Mutantenbär schrie wie besessen und lehnte gegen den Stamm und schlug in die Rinde, aber nie würde er dieses gigantische Gewächs umstoßen können.

3. Der Teufelsbaum

Ganz oben auf dem Baum, setzte sich Nick auf einen massiven Ast und lehnte sich mit dem Rücken gegen den Stamm und so verweilte er eine Zeit lang, der Bär streifte wieder weiter durch den Wald, aber sicher nicht allzu weit, jederzeit könnte die Kreatur wieder zurückkehren um ihr Werk zu vollenden. Gordon war total erschöpft und von Schweiß durchnässt, der Mann saß ungefähr, dreißig Meter in der Höhe, plötzlich schlief er ein. Stunden vergingen und Nick öffnete die Augen, es war später Nachmittag, die Sonne schien schon bald unter zu gehen, der Mann schaute sich um, er sah weit und breit nur Bäume, die Baumkronen um genau zu sein, die Sonne beleuchtete den Wald mit rotem Schimmer, aber da war ein Baum, der ihm besonders auffiel, er war grösser als all die anderen, er ragte, wie ein Schloss in der Wüste empor, ein Urgigant, kam etwa von da das Licht her? Die Sonne ging langsam unter und es wurde finster, überall nur Dunkelheit, aber was war da, in der Baumkrone des Giganten, erstrahlte das Licht, gelb, rot, leuchtete es in die Wälder, sollte es Wanderer anlocken, was ist das bloß für ein Teufelsbaum, dachte Nick, er erkannte das es sich bei dem Baum um eine gewaltige Esche handelte. Der hölzerne Koloss stand ungefähr hundert Meter, von dem Mann entfernt, am Morgen, würde er sich auf den Weg machen um das Leuchten und den Baum zu erforschen, dachte er. Das unheimliche Licht strahlte wie ein Leuchtturm, tief in die Wälder, es bewegte sich, als würden Menschen es steuern. Am nächsten Tag, kletterte Gordon, langsam den Baum hinunter, angespannt blickte er wegen dem Mutantenbär umher, aber alles schien ruhig zu sein. Das teuflische Leuchten, war abermals wie von Geisterhand aus erloschen, es schien nur nachts zu erscheinen. Unser Held streifte langsam durch die Sträucher in Richtung der Monsteresche, was für ein Zufall, der Bach, wo er fast von dem Bären gefressen wurde, führte genau in dieselbe Richtung und da erhob er sich, der Baum war gewaltig, er schien hunderte Meter hoch zu sein, seine Äste erstreckten sich weit in den Wald hinein, der Bach floss, knapp an der linken Seite des Urgiganten vorbei, unten beim Stamm war ein großer Hohlraum, es erschien wie eine Höhle. Jetzt musste er nur mehr den Gipfel stürmen, aber bei dieser enormen Größe, würde dies Tage dauern, aber Gordon liebte Herausforderungen und so griff er nach Lianen, die zu Tausenden von dem Giganten hinab hingen und zog sich langsam nach oben.

4. Die Wurzel des Bösen

In ein paar Metern Höhe, sah Nick das da auf einem Ast etwas saß, es sah aus, wie eine Taube, auf einem Nest, aber nur hatte der Vogel seltsame Farben, er war schwarz, rot gefleckt, mit feurigen Augen, starrte das Tier wild auf den Kerl. Ein bisschen groß für eine Taube, aber die Eier werden mir trotzdem schmecken, nur noch ein kleines Stück, dachte der Mann. Gleich würde er den Ast erreichen, geschafft, da waren die Eier, aber wo war der Vogel, schnell griff er zu und packte drei Stück und steckte sie flink in seine Tasche. Nick drehte sich um und da stand das Vieh, es war um die dreimal so groß wie eine normale Taube, es flog agressiv umher und schnappte wie besessen auf den Mann hin, er versuchte den Vogel abzuwehren, aber immer wieder kam sein Schnabel durch. Der Held sprang vom Ast in die Tiefe, er landete genau im Bach, Gordon blieb eine Zeit unter Wasser und da sah er den Vogel, der noch über ihn kreiste, dann flog das Tier weg, nun tauchte Nick auf, ging ans Ufer, machte ein kleines Feuer und kochte sich eine Eierspeis, das seltsame war, der Dotter hatte eine feurig rote Farbe und das Eiklar schien gelb zu sein, lecker, dachte er trotzdem und aß es. Hinter sich hörte der Mann plötzlich ein seltsames knacksen, er drehte sich um, es kam genau aus der Höhle unter dem Gigantenbaum, sie war von Wurzeln umrandet und dunkler, als die schwärzeste Nacht, er ging darauf zu, der Schlund war unheimlich, aber da, zwei höllische Augen kamen zum Vorschein, gefolgt von einem wilden Gebrüll. »Oh mein Gott, der Mutantenbär«, schrie Nick und da flog er schon durch einen starken Prankenhieb, der Kreatur einige Meter durch die Luft, die Bestie verbiss sich in ihm, er wurde ohnmächtig. Das Vieh begrub den armen Mann um ihn später zu fressen. So oft war er nun schon entkommen um dann doch als Futter, des Bären zu enden. Ein Lebensfunke erstrahlte in Gordons Herzen, er öffnete die Augen, es war dunkel, er war anscheinend in der Höhle, der Bär musste ihn hinein geschliffen haben. Mit aller Kraft zog sich der starke Kerl, langsam in Richtung Ausgang, die Bestie würde gleich wiederkommen und da war es wieder, das Schnaufen, das Tier war gleich da. Das sollte also das Ende von Nick Gordon sein, gefressen von einem Mutantenbär, am Arsch der

Welt. Die Kreatur stand nun da, mit den höllischen Augen starrte sie wild auf den Mann, um ihn gleich zu zerreißen, plötzlich sprang ein kleines Wesen, zwischen Nick und dem Monster, es brüllte in einem gewaltigen Pfeifton, der Bär drehte durch, man erkannte das der Ton, ihn wahnsinnig machte und so stapfte er davon. »Was bist du«, fragte der Mann, das seltsame Lebewesen, es sah intelligent aus, es war einen Meter groß, hatte eine menschenähnliche Gestalt, ein seltsames, blaues Fellgewand an, eine rote, spitze Kappe auf und einen langen, weißen Bart, es schien schon sehr alt zu sein, man konnte alte, runzelige Haut im Gesicht und an den Händen erkennen. »Ich bin Kajub der Rasabunga«, antwortete er. »Warum hast du mich gerettet«, fragte Nick. »Genug der Toten«, sagte er, »komm, folge mir« und er, gab dem Mann etwas zu essen, eine Frucht, Weintrauben ähnlich, die gaben Nick sofort wieder Kraft und heilten seine Wunden, so folgte er dann der Lebensform, sie liefen ein Stück in den Wald und da erschien ein kleines Dorf, da waren mehrere kleine Hütten, mit lustigen, spitzen Dächern, die meisten waren schon sehr verfallen und es sah so aus, als hätte sich eine Ewigkeit niemand darum gekümmert, ein alter Brunnen war auch noch da, eines der winzigen Zwergenhäuser schien aber noch in Schuss zu sein, ein kleines, gemütliches Häuschen, es war unten aus Steinen und oben aus Holz, dort gingen sie hinein, da wohnte Kajub. Nick musste sich ducken, denn die Tür und die Räume waren sehr niedrig. Ein Knusperhaus, dachte Gordon und lachte. »Ich bin der Beschützer des Teufelsbaums«, erzählte das kleine Wesen, »ich lebe schon seit Tausenden von Jahren hier, da war die Esche erst einen Meter groß und ich noch sehr klein, da kam der Teufel vorbei, er schien verletzt zu sein, sein Blut spritzte auf den Baum und so veränderte sich die kleine Esche, sie wurde zum Teufelsbaum. Er benötigte jetzt, fleischliche Nahrung, so lockte er ewig schon

195

Menschen an, damit er sie fressen konnte. Der Baum absorbiert das Blut, über die Wurzeln, um sich zu nähren, so wuchs er immer höher und ich bin der Toten leid.«

5. Die Wertaube

Kajub bereitete Gordon ein festliches Mahl in seinem Kochtopf zu, sein Haus war gemütlich, es hatte einen Stock und viele Fenster, es sah genau so aus, wie man es von Märchen her kannte. Den Teufelsbaum, sah man vom Fenster ganz genau, gewaltig schoss er da in die Lüfte empor. »Lebst du hier alleine«, fragte Nick. »Einst waren wir Rasabunga viele Zwerge, wir lebten glücklich und zufrieden im Wald, ich hatte sogar eine Frau und zwei Kinder, die Esche wählte mich aus um sie zu schützen und ich habe versagt, denn eines Tages widersetzte ich mich einen Befehl, ich sollte immer neue Opfer herführen, ein verirrter Junge, zwanzig Jahre alt, ich spürte ihn auf und sollte ihn zum Teufelsbaum führen, aber er war so nett und freundlich, er erzählte mir von seiner Freundin und das sie ein Kind erwarten würden, das berührte mein Herz, so dachte ich an mich und meine Frau wo wir jung waren und sie das erste Mal schwanger war, ich zeigte ihm den Weg nach Hause, so hat die verfluchte Esche mich bestraft, sie zog mit den Wurzeln, meine Familie unter die Erde, sie waren gleich tot, immer wieder wurde ein Zwerg meines Volkes in die Tiefe gerissen, bis es nur mehr mich gab, ich warte bis heute, dass mir der Baum meine Familie wiedergibt, alles tat ich was er wollte, aber es war nie genug.« »Kannst du Kontakt zur Esche herstellen«, fragte Gordon. »Ja durch das Licht in der Baumkrone, aber da braucht man tagelang um hoch zu kommen, ich war da schon Jahre nicht mehr, er spricht da im Licht mit dir«, antwortete Kajub. »Gibt es keinen anderen Weg um schneller auf den Baum zu kommen«, fragte Nick,

»denn ich habe nicht vor, hier noch Wochen zu verweilen.« »Doch, das Blut der Wertaube«, sagte Kajub, »dass musst du trinken, es macht dich leichtfüßig und schnell, so kannst du den Koloss bezwingen, du wirst dann wie ein Affe den Teufelsbaum erklimmen.« »Was zum Teufel ist ne Wertaube«, nuschelte Gordon verwirrt. »Das sind die Urtauben, sie sind meist schwarz, rot gefleckt und haben feurige, rote Augen, sie ernähren sich von Blut«, erklärte der Zwerg. »Warte, so eine habe ich schon gesehen, auf einem Ast, die saß auf ihren Eiern, man waren die köstlich und die Wertauben trinken wirklich Blut?« »Das sagte ich ja bereits.« »Wau, da hatte ich aber Glück, würde ich dann zum Vampir werden«, fragte der Mann. »Ja, wenn sie dein Blut leer trinkt dann würdest du zu einem Untoten werden und müsstest dich Nacht für Nacht von Blut ernähren«, schrie der kleine Wicht. »Warum sind hier eigentlich alle Tiere so groß und seltsam, die gibt es ja sonst nirgends auf der Welt, Urforelle, Wertaube, oder der Mutantenbär, was soll das sein zum Teufel«, fragte Nick. »Das ist das Werk des Teufelsbaums, seine Wurzeln erstrecken sich Kilometer weit, knapp unter der Erde und die Tiere des Waldes, nehmen seine böse Energie auf und so mutieren sie«, erklärte Kajub. Die Zwei machten sich auf den Weg zum Baum um eine Wertaube zu fangen, Gordon wusste genau, wo er suchen musste, er hatte ja schon mit einer Bekanntschaft gemacht. Der kleine Zwerg, schleppte einen Sack mit, um das Täubchen zu fangen, er übergab es Nick, dieser kletterte langsam den Koloss hinauf, da war er, der Ast mit dem Nest und da saß sie, sie starrte, wild zu dem Mann, ihre Augen wirkten beinahe hypnotisch, unser Held schlich sich langsam an, mit dem Sack fest in der Hand. Wenn dieses Vieh ihn nicht, so anstarren würde, dachte Nick, vielleicht wusste das Tier was er vorhatte. Gleich würde er sie haben und wusch, rüber mit dem

Sack, sie war gefangen und flatterte wie wild umher, sie riss so wütend um sich, dass Gordon mit ihr vom Ast hinab in den Bach stürzte. Er blickte auf und da, der Sack hüpfte panisch umher, bald würde die Wertaube sich befreien. »Schnell ein Stock«, schrie er zu Kajub, dieser schoss ihn schnell, einen abgebrochenen Ast hin, den er da am Boden sah und Nick drosch wie besessen auf den Sack ein bis sich dieser nicht mehr rührte, dann stapften die Zwei zu Kajubs Haus um der Taube Blut zu entnehmen. Dort angekommen, legten sie den Sack, der komplett mit Blut verschmiert war in einen Trichter und darunter stellten sie eine Flasche, um das Blut zu filtern, keiner der beiden, wagte einen Blick hinein in den Sack. Es befüllte sich langsam und man bekam eine ganze Menge zusammen, so fertig, Kajub, schmiss den Sack, samt Inhalt aus dem Fenster hinaus. »Trinke es morgen vor dem Baum«, sagte der Zwerg. Plötzlich ertönte ein grausamer Schrei und da saß die zerfetzte Wertaube, sie hatte sich aus dem Sack befreit. Sie war komplett voller Blut, ein Flügel hing zerrissen von ihr runter und ein Auge stand weit heraus, man konnte überall ihr blutiges Fleisch sehen, sie starrte die beiden bedrohlich an, dann verschwand sie im Wald.

6. Das Licht in der Finsternis

Abermals wurde es nachts und Nick saß in einem gemütlichen Sessel im Knusperhaus, Kajub, schlief schon, er war in einem anderen Raum, das Haus bestand aus fünf Zimmern, Wohnzimmer, Küche, Bad und zwei Schlafzimmer, in einem lag der Zwerg, Gordon war im Wohnzimmer, er blickte aus dem Fenster, überall nur Bäume und die Sterne, sie strahlten so hell und da war es wieder, das unheimliche Licht am Baum, es leuchtete in die Ferne um Menschen anzulocken. Es entbrannte in ihm die Frage, wie frisst eigentlich der Teufelsbaum die Menschen, mit den Wurzeln, aber warum wurde er nicht gefressen, dachte Nick, vielleicht musste man gewisse Worte sprechen, oder es bedarf einer gewissen Zeitspanne, es könnte aber auch sein das die Esche gerade keinen Hunger hatte. Kajub schlief tief und fest, plötzlich riss die Tür wie wild auf, ein dunkler Schatten stand da und starrte wirr auf den Zwerg. »Wie genau und wann frisst der Teufelsbaum die Menschen«, schrie er, es war Nick. Verschlafen erzählte der letzte der Rasabungazwerge, »Das ist ganz verschieden, einmal fraß die Esche eine ganze Pfadfindergruppe auf einmal zusammen, dann ist wiederum ein Wanderer da gewesen, der bei den Wurzeln übernachtete und am nächsten Tag einfach weiter reisen konnte und überlebte, ohne das er angegriffen wurde, ich denke es hängt von dem Menschen ab, vielleicht frisst der Baum nur absolut gute Lebewesen, wir Zwerge waren jedenfalls alle herzensgut im Wesen, nur ich nicht, ich habe einen Freund von mir getötet, er war in allem besser als ich, sein Haus war schöner, seine Ernte war mehr, dann sah ich wie meine Frau zu ihm aufblickte und wusste, dass sie wünschte er wäre ihr Mann. Eines nachts lockte ich ihn zur Esche, ich schlug auf ihn mit der Axt ein, das Blut spritzte auf den Baum, er lebte aber noch, die Wurzeln des Teufelsbaums zogen ihn in die Tiefe, er schrie immer wieder meinen Namen und streckte die Hand nach mir aus, aber ich half ihn nicht und so wurde er in die Erde hinab gezogen, das war das erste Opfer der Esche soviel ich weiß. Jeden Tag bete ich seit dem um Vergebung und das war auch der Tag, an dem der Teufelsbaum, das erste Mal zu mir sprach, ein gelbrotes Licht begann in ihn zu leuchten, nachdem er den Zwerg verschlungen hatte, er sagte, Kajub bring mir mehr, du hast deine Seite gewählt, die dunkle, du wirst meine Befehle ausführen und dafür ewig Leben und so diente ich der Esche« und deswegen lag

199

er, dann mit weitoffenen Augen in die Höhe starrend im Bett, kalter Schweiß rann ihn übers Gesicht, schmerzend dachte er über seine Taten nach. Es ergab Sinn, denn Nick war auch kein Heiliger gewesen, wie oft war er aus Lokalen wegen seiner Trunksucht und Schlägereien geworfen worden, einmal haute er jemanden mit einem Faustschlag ein Auge aus, nur weil ihn der komisch ansah, oder ein anderes Mal schlug er einen Mann zum Krüppel, denn er sah für ihn wie ein Transvestit aus und solche hasste er, aber nur wenn er betrunken war, das war zu oft schon gewesen, wie viele Male saß er schon in Haft, deswegen unternahm Nick die Wanderung um über das Leben und sich nachzudenken, aber er war wirklich kein guter Mensch gewesen. Der Mann ging wieder ins Wohnzimmer und setzte sich in den gemütlichen Sessel, er blickte auf sein Handgelenk, da hatte er eine Armbanduhr oben, es war zehn vor Zwölf Uhr abends. Das gelbrote Licht der Teufelsesche leuchtete durch die Nacht, das muss ich genauer anschauen, sagte sich Nick innerlich und sprang durch die Tür und rannte in Richtung des Lichtes vom Teufelsbaum. Dort angekommen, versteckte sich der junge Mann in den Büschen und beobachtete das Licht und den Baum, dunkle, unheimliche Lichter wandelten umher, gepaart mit roten Augen, sie flogen durch die Nacht, es hatte etwas Magisches an sich, plötzlich hörte er zwei Stimmen, es war die einer Frau und eines Mannes, sie waren deutlich zu hören, die Zwei gingen genau zum Teufelsbaum zu, sie wurden vom Licht angelockt. Nein, bitte nicht, geht, dachte Gordon, aber er verharrte ruhig und beobachtete sie, es war genau zwölf Uhr, die zwei Leute gingen genau zum Stamm. Die Frau fragte den Mann, der bei ihr war, »da ist das rot leuchtende Licht bei dem gigantischen Baum, siehst du es.« »Er antwortete, »sogar ein Blinder könnte es sehen.« Die Erde begann leicht zu beben, die Lichter verstärkten sich und immer mehr dunkle Schatten kamen zum Vorschein. Die Zwei gerieten in Panik, es wurde immer heftiger und da schoss eine Wurzel aus dem Boden, direkt durch den Mann hindurch, Blut spritzte wie eine Fontäne, der Wanderer blickte die Frau angsterfüllt an und da rissen ihn die Wurzeln schon in die Tiefe. Eine Blutlache war das Einzige was überblieb, die weibliche Person blickte wirr und panisch umher und da erhellte sich das Licht, es erhob sich von der Baumspitze, dann flog es langsam in die Tiefe herunter, die Frau starrte es an, wie eine Feder gleitete es zu ihr. Nick traute seinen Augen kaum, es blinkte immer wieder auf und da kam es am Boden an, die Frau wirkte schockgefroren, sie rührte sich kein bisschen. Das rot, gelbe Licht, es war eine Kugel um die drei Meter groß, ein dunkler Schatten kam darin zum Vorschein, das Wesen hatte Hörner und war komplett schwarz, es trat aus dem Licht heraus, ein langer Schwanz und schwarze, schimmernde Schuppen verzierten den Körper, es hatte ein sehr langes Kinn und sein Maul war vollgespickt mit langen, scharfen Zähnen, es lachte und ging auf die weibliche Person zu, die sofort umfiel, war das etwa der Leibhaftige? Er kniete sich hin und beugte sich vor, er sprach, »das Dinner ist serviert«, dann öffnete er das Maul und zerfetzte die Frau, Blut spritzte, sie schrie um ihr Leben, aber es half nichts. Gordon duckte sich und schloss die Augen, so etwas, bestialisches hatte er noch nie gesehen, dann öffnete er sie wieder, das Monster blickte genau zu ihm und grinste teuflisch, dann stieg es wieder in die Lichtkugel und schoss zum Baumgipfel empor. Jetzt erkannte Nick, dass er nicht zur Baumkrone klettern musste, weil das Licht nach unten gleiten konnte. »Verdammt das ganze Blut der Wertaube, alles umsonst«, schimpfte er. Der Mann rannte panisch zur Hütte, er nahm das Blut und schmiss es gegen die Wand, dann sprang Gordon in einen Sessel und sagte sich immer wieder, »das ist nicht real, es war nur ein Traum, nichts weiter«, stundenlang verharrte der Mann da, nach einiger Zeit schlief er ein und träumte vom Teufelsbaum, in dem anscheinend der Teufel lebte.

7. Der Teufel muss vernichtet werden

Kajub öffnete die Augen und da war Nick, er schrie, »wir müssen das Monster töten und ich weiß schon wie, wir zünden den Teufelsbaum an, die Höhle unter der Esche wäre ideal, ich stopfe sie mit Ästen voll und dann entzünde ich sie« und so machte es der Mann. Tag für Tag suchte er allerhand Holz und Äste zusammen um die Höhle damit zu befüllen, immer mit einem Auge in den Wald gerichtet, wegen des Mutantenbären und so vergingen einige Tage. Nun war es so weit, heute sollte also der Tag der Vernichtung sein, es war gerade neun Uhr morgens und unser Held mit seinem kleinen Freund machten sich auf den Weg um ihr Werk zu vollenden. Es dauerte ein paar Minuten, bis es ordentlich brannte, die Höhle war bis oben hin befüllt, es loderte immer stärker und ging schon auf den Baum über, die Zwei lachten und schlugen mit den Händen zusammen, immer höher erhoben sich die Flammen in den Himmel und so brannte es stundenlang, bis nun endlich der ganze Teufelsbaum brannte, es war schon zehn Uhr abends, das Feuer erhellte die Nacht, würde der Teufel nochmals auferstehen können, dachte Nick, oder ist er schon längst verbrannt. Zwölf Uhr nachts, war es nun schon, die Flammen brannten lichterloh, aber da bündelte sich das Licht auf der Baumkrone, das Feuer überzog es komplett, die Lichtkugel, vermischte sich mit den Flammen, rot, gelb schimmerte sie, sie erhob sich und stieg in den Himmel empor um dann schließlich zu den zwei Helden zu Boden zu stürzen und da lag die Lichtkugel, sie hatte einen Meter tiefen Krater in den Boden geschlagen, das Feuer loderte noch immer auf ihr, man sah die Umrisse des Teufels darin, er stapfte wütend aus dem Licht, er ging zu Kajub und hob ihn mit einer Hand in die Höhe und sagte, »du hast mich verraten, so nehme ich dir deine Unsterblichkeit«, dann schoss er ihn in den Wald. Der kleine Zwerg schlug fest mit der Rückseite auf einem anderen Baum auf, er blutete heftigst, denn ein Ast hatte ihn durchbohrt, Nick rannte zu ihm, er blickte erlösend den Helden an. »Mein kleiner Freund, ich werde dich retten«, schrie der Mann. »Endlich habe ich die Erlösung gefunden, bald bin ich mit meiner Frau und meinen Kindern wieder vereint«, dann rann den Zwerg eine Träne hinunter und er blickte suchend in den Himmel, dannach spuckte er Blut und erlag seinen Verletzungen. Trauernd beugte sich Gordon zu seinem Freund, nun ballte er die Fäuste und schrie wild. Kajubs Körper löste sich in Sternenstaub auf und flog in den Himmel, den Sternen entgegen. Nick nahm einen Ast und hielt ihn drohend zum Teufel, dieser lachte nur und ging zornig auf Gordon zu, er packte ihn mit einer Hand am Hals und hob ihn in die Höhe, er drohte zu ersticken. »Denkst du, du kannst mich aufhalten«, grässlich lachte der Leibhaftige und schoss den Mann weg, dieser blickte angsterfüllt zu dem Teufel. Grauenhaft lachte dieser und streckte seine Arme in den Nachthimmel, oben zogen ein paar Sternschnuppen vorbei, plötzlich ergoss sich Blut aus der Rinde und den Ästen der Esche, das Feuer erlosch und der Baum erstrahlte erneut in seinem Glanz, als wäre er nie mit den Flammen in Berührung gekommen. Der Teufel ging auf Nick zu und packte ihm an beiden Oberarmen, mit einem Bein stützte er sich auf dem Brustkorb des armen Mannes ab und zog kräftig, er riss beide Arme ab, das Blut schoss aus seinen Wunden. Gordon kniete und blickte das mächtige Wesen bettelnd an, aber dieses kannte keine Gnade, es spitzte die Finger und stieß sie fest in die Brust des Opfers, packte dessen Herz und riss es heraus, es schlug noch, dann verschlang es der Teufel, Blut rannte, aus dessen Maul und der Mann fiel um und war tot. Der Teufel flog mit dem grellen, rot, gelb leuchtenden Licht zur Esche zurück und so konnte er sein dunkles Werk weiter vollziehen, also passt auf im Wald, wenn ihr ein rot blinkendes Licht seht, es könnte der Teufelsbaum sein.

Wolfsgott

Die Rache der Blutwölfe

1. Harte, harte Welt

Es war vor Tausenden von Jahren, als die Tiere noch die Welt beherrschten, wo die Erde noch rau und brutal war, da gab es ein Wolfsrudel, sie bestanden aus der Wolfsmutter Mila den Wolfsvater Gustav und den beiden Jungen Klick und Carl, sie mussten ständig ums Überleben kämpfen, es war eine sehr harte Zeit. Sie waren gerade auf der Jagd nach einem Rothirsch, alle folgten dem Wild, der Hunger trieb sie an, es war gerade Herbst und bald wäre es Winter, die Nahrung würden sie fürs Überleben brauchen, die Wölfe hatten ihn schon Stunden lang vor sich hergetrieben, ihre Kräfte neigten sich dem Ende zu, aber auch das Rotwild, war schwach. Gustav kam ihm sehr Nahe und schaffte es auf seinen Rücken zu springen und da biss er mit aller Kraft zu, er verbiss sich fest im Fleisch. Der Hirsch stoppte und stellte sich auf die Hinterbeine, er schleuderte mit einem Schwung den Rudelführer hinunter und stellte sich kämpferisch den Wölfen entgegen. Gustav stand dem Wild gegenüber und fletschte seine Zähne, das wiederum wirbelte furchteinflößend mit dem Kopf herum, beide stürmten aufeinander zu, da packte der Hirsch den Wolfsvater mit seinem Geweih und schoss ihn weit durch die Luft. Mila sprang dem Rotwild von der Seite an die Kehle und biss mit aller Kraft zu, sie hing an dem Hals fest und ließ nicht locker, die zwei Jungen versuchten ihn von hinten anzugreifen, doch dies gelang nicht, plötzlich scherte der Hirsch aus und die Wolfsmutter wurde weggeschossen, sie landete am Rücken, war aber unverletzt. Das mächtige Wesen stürmte auf Mila zu, der Rothirsch wollte sie zermalmen, aber da kam Gustav und sprang ihm an die Kehle und durchbiss die Schlagader, das Blut schoss fontänenartig aus seinem Hals, dann stürzte der Hirsch, das war das Zeichen, alle Wölfe sprangen auf ihn und töteten das Rotwild, jetzt hatten sie für Tage Nahrung und so fraßen sie sich satt. Ein kalter Herbstwind, zog auf, er ließ schon einige Blätter von den Bäumen herab fallen, es würde bald zu regnen beginnen, plötzlich hörten sie ein bestialisches Heulen, alle Vier verharrten in Ruhe und starrten in Richtung des Geheules, man sah nur Finsternis und da waren sie, zwei grün leuchtende Augen, kamen von der Dunkelheit immer näher. Oh mein Gott, war es etwa Sessefraß, dachten die Wölfe und starrten erschrocken in die Richtung. Sessefraß war ein Monstervielfraß, es war dreimal so groß wie ein Wolf, hatte undurchdringliches Fell, die schärfsten Zähne und mächtige Krallen, schon so manche Wolfsrudel sollen der Bestie zum Opfer gefallen sein. Das Wesen kam immer näher, es stampfte, gierig mit einem totbringenden Blick auf die Wölfe zu, Gustav gab den Dreien zu verstehen, dass sie alle abhauen sollten und dies taten sie auch, er stellte sich der Bestie entgegen, so fletschte er die Zähne und knurrte böse. Als die riesigen grünen Augen näher waren, sah man schon den Umriss, es war die Kreatur, Sessefraß, die wütend auf den Wolf zustürmte. Die anderen Drei rannten daweil so schnell sie konnten einen Abhang hinunter, man hörte den verzweifelten Kampf des Vaters und einen Todesschrei, er musste tot sein. Jeden gefror das Blut in den Adern, Gustav musste sich opfern, um seine Familie zu retten und so blieben sie stehen und ließen den Kopf traurig hängen, plötzlich ein lauter, bestialischer Schrei, es war schon wieder die Bestie, sie hatte die Witterung aufgenommen und war ihnen gefolgt. Das Monster stand mit gefletschten Zähnen vor den Dreien, wen würde es als Erster angreifen. Mila stellte sich der Kreatur entgegen und ein erbitterter, unfairer Kampf begann, die Wolfsmutter hatte keine Chance, sie fletschte die Zähne in Richtung der Jungen, welches ihnen zu verstehen gab, das sie flüchten sollten und dies taten sie, aber leider war sie dadurch kurz abgelenkt, der Vielfraß packte sie mit seinem mächtigen Maul am Bauch und wirbelte sie wild herum und schoss sie durch die Luft, sie jaulte und stürzte in eine Schlucht, wo unten ein Fluss war, dort verschwand sie in den Fluten. Da blickte Sessefraß mit gefletschten Zähnen, in Richtung der flüchtenden Jünglinge, er stieß einen gewaltigen Schrei aus. Der Wolfsjunge Carl schaute zurück und konnte die Bestie sehen, aber wie könnten sie flüchten und da war es, ein schmaler Baumstamm lag über der Schlucht, quer darüber, da konnten sie hinüberklettern, denn Sessefraß war viel zu groß um dies zu schaffen. Klick stürmte gleich als Erster hinüber, dann Carl, als er ein Stück auf dem Stamm war fühlte der junge Wolf, dass etwas knapp hinter ihm war und er drehte sich um es war das Monster, es stand da und fletschte ihn, mit den gewaltigen Zähnen, furchtlos an, es brüllte bestialisch. Der junge Wolf zeigte wie wild die Zähne zurück, er dachte sich du hast meine Eltern umgebracht und eines Tages werde ich dich töten, er ging so knapp auf Sessefraß zu, dass dieser, mit seiner riesigen Pranke ausholte und ihm quer über den Kopf einen langen Schnitt verpasste, dann flüchteten die zwei Wolfsjungen und der Vielfraß brüllte den Zweien noch furchteinflößend hinterher. Nach endlosem Dauerlauf, blieben sie dann erschöpft in einem Waldstück, geschützt vor dem kalten Wind, unter einem Baum liegen und schliefen gleich ein, beide waren am Ende ihrer Kräfte und so schlummerten sie friedlich. Ein Sturm zog auf, wild schauckelten, die Bäume hin und her, dann begann es zu regnen, die ganze Landschaft, wirkte dadurch, sehr düster und unheimlich.

2. Gustav der Wolfsvater

Der Kampf mit Sessefraß war bestialisch, Gustav hatte schon etliche Fleischwunden, beide standen sich gegenüber, das Monstervielfraß ging brutal auf ihn los, er konnte sich nur verteidigen, aber immer wieder biss ihn die Bestie und so brach er erschöpft zusammen. Sessefraß drückte ihn mit den Pranken nieder und schlitzte ihn das Fell auf, bis das Blut nur so spritzte, Gustav jaulte und dann verstummte er, er war bewusstlos. Die Kreatur ließ von ihm ab, sie brüllte einen mächtigen Siegesschrei, dann stürmte sie, den drei Flüchtenden nach. Es verging einige Zeit, plötzlich öffnete der Wolf die Augen, bestialische Schmerzen durchdrangen seinen Körper, er lag da, er konnte die Hinterbeine nicht bewegen, sie waren gebrochen, oh mein Gott sein Körper lag komplett verdreht da, mit den Vorderbeinen schliff er sich mit tödlichen Schmerzen davon, überall rund um ihn war der Boden hohl bemerkte er, es stürzte immer wieder das Erdreich bei ihm ein, doch auf einmal brach der Wolf ein und fiel tief in ein Erdloch hinunter, der Boden über ihn schloss sich wieder durch die Erdmassen und er befand sich in einer gewaltigen Höhle, die gar nicht so schlecht aussah, in ihr gab es Wasser, aber es war rot sowie die Pflanzen und was war das, rote Kaninchen, die sahen seltsam aus, sie waren mit Muskeln übersät, vielleicht war es das Wasser. Gustav schleppte sich zu einer der blutroten Quellen und trank daraus, auf einmal richtete sich seine gebrochene Wirbelsäule wieder gerade, seine kaputten Hinterbeine bekamen wieder Kraft, er konnte sich aufrichten und heulte wie wild, er war zu einer noch nie da gewesenen Stärke gekommen, sein Fell färbte sich rot, sofort packte er ein Kaninchen und riss es, ein super Fressen, dachte der Wolf, dann genoss er es richtig. Nach Tagen in der Höhle war er so satt und so stark, er musste seine Familie wiederfinden, aber wie würde er in die Freiheit zurückkommen, der Wolf erforschte die ganze Höhle, sie besaß einige Gänge, aber welcher würde in die Freiheit führen, es gab ungefähr sieben Verschiedene. Er setzte seine gute Spürnase ein, auch die war durch das rote Wasser verbessert worden und so schnüffelte er, die Erste, es roch nach Exkrementen, das musste eine Fledermaushöhle sein, na gut die Zweite, es roch nach Metall, die Dritte, wieder nach Kot und so ging es immer weiter, aber die Siebente, sie roch nach Freiheit und so stürmte er freudig in diesen Gang hinein, auf einmal stürzte der Wolf in eine Grube, er richtete sich auf und war nicht verletzt, aber da stand ein riesen Grizzly vor ihm, es war wahrscheinlich sein Schlafplatz, der Bär hatte eine normale braune Fellfarbe, also durfte er mit dem inneren Roten der Höhle, noch nicht in Berührung gekommen sein, ein wilder Kampf tobte, der Bär wollte Gustav immer wieder beißen, aber der war zu schnell und sprang in einem Satz über den Bären und packte ihm am Hals und biss ihn durch, der Grizzly war tot, das Höhlenwasser war unglaublich, es machte den Wolf stärker als einen Bären und nun rannte er los, ah endlich Freiheit, der Wolf stürmte sofort zu der Stelle, wo er mit Sessefraß kämpfte, vom erlegten Rothirsch, waren nur mehr Knochen zu sehen, die Bestie musste ihn gefressen haben, oder aber auch andere Raubtiere, so nahm Gustav, die Fährte von seinem Wolfsweibchen und den zwei Jungen auf und folgte der Spur.

3. Mila die Wolfsmutter

Waghalsig kämpfte sie gegen Sessefraß um die Jungen zu beschützen, aber die Bestie packte sie und verletzte die Wölfin schwer, dann schmiss das Monstervielfraß, Mila die Schlucht hinunter, sie landete im Fluss und trieb bewusstlos im Wasser, das Raubtier wurde ans Ufer gespült und lag da wie tot, aber plötzlich ein Luftschnappen, es lebte noch, doch es hatte eine stark blutende, lebensgefährliche Verletzung, das Wolfsweibchen verlor sehr viel Blut, es blickte sich um und sah ein rotes Kaninchen, das in einen Höhlengang flüchtete, es folgte ihm mit letzter Kraft und nach einigen hundert Metern, gelangte die Wölfin in eine riesige Höhle, die wunderschön war, es gab Pflanzen, Wasser und viele Kaninchen, alles hatte eine rote Farbe. Mila schleppte sich zum blutroten Wasser und trank daraus, ihre Wunde verschloss sich sofort und sie bekam starke Muskeln und rotes Fell, sofort riss die Wolfsmutter ein Kaninchen und fraß sich satt und so verbrachte sie einige Zeit dort, das Raubtier entdeckte einen Höhlengang den es vorsichtig entlang ging, er führte zu noch einer größeren Höhle, oben sah die Wölfin noch einen Gang, der quer durch die Felswände entlang ging und in den Felsen verschwand, doch dieser war in zwanzig Metern Höhe, plötzlich sah sie Gustav, der in diesem Höhlengang rannte, sie wollte sich bemerkbar machen, aber da packte sie ein Riesenmaulwurf und ein wilder Kampf begann, aber gegen Mila hatte das Biest keine Chance in wenigen Minuten, war es totgebissen. Die Wölfin konnte nicht nach oben, da dies zu hoch war, sie heulte Gustav noch nach, aber der war schon über alle Berge und so ging sie den Gang, wo sie her kam zurück zum Fluss, aber wie würde sie nach oben auf den Berg kommen, wo die Wölfin hinunter fiel, sie ging die Stromschnellen entlang bis sie in einen riesigen Wald kam. Mila blickte nach oben, da sah sie, dass sie in einer riesigen Schlucht war, oben sah die Wolfsmutter einen Baumstamm quer darüber liegen, dies war auch die Stelle, wo die zwei Jungen querten, um vor Sessefraß zu flüchten, aber das wusste sie ja nicht und so ging Mila in den riesigen Wald. Der Fluss hatte größere Felsbrocken liegen und so querte die Wölfin ihn, jetzt war sie auf derselben Seite wie die Jungen Klick und Carl und der Wald war gigantisch und so wanderte die Wolfsmutter Tage darin umher, auf einmal vernahm sie einen ihr vertrauten Geruch, es war der von den Wolfsjungen, aber eines war verletzt und so verfolgte sie die Fährte.

4. Sessefraß das Monstervielfraß

Sessefraß war schon ein uraltes Wesen, es lebte schon 60 Jahre, es war eines der letzten Riesenvielfraße die es gab, denn sie hatten einen unstillbaren Appetit und so fraßen sie alle Lebewesen in ihrer Gegend auf und verhungerten zum Teil, aber Sessefraß wanderte immer um neuere Nahrungsquellen zu erschließen. Seine Eltern starben den Hungertod, sie hatten jegliche Lebewesen in ihrem Revier zusammen gefressen, darum änderte Sessefraß seine Lebensweise und fing an Wanderungen zu unternehmen und so entdeckte er immer mehr Lebewesen die er fressen konnte, leider war seine Rasse nicht so clever, die meisten Riesenvielfraße blieben immer, ihrem Revier treu bis es nichts mehr zu erlegen gab, darum starben die meisten schon aus, es gab nur mehr eine Hand voll von ihnen. Sessefraß witterte ein gerissenes Rotwild und folgte der Spur, dort fand er dann ein Wolfsrudel, welches den Hirsch erlegt hatte, er kämpfte mit ihnen, es waren Gustav und Mila und ihre Jungen gewesen, den Vater, dachte er hat er getötet, dann folgte das Monster der Mutter und ihren zwei Jungen, Die Wolfsmutter schoss er in die Schlucht in einen Fluss, dann folgte der mächtige Vielfraß den Jungen bis zu einem Baumstamm der quer über den Abgrund lag, aber dort entkamen sie. Er nahm dann die Spur zurück zu dem Rothirsch auf, der ja noch zum Verspeisen da lag und dem Wolfsvater, aber als die Bestie dort an kam war dieser verschwunden, sie folgte den Spuren, aber sie verschwanden in der Erde und so labte sie sich an dem Hirsch, dann zog die Kreatur weiter. Sessefraß hatte schon viele Kämpfe ausgetragen, etliche Wolfsrudel wurden durch ihn schon ausgelöscht, aber sein unersättlicher Hunger und sein Blutrausch machten vor nichts Halt, einmal ermordete er eine Grizzlyfamilie, nur so aus Spaß. Jede Welt hat ihre Bestie und diese hatte Sessefraß.

5. Die Wiedervereinigung

Carl hatte eine starke Fleischwunde im Gesicht und Klick leckte sie zur Reinigung ab, sie versteckten sich im Wald, vor dem Monster, sie waren ganz alleine. Klick versuchte ein Kaninchen zu jagen, aber dies gelang ihm nicht, er war einfach nicht schnell genug. So folgte er dem kleinen Wesen bis zu seinem Bau und dort lauerte er auf ihn. Carl blieb daweil in seinem Versteck im Wald, um sich zu erholen. Klick, wartete und wartete, plötzlich schoss das Kaninchen heraus und er packte es mit seinen Zähnen, der erste Jagderfolg, der junge Wolf brachte es sofort zu seinem Bruder und sie fraßen es genüsslich auf. Es wurde Nacht und die beiden Wolfsjungen schliefen tief und fest, auf einmal hörte man ein rascheln, beide wurden munter, was war das, etwa Sessefraß und so starrten sie erschreckt in die Richtung des Geräusches, es war etwas Großes und kam immer näher, man sah schon die Umrisse, was war das? Es war Mila, ihre Mutter, sie war zurückgekehrt, aber wie sah die Wölfin aus, sie war viel stärker und hatte rotes Fell, die

Wolfsmutter stürzte sofort auf ihre Jungen zu und kuschelte mit ihnen, dann sah sie Carls Wunde und schleckte sie ab, später schliefen alle Drei im Versteck. Am nächsten Tag führte Mila, die zwei Jungen zu der Höhle, in der die roten Kaninchen waren, sie marschierten einige Zeit, endlich kamen sie an, schnell den Gang hinein und da war sie, die Jungen tranken das rote Wasser, sie veränderten sich, ihre Muskeln wuchsen und das Fell färbte sich rot und die Wunde von Carl heilte sich. Verspielt tobten die Kleinen herum, schnell noch ein paar Kaninchen verspeisen und glücklicher konnten sie alle nicht sein, aber nur wo war der Wolfsvater, der war verschwunden. Auf einmal hörte man ein heulen und da war Gustav, er hatte sie gefunden, jetzt waren sie wieder vereint. Der Wolfsvater war der Spur der Dreien gefolgt, als er aus der Höhle kam und witterte, das die Fährte der Mutter, beim Abhang beim Fluss endete, dann ging der Wolf weiter zu dem Baumstamm, der über der Schlucht lag, diesen konnte er nicht queren da er zu groß war, aber das Tier roch das die Jungen dort hinüber gingen, nun kehrte er abermals um, zu der Stelle wo die Fährte der Mutter endete und sprang in die Tiefe in den Fluss, dann rettete das Raubtier sich ans Ufer, dort fand er die Fährte der Wölfin wieder und jetzt war der Wolf hier. Die Wolfsfamilie lebte jetzt in dem Höhlensystem, denn dort gab es super rotes Wasser, reichlich an Nahrung, der perfekte Ort zum Leben, sie entdeckten auch Neu, einen blutroten unterirdischen See, der wunderschön war. Er hatte eine kreisrunde Form, in der Mitte war er viel dünkler und er bewegte sich, als würde er leben. Der See hatte eine innere Strömung, die das blutrote Wasser, andauernd im Kreis, wie einen Strudel, drehen ließ. Es bestand die Gefahr, dass Sessefraß einmal die Höhle entdecken könnte, aber vielleicht würde diese alte Bestie, ja auch sterben und sie hätten, ewig ihren Frieden.

6. Wolfsgott

Jahre vergingen das Rudel hatte sich vermehrt, die Jungen Klick und Carl hatten sich mit anderen Wölfen gepaart, die sie in den Wäldern fanden, sie waren jetzt an die fünfzehn Stück, sie lebten alle glücklich, im Höhlensystem, jeder hatte die rote Fellfarbe wegen des Wassers und die extremen Muskeln, aber plötzlich ein lautes, wildes Geschrei und die Bestie Sessefraß stürmte herbei, er hatte einen Höhleneingang gefunden. Es war nur eine Frage der Zeit bis er wiederkehren und das Wolfsrudel entdecken würde. Furchteinflößend stand das Monster mit den grün leuchtenden Augen da, wild zeigte es die scharfen Zähne, dann begann es bestialisch zu brüllen und stürmte zu den Wölfen, einen packte die Bestie mit ihrem Maul und schleuderte ihn gegen die Felswand. Nun umrundeten die roten Wölfe die Kreatur, alle stürzten sich nacheinander auf das Monster, aber immer wieder schüttelte es alle ab. Abermals erwischte es einen Wolf und schleuderte ihn zu Boden das er leblos liegen blieb, sie kämpften sich bis zum unterirdischen See entlang. Mila sprang zu dem Monstervielfraß und es erwischte sie mit der Pranke, sie blieb schwer verletzt liegen. Gustav stellte sich vor den See und fletschte die Zähne, aber Sessefraß blieb unbeeindruckt und packte ihm mit seinem gewaltigen Maul und zerbiss ihn die Wirbelsäule, dann schnappte er ihn am Genick und wirbelte den Wolf so wild herum das es brach, Blut spritzte in den See und er fetzte Gustav dort hinein, er ging jaulend unter. Die Bestie kämpfte weiter gegen die restlichen Wölfe, die fliehen mussten, plötzlich fing der See zu sprudeln an, es stieg ein mächtiger Wolf heraus, er war riesig, hatte rotes Fell, rot leuchtende Augen, die Kreatur ging auf ihren Hinterbeinen und war gespickt von mächtigen Muskeln, es war der Wolfsgott. Er hatte es satt, dass seine Wölfe von der Bestie Sessefraß so, dezimiert wurden und so stieg dieser aus dem See empor und sprang den Wolfsmörder an. Sie kämpften wie wild, diesmal sah es aus als hätte der Vielfraß seinen Meister gefunden. Der Wolfsgott ergriff ihm am Schwanz und wirbelte die Kreatur durch die Luft, bis dieser abriss, dann hob er sie in die Höhe und zerquetschte den Bauch der Bestie, in dem der Gott seine Arme um das Scheusal legte. Sessefraß spuckte Blut, dann brach er zusammen, der Gott hob sein Bein und zermatschte den Kopf des abscheulichen Wesens, Blut und Hirn spritzte an die Höhlenwände, dann ging er zu den toten Wölfen und berührte sie mit seinen mächtigen Pranken, nun wurden sie zu Geisterwölfen, auch Gustav stieg aus dem See heraus, er war ebenfalls ein Geist. Die verletzten Wölfe heilte der Wolfsgott. Mila war geheilt sie eilte zu Gustav, die beiden sahen sich liebend an, die Jungen Klick und Carl hatten auch überlebt, jetzt hieß es Abschied nehmen. Der Wolfsgott stieg wieder zurück in den See und verschwand. Gustav verabschiedete sich von Mila mit traurigen Blicken, dann stiegen die Geisterwölfe in die Höhe hinauf, bis sie in der Höhlendecke verschwanden. Die überlebenden Wölfe waren sehr traurig, aber das Leben ging weiter, wenigstens waren sie den Riesenvielfraß los. Sie lebten alle noch viele, viele Jahre friedlich in der Höhle.

Gingi, Möberl und Mauschl

Einst lebte eine kleine Kellerassel, sie hieß Gingi, sie war nicht wie all die anderen Asseln, sie war rot und außerdem hatte sie rote Haare, sie lebte auf einem Berg in einem Weinkeller und nachts, wenn kein Mensch mehr da war, kam die kleine Assel aus ihrem Versteck unter einem Weinfass hervor. Dann trank sie immer von den Weinen, welche die Menschen nicht ganz ausgetrunken hatten, der Weinkeller gehörte einem alten Mann, der oft mit Freunden feierte. Ah wieder einige köstliche Rotweine, freute sich Gingi, denn wenn die Menschen so feierten, tranken sie oft nicht aus und den Rest erledigte die Assel. Sie kletterte unter der großen hölzernen Weinkellertür durch und draußen standen immer Stühle und Tische. Auf den Tischen waren oft halbvolle Weingläser und so berauschte sich Gingi, dann schimpfte das Insekt immer alle Autofahrer die vorbei fuhren, es war beleidigt, weil es nur so eine kleine Assel war. Als die kleine rote Kellerassel dann in ihrem Rausch auf dem Tisch lag und schlief, kam ein gelber Schmetterling, namens, Möberl vorbei, er flatterte wild um Gingi herum, dass dieser munter wurde. »Es ist eine Party bei Mauschl dem Stinkkäfer, du musst kommen.« Die kleine rote Assel konnte kaum die Augen öffnen so betrunken war sie noch, aber Party bei Mauschl, das verstand sie sofort und ab ging es, vorher aber noch ein kräftiger Schluck vom blauen Zweigelt, der Schmetterling, nahm auch ein paar kräftige Schluck und dann wollten die Zwei zu ihrem Freund dem Stinkkäfer, aber der Schmetterling konnte nicht mehr fliegen, er flog andauernd im Kreis und landete auf dem Rücken auf dem Tisch neben Gingi und so tranken die Zwei weiter, nach einiger Zeit mussten sie sich aber auf den Weg machen und so torkelten sie nebeneinander zu Fuß in Richtung zu Mauschls Party. Sie mussten sich gegenseitig stützen um nicht zu stürzen. »Warte mal Möberl«, sagte Gingi, »ich muss speiben«, dann spieb er, ah, gleich ging es ihm besser. Endlich kamen sie bei Mauschl an. Licht drang unten durch die Kellertür und man hörte hemmungslosen, wilden Gesang und Party. Schnell kletterten sie unter der Kellertür durch und da feierte der Stinkkäfer, mit anderen Insekten eine wilde Fete. Gingi und Möberl stürmten dazu und feierten ausgelassen. Der übellaunige Gingi übertrieb es aber, er trank so viel und schimpfte alle Käfer, dann schmissen sie ihn von der Party und er ging traurig nach Hause, die anderen feierten weiter. Auf der Feier hörte man plötzlich ein seltsames Geräusch, es war wie ein piepen, »seid Leise«, sagte Mauschl. Alle lauschten dem Geräusch, auf einmal kam ein riesiges Monster von der Decke, es war Leidernix die Fledermaus, sie verspeiste die Insekten und Käfer, waren die köstlich, ein paar konnten flüchten. Gingi kam zu Hause, bei seinem Weinkeller an, dort saß Sean Tütü, die Reblaus und labte sich am köstlichen Wein. »Komm setzt dich her Gingi,« sagte sie, »hier trink Wein« und das tat dieser und sie sprachen über Gott und die Welt. Die Reblaus gab ihn den weisen Rat, das er für sich einstehen müsse und an sich glauben muss, das nahm sich die kleine rote Kellerassel zu Herzen und sie sagte, »ja ich werde Mauschl gleich meine Meinung sagen« und so machte er sich erneut auf den Weg, aber vorher noch ein kräftiger Schluck Wein, ah ein guter Roter, dann ging er los und er war betrunkener als er jemals war. Sean Tütü winkte Gingi nach und sagte, »genau das ist die richtige Einstellung, mein Junge.« Bei Mauschls Keller angekommen, klopfte er wild an die Türe und schrie, »lass mich rein, ihr braucht euch nicht tot zu stellen, ich weiß das ihr hier seid«, dann kroch er unter die Tür, keiner war da. »Wo seid ihr, ihr Feiglinge«, schrie die rote Kellerassel, »ihr habt euch vor mir versteckt, nicht wahr.« Eine Stimme unter einem Weinfass flüsterte, »Gingi versteck dich, der Leidernix ist da«, plötzlich kam schon die Fledermaus von der Decke, sie landete neben der roten Assel. Sie blieb neben ihm stehen, sie wirkte verwirrt, sie wollte nach ihm schnappen, aber sie schaffte es nicht. Was war mit der los, ah die Fledermaus war blunzn fett, sie hatte so viele angesoffene Käfer gefressen, dass sie selbst betrunken wurde. Gingi nahm ein Streichholz das da wo lag und zündete es an, dann legte er das Fell der Fledermaus in Flammen, sie flog wild durch die Luft und wegen des vielen Alkohols im Blut, explodierte sie. Mauschl kam vom Fass hervor und auch ein paar andere überlebende Insekten, sie feierten die kleine rote Kellerassel. Sie tranken alle die ganze Nacht durch und so blau wie heute war Gingi noch nie und wenn er nicht gestorben ist, ist er heute noch so betrunken.

Der Höllenhammer, mit seiner teuflischen Macht,

hat alle Leugner umgebracht.

Sie leiden unter bestialischen Qualen,

für ihre Arroganz müssen sie nun bezahlen.

Leugnest auch du, wird er dich finden,

du wirst sterben, deine Seele verschwinden.

Fang an zu beten, in deiner Not,

es gibt kein entkommen, du bist schon längst tot.

Flucht nützt nichts, denn du schaffst es nicht weit,

deine Seele wird brennen, es ist schon längst Zeit.

Dein Herz schlägt vor Angst, deine letzten Sekunden,

du löst dich auf, er hat dich gefunden.

Das ist das Ende, alles vorbei,

Für ewig brennen, niemals frei,

es gibt keine Erlösung, der Tod eilt herbei,

Horror Qualen, bestialisches Geschrei,

wie geht's nun weiter, les dies in Band Zwei.

Band 2 folgt in Kürze